花守家に、ただいま。

星合わせの庭先で

沖田円

ポプラ文庫

目次

春の式日

ハナミズキの蕾が今年も紅く色づき始めている。四月十二日。縁側の窓を開け放った座敷で、六本目の瓶ビールの蓋がぽんと開いた。

座卓を囲った男性陣は、一様に茹でダコのような顔をして、泡の付いたグラスにビールを注ぎ合っている。先ほどまできっちり締められていたネクタイは緩められ、スーツのボタンも外されている。

庭で蝶々を捕まえていた小学生の兄弟が、お母さんに「食事の前に何してんの」と叱られて、しょげながら手を洗いに向かった。小さな手から逃れたルリタテハが、ひらひらと不思議な軌跡を描いて飛んでいった。

真昼間の陽光を浴びる座敷に、柔らかい海からの風が通る。

縁側で赤ちゃんをあやしていた女性がわたしに気づき、申し訳なさそうに頭を下げた。わたしは「大丈夫です」と伝わるよう笑い掛け、男性陣の賑やかす卓の真ん中に、色鮮やかなちらし寿司の入った寿司桶を置いた。「おお」と、正面に座っていた則之(のりゆき)さんが声を弾ませる。

「美味しそうだねえ。これ、桜子(さくらこ)ちゃんが作ったの？」

「はい、わたしがひとりで作ったのはこのちらし寿司だけですけどね。他の料理はいつもどおりお義母(かあ)さん作です」

「まあ、料理は五十鈴(いすず)さんの専売特許だでね」

則之さんが卓を眺めながらぼてりと丸いお腹を撫でた。すかさず「みんな揃うまで食べちゃ駄目ですよ」と釘を刺す。

「わかっとるってえ」

下唇を突き出し則之さんが言った。わたしはふふっと声を漏らした。

座卓にはすでに多くの料理が並んでいる。飾り切りしたにんじんが可愛い筑前煮、いただきものの山菜を使った天ぷらの盛り合わせ、リクエストされた鶏の唐揚げ、おつまみにもぴったりのイカの甘辛焼きに、りんごの入ったポテトサラダ。

親戚たちが持ち寄ったものもあるが、ほとんどがお義母さんの手料理だった。滅多に会わない遠方の親戚まで十数人の身内が集まる今日のために、昨夜から仕込みをし、手間暇掛けて作り上げたものだ。湿っぽくなるより、お祝い事みたいに楽しい日にしたいじゃん、と、甘い錦糸玉子を作るわたしに、お義母さんは言っていた。

「ねえ、お茶碗ある？」

横から声が飛んでくる。

「あ、はい、すぐ持ってきますね」

慌てて返事をし、台所へ戻ろうとした。が、座敷の敷居に仁王立ちした人に行く手を阻まれ足を止めた。

お気に入りである椿柄の割烹着を着たその人は、唇をへの字に曲げ、のっしのっしと効果音を付けたくなる足取りで座卓のほうへと向かっていく。

「何を偉そうにうちの嫁を顎で使っとんのタコ助共が！」

重ねたお茶碗が大きな音を立てて卓に置かれた。その場にいた皆がびくりと肩を揺らし、目を丸くして声の主を見上げる。小柄な体が一歩踏み出すと、大柄な人も多い男性陣が、揃って首をすぼめて身を引いた。

「まったく、うちの男連中はほんっとロクに動かんね。せめて自分で茶碗によそうくらいはしんと、ちらし寿司もおかずも何ひとつ食べさせせんでね！」

左手を腰に当て、右手は真っ直ぐに寿司桶を指さし、お義母さんは言い放った。泣いていた赤ちゃんすら泣き止むほど迫力のある声音だった。

「だって、五十鈴さん、やるって言っても料理の手伝いさせてくれんじゃん」

則之さんが、普段から垂れた目尻をさらに下げつつ反論する。お義母さんの視線がキッと向くと、則之さんは何かを誤魔化すように泡の消えたビールをちびりと飲んだ。

「調理はさせせんでも台所から運ぶくらいの手伝いまで禁止した覚えはないわ。ほいでもあんたらは料理が並ぶ前から手伝おうかとも言わんで酒飲むことしかしんし。ほんと呆れるわ。ポン太のほうがお利口やん」

座敷の端で座布団に座っていたポン太が、名前を呼ばれてしっぽを振る。

遠山(とおやま)家の愛犬であるポメラニアンのポン太は、先ほどまではここが我が家であるかのようにのんべんだらりと寛いでいた。が、間もなくごはんの時間と気づいてからは、持参した自分用のお皿を咥えてごはんが来るのを待っている。

「でもさ、男連中って言うけどさ、このみだって何もしんでさっきからずっとビール飲んどるよ」

則之さんが座卓の端にいるこのみちゃんを顎で示した。お義母さんはふんっと鼻を鳴らす。

「このみは昨日買い出し手伝ってくれたで許してんの。あんたらの飲んどるビールだってあの子が買って運んでくれただに」

「何っ、このみ、おまえこっそり点数稼ぎしとったのか！」

ひとりで静かにビールを飲んでいたこのみちゃんが、右手でジョッキを持ち上げ、左手で可愛くピースサインをした。すでに空いている瓶のいくつかは彼女が飲んだものだが、男性陣と違いこのみちゃんの顔色はわずかも変わっていない。彼女は父親の則之さんではなく、母親の美晴さんに似てザルなのだ。

悔しがりながら立ち上がろうとする則之さんに、しかしお義母さんは埃でも払うかのように右手を軽く振った。

「いらんいらん、酔っ払いにうろうろされても邪魔なだけだわ」

「あ、そう？」

「てかもう準備ほとんど終わっとるし、大人しく座っとれ」

「うへぇ」

しおれた則之さんが座り直したタイミングで、美晴さんが座敷へと入ってくる。

「ごめんねえお義姉さん、うちの役立たずが」

則之さんに負けず劣らずの豊満な体を華麗に揺らしながら、美晴さんは持ってきたドッグフードの袋を開けた。千切れんばかりに尻尾を振っているポン太のお皿にごはんを盛りつつ、美晴さんは則之さんにじっとりとした視線を送っている。

「ちょっとあんた、そのコップに入っとるのでもうビール終わりだでね」

「ええ？　ごはんこれからなのに？」

「仕方ないから麦茶か水なら飲ませてあげるわ」

「うへえ。ポンちゃぁん」

則之さんは愛犬の名を呼んだが、ポン太はすでにドッグフードに夢中だった。

わたしは卓に戻り、お義母さんの持ってきた茶碗を各々の席に並べた。寿司桶に入れていたしゃもじの柄は、着席している男性たちのほうへ向けておいた。

「セルフサービスみたいなので、それぞれお好きにどうぞ。おかわりもありますからね」

はあい、と返事が戻ってきて、皆自由に自分の分を取り分けていく。

部屋の外にいた人たちも集まり、女性陣や子どもたち、わたしとお義母さんも席に着いた。人数分の飲み物を配り終えたところで、お義母さんの掛け声に合わせ全員で「いただきます」と手を合わせる。

賑やかな昼食が始まる。いつもは広いと感じている座敷が狭く思えるほど、今日この日、人が集まり、同じ食卓を囲んでいる。

親戚一同が揃ったのは一年振りだ。よく顔を合わせる人も、滅多に会えない人も、積もる話をしながら、笑い合ってお酒を飲み、皆で美味しいごはんを頬張る。

喪服に染みついた白檀の香りが、料理の匂いに掻き消されていく。

四月十二日。春うららかな明るい陽気の今日は、花守透（はなもりとおる）の命日。

わたしの夫、透が死んで、ちょうど一年が経った日。

「やあ、しかし、こんなやかましい姑を遺されて桜子さんも大変だ」

誰かが言った。わたしが「そんなことないですよ」と言う前に、お義母さんが「あんたんとこのばあさんのほうが千倍やかましかったし意地クソ悪かったわ」と言い返していた。奥さんが「確かに」と続け、笑いが起こる。わたしもごはん粒を噴き出さないように控えめに笑う。

「今年も綺麗に咲きそうだねえ」

また誰かが言った。その言葉につられ数人が庭に視線を向けた。

背の高い石塀を優に超える高さの木には、多くの蕾が膨らんでいる。三十年前にこの家に植えられたというハナミズキ。毎年この時期になると枝いっぱいに薄紅色の花を咲かせていた。

今年もまた、この庭に、春がやって来る。近くまた一輪目が咲き、すぐに満開になるだろう。

愛知県南部、渥美半島に位置する田原市に暮らし始めて、この春で丸三年になる。浜松市から続く半島の太平洋沿岸部沿いを走る国道42号線のすぐそばにわたしの住む花守家はある。焦げ茶色の外壁に砂埃をかぶった瓦屋根の母屋は、木造の二階建てで、昭和の香りの見た目のとおり、すでに築四十年を超えている。道路から生垣で隔てられた玄関前の前庭は、外から見て左側には駐車場が、右手側には物置代わりに使っている質素な離れがあり、ぐるりと母屋を裏に回ると、ハナミズキとお義母さんの家庭菜園が彩る庭に出る。

敷地は広く、建物もそれなりに大きいが、別段裕福というわけではない。昔からこの土地に暮らしているというだけで、周囲を見れば同じような規模、同じような古さの民家ばかりが並んでいる。

透の実家であるこの家へ引っ越してきたのは、透と結婚したときだった。当時はわたしも透も名古屋市に住んでいたのだが、透の浜松への転勤が決まり、結婚のタイミングを合わせて一緒に名古屋を離れることにしたのだ。浜松市内や近隣の市で家を探しながらも、最終的には透の育ったこの渥美半島の家に暮らすことを、夫婦ふたりと、お義母さんとで決めた。

スーパーが近くにないのが不便だけれど、車があればそこまで困ることはない。

のんびりと静かで、且つ少し歩いて浜に出れば、サーフィンをしにやってくる人たちの賑やかさも感じられる。

　三方を海に囲まれ、山地も眺められ、平野には田畑やビニールハウスの広がるこの土地は、わたしが十年以上暮らした名古屋の街とは随分と空気感が違った。ただ、この穏やかさがわたしには合っていたようで、この土地を離れたいと思ったことは越して来てから一度もなかった。

　透が交通事故で亡くなってからも、わたしはこの花守家に、花守桜子の名前のまま、義母である花守五十鈴とふたりきりで暮らしている。


「桜子ちゃん、朝ごはんできとるよ」

　台所から聞こえた声に「はぁい」と返事をして、洗濯機の蓋を閉じスタートボタンを押した。買い替え時をとうに過ぎている洗濯機は、ごうんごうんと不安になる音を立て、やや間を空けてから思い出したように水を溜め始めた。きちんと動いているのを確認し、わたしは洗面所から廊下に出る。

　空腹を刺激する味噌や醬油の匂いが漂っていた。台所へ入ると、割烹着姿のお義母さんがテーブルに二杯のお味噌汁を置いているところだった。

　今日の朝ごはんは雑穀米のおにぎりと、たけのこのお味噌汁、カレイの煮付けにほうれん草のおひたし。お義母さんの得意な和食で揃えられている。

我が家の食事当番は基本的にお義母さんが担当している。わたしも料理をしないわけではないが、もっぱらお義母さんの手伝いが仕事で、代わりに掃除や洗濯などの家事を進んで受け持つようにしている。料理が好きで、それ以外が苦手だったお義母さんに合わせ、自然とそういう役割分担になった。わたしは料理があまり上手ではなかったから、やはり自然に自分の仕事を受け入れた。

「お味噌汁のたけのこって昨日貰ったやつですか？」

「そうそう。さっきつまみ食いしたけど、やらかくて美味しいよ」

「つまみ食いしないでくださいよ」

「うふふ」

冷蔵庫から冷やしていた麦茶を、食器棚からコップをふたつ取り出した。それぞれ薄いグリーンとオレンジ色をしたコップに麦茶を注ぐ。グリーンはわたしのほうに、オレンジはお義母さんの席に置く。

四人掛けのダイニングテーブルの、シンク側の席がお義母さん、その向かいがわたしの定位置だ。朝はこの台所のテーブルで、夜は庭に面した座敷の卓で食事をとるのが花守家の習慣となっている。

箸の準備も整ったところで席に着き、ふたりで両手を合わせた。午前六時五十分。いつもどおりの食事の時間だった。

「洗濯機ってまだ生きとる？」

お味噌汁の味を自画自賛していたお義母さんが思い出したように言った。わたしはカレイを口に入れたまま無作法に「はい、何とか」ともごもご答える。

「でも、もうだいぶ瀕死です」

「まあ相当古いでねえ。はよ買わんと」

「わたし今度の休みに電器屋さん行ってみますよ」

「電器屋さんって駅んとこの？」

「大きいとこってそこら辺じゃないとなくないですか？」

「ないけど、そっちじゃなくて佐々原(ささはら)さんとこで買えばいいで。あたしが話つけとくわ」

　佐々原さんとは、近所にある佐々原電器商会のことだ。個人経営の町の電器屋さんとして長年地域に愛されている店である。創業者は先代店主、現在は二代目の長男夫婦が跡を継いでいる。長男の悠平(ゆうへい)さんは透の同級生で、子どもの頃から仲がよかったという話を幾度と聞いたことがある。

「けど、佐々原さんのとこで買うより量販店のが安いと思いますよ」

「いいのいいの、安いったってどうせ大差ないら。それにあっこで買っとけば設置も修理も安心して任せれるし、呼んだらいつでも来てくれるもんで」

「なるほど。やっぱりそういう部分も考えなきゃ駄目ですよね」

「だら？　こっちとしても何かあったときのために、繋がりとか義理みたいなもんはちゃんと大事にしとかんとかんでね」

それに高かったら値切れば大丈夫、とお義母さんは箸を持った右手で力強く親指を立てた。わたしは去年の夏に悠平さんが「この家だけだに、こんな価格でやってあげてんの」とぼやきながらエアコンの修理をしに来てくれたことを思い出した。

「ほいじゃ、洗濯機代稼ぐために今日も働かんとねえ」

お米のひと粒すら残さず食べ終わったところでふたたび手を合わせ、空の食器をシンクに運んだ。ふたりで分担し洗い物をしたあとは、わたしは風呂場の掃除を始め、お義母さんは出掛けるための身支度を整える時間になる。

午前七時半。風呂掃除に続き庭で洗濯物を干していると、座敷の縁側にお義母さんがやってきた。こだわりのショートボブを綺麗にセットし、服は動きやすいラフなものを選んでいる。仕事へ行くお義母さんのいつものスタイルだ。

「行ってくるわ。桜子ちゃんも気をつけて行きんよ」

「はい、いってらっしゃい」

「お弁当台所に置いとるで」

ひらひらと手を振り、お義母さんは玄関から出て行った。

行き先は我が家から自転車で五分ほどの場所にある『まるも食堂』。お義母さんが長年パートタイマーとして勤めている大衆食堂で、週に四日、午前八時から昼過ぎまで働いている。地元民に人気の『まるも食堂』において、お義母さんは自称看板娘であるらしく、「常連のジジイ共は全員あたしのファン」とよく言っているが、真相はいまだに不明である。

門扉のほうで自転車のスタンドを蹴る音がした。耳に馴染んだ鼻歌を遠くに聞きながら、わたしは最後の一枚をお日様の下に干し、家の中に戻った。

一階から順に適当に掃除機を掛けていく。庭に続く縁側のある広い座敷と、お義母さんの私室も含めた和室が三部屋に、ダイニングも兼ねた台所。二階は洋室で揃えられていて、わたしの自室、その隣に作業部屋、廊下を挟んで透の書斎と空き部屋がひとつ。

朝の家事は掃除で最後だ。ひととおり終えたところで自室へ行き、クローゼットの扉を開ける。

はじめはワンピースを手に取ったが、何となく気分に合わず、ライトブルーのシャツと細身のジーンズを選んだ。部屋着から着替え、鏡と向き合ってメイクをし、すっかり伸びた髪を低い位置でお団子にする。透明なリップだけを塗っていた唇に仕上げの口紅を置くと、鏡の中にはいつもどおりの自分がいた。花守桜子、三十二歳。今日も何事もなく一日が始まる。

午前八時二十分。仕事用のバッグを持って部屋を出た。台所にお弁当を取りに行き、勝手口と家中の窓の鍵を閉め、最後に仏間のある一階の和室に向かい、仏壇の前に腰を下ろす。

黒檀の立派な仏壇には、八年前に病気で他界したという義父の写真と、透の写真、そして赤色の紙で折られた小さな鶴が飾られていた。

奥二重の丸い目が、笑うと細くなってしまうのがコンプレックスだと透は言っていた。でもわたしは、目尻いっぱいに皺を寄せて顔中で笑っているかのような彼の笑い方が好きだった。わたしの好きな、その表情をしている写真の中の透を見つめる。

両手を合わせ目を閉じる。

透が死んで一年。突然の別れを受け入れられず、心が追いつかないままあっという間に時間が過ぎた。一周忌の法要も無事に済ませ、今ようやく、少しずつ心の整理を付けられるようになってきた気がしている。

一年前にわたしの体から抜け落ちた大きなものは、おそらく一生をかけても元に戻ることはないけれど。それでもまるで何事もなかったかのように日々を生きていくことはできるようになった。

——人間ってのは、生きてけないって思っても、生きてけるようにできてんの。

いつかお義母さんが言っていたとおりだ。一時は息すらできないと思っていたのに、今のわたしは毎朝起きて、きちんと食事をして、身の回りのことをして、仕事をして、次の日まで眠って、また目覚めている。お義母さんとふたりでの生活にも慣れた。これから先のことはわからないけれど、今はただ、積み重ねるように、一日一日を過ごしている。

「いってきます」

顔を上げて立ち上がる。バッグを肩に掛け玄関に向かい、二年以上愛用しているローヒールのパンプスを履いた。外に出ると途端に春の強い風が吹きつける。

午前八時半。予定どおりの時間に、わたしは引き戸の鍵を閉めた。

仕事場である『BeautyGarden・ＭＯＭＯ』は、家から車を走らせ二十分ほどの場所、豊橋鉄道渥美線三河田原駅の近くにある。まつげパーマやネイルに脱毛など、美容関連の施術を複数提供しているサロンで、わたしは半年前からこの店にネイリストとして所属している。正社員ではなく、産休中のネイリストが復帰するまでという期間限定の契約ではあるが、スタッフの人間関係にも恵まれ、それなりにやりがいを持ちながら楽しく働くことができている。

この店に勤めるきっかけをくれたのは義父の妹である美晴さんだ。『ＭＯＭＯ』のオーナーと知り合いだった美晴さんは、産休に入るスタッフの代理を探していたオーナーに、名古屋でネイリストとして働いていた経験のあるわたしを推薦した。

話を貰ったとき、すぐには答えを出せなかった。外に働きに出ることを考えていたタイミングではあったが、サロンに勤めるとなるとやはり二年半のブランクに不安があったのだ。二の足を踏むわたしの背中を押したのは「とりあえずやってみりんよ。合わんかったら辞めたらいいだけやん」というお義母さんの気の抜ける言葉だった。

それもそうだ、と働き始め、結果として今まで続いている。休んでいるスタッフが戻ってくる日までは、続けてみようと思っている。

「もうそれで、昨日は娘と大喧嘩よ。お隣にまで声が聞こえてたみたいで、ゴミ捨てで顔を合わせたとき笑われちゃったわ」

柔らかな木目の家具と白い壁紙で揃えられた一室の中、ネイルテーブルを挟んで座っているお客さんが、お手本のような溜め息を吐いた。

四十代の女性客で、確か娘さんは今年の春に中学三年生になったはずだ。この方の施術を担当するのは初めてだが、以前他のスタッフとの会話で「長女が受験生になるんだわ」と話していたのを覚えている。曰く、娘さんが勉強をせずスマートフォンをいじってばかりいたため叱ったところ、盾突かれ、ご近所に響き渡る言い争いに発展したという。

「ほんっと最近は今まで以上に言うこと聞かなくて。もう何言っても駄目。腹立つわあ」

「中学生というと多感な時期ですもんねえ」

「そりゃね、そういう年頃だってのはわかってるけどさ」

お客さんは渋柿でも食べたかのような顔をする。

ジェルを硬化するためのライトにお客さんの右手を当てた。交替で左手を差し出してもらい、透明のベースジェルのみを塗っている爪に色を重ねていく。まずは親指から。ライトが当たりにくくジェルも垂れやすい親指は、他の四本とは別に、一本だけ塗って先に硬化する。

「子どもの反抗期って親も結構しんどいよ？　まあ大体は気にしちゃいないんだけど」

「ふふ。でも自然と落ち着いていくでしょうから。今は見守ってあげるしかないんじゃないでしょうか」

「まあねえ、でもやっぱりこっちも余裕持てないときってあるじゃん」

「わかる！」

と声を上げたのは、隣のテーブルでオーダー用のチップを作っていた鹿島(かしま)さんだ。四十歳でデビューしたネイリスト歴一年の彼女には、もうすぐ二十歳になる娘さんと、高校二年生の息子さんがいる。

「うちも両方反抗期酷くて、中学生くらいの頃は毎日喧嘩してましたよ」

「やっぱり？　うちだけじゃないのねえ。ちょっとほっとするわ」

「どこも同じようなもんですって。子どもはそりゃ可愛いけど、こっちだって人間だし我慢できないこともあるんだから、感情抑え込むよりは言いたいこと言って喧嘩しちゃったほうがいいと思いますよ」

鼻息荒く言う鹿島さんに、お客さんはうんうんと頷いた。親指を硬化し終わった右手に、人差し指から順に色を付けていく。筆を押して根元を塗り、さっと爪の先までジェルを引く。皮膚に付かないギリギリのラインまで綺麗にジェルが載るよう、筆の先に集中して形を整える。

「それに、花守さんの言うとおり、知らない間に落ち着くもんですし。うちも今じゃ娘とも息子とも仲良しですから」

「そう？　でも言われてみれば自分が子どものときもそうだったなあ。一時はアホみたいに親に反抗してたのに、いつの間にか反抗するほうがアホらしくなって」

「ね。わたしも昔はえっぐい反抗期やってましたわ」

「娘たちの反抗が可愛く思えるくらいのね」

「そうそうそう」

ネイルルームに笑い声が響いた。何だかんだと明るいふたりにつられてわたしも少し声を漏らす。

「そういえば、花守さんって反抗期とかあった？」

鹿島さんに話を振られ手を止めた。ちょうど右手の小指までを塗り終えたところだった。

「反抗期ですか？　そうですねえ、言われてみればなかったかもしれないです」

「やっぱり。花守さんって真っ直ぐ育ってそうだもん」

「ね、悪いことはしてなさそう」

「いえ、そういうわけじゃなくて。あ、悪いことはしてないですけど」

ライトに右手を入れてもらい、次に左手の四本の指に取り掛かる。プレートに載ったジェルを筆で掬い、こちらも根元から際、形を整えた爪の先まで、丁寧に色を付けていく。

「うちは実の親との関係がよくなくて、会話もほとんどなかったから、口喧嘩をすることすらなかったんですよね。だからおふたりの話を聞いてると、親子で喧嘩するほど仲がいいんだなって微笑ましく感じちゃって」

口に出してからはっとした。反応しづらいことを言ってしまった気がする。見れば、やはりふたり共困惑した顔をしている。

「すみません。変なこと言っちゃいましたね」

慌てて筆を持った手を振る。

「そんな気にすることじゃないんですよ。もう昔のことですから」

「なら、もうご両親とは仲直りしてるの？」

「えっと、社会に出てからは一度も会ってないし、連絡も取ってないんです。でも下手に縁が続いているよりはずっと気楽だと思ってます」

「ああ、まあ、そうだよねえ」

鹿島さんたちは目を合わせ、ぎこちなくも表情を緩めた。

「ま、人間誰にだって色々あるよねってことだね」

お客さんが言い、鹿島さんが頷いた。

ライトがピピッと音を鳴らして消える。硬化時間が終わった合図だ。お客さんが右手を取り出して眼前に掲げる。

「それにしてもこの色、ほんと素敵だわあ」

自分の手を眺め、しみじみとお客さんは言った。わたしは「ええ」と相槌を打つ。

「お客様のお肌の色にもよく合っていますね。この色にして正解でした」

「ね。オレンジっぽいピンクって初めてで、ちょっと子どもっぽくなるんじゃないかとも思ったけど、全然そんなことなくていい感じ」

このお客さんはいつもデザインの明確な指示はしない。今日も「春らしい感じで」との希望だけ受けており、あとは施術者であるわたしに任された。わたしは少し悩んでから、柔らかなピーチピンクに、軽くベージュを混ぜたカラーを選んだ。華やかでありつつ可愛すぎない、落ち着いた大人の春色だ。既存のものではなく、数色のジェルを混ぜ合わせて作ったオリジナルのものだった。まだこれからアートを施す予定ではあるが、ワンカラーの状態でも十分に指先が春めいていた。

「これ、わたしも好きな色で、自分用にもよくやるんですよ。ちょうど次の付け替えでその色にしようかなって思っていたところで」

「あら、じゃあお揃いになるね」

「ふふ、そうですね」

両手にベースカラーを塗り終えたら、上品なシャンパンゴールドのラメと細かなシェルで爪の先を飾った。仕上げにトップジェルを施し、細部を確認してから、指先にケアのためのオイルを塗り込む。

お客さんの手が、店に来たときとはまったく違う雰囲気に変わった。少女のような瞳で自分の両手を見つめる表情に、わたしは心の中で「よかった」と呟いた。気に入ってもらえてよかった。このネイルが彼女の毎日を、きっとほんの少しだけ明るいものにしてくれるはずだ。

「次回の予約も今日お願いできる？」

「かしこまりました」

お会計を済ませてから、店のタブレットを開きスケジュールを確認した。常連さんは来店時に次の予約を取る人が多く、来月の予定もすでに埋まり始めている。

「いつもは……三週から四週のペースでご予約をいただいていますね。今回も同じくらいなら来月の十日前後になりますが」

「そうだねえ」

お客さんが自分のスマートフォンを取り出し、画面を操作する。

「十日って、花守さん出勤してる？」

「ええ、オープンから十八時まででしたら」

「じゃあ今日と同じ時間、花守さん指名でお願い」

「はい、ありがとうございます。ご予約承ります」

五月十日のわたしのスケジュールにお客さんの名前を入れた。店の外まで見送りを済ませ、ネイルルームに戻ると、チップ作りを続けている鹿島さんが顔を上げてにいっと笑った。

「やるねえ花守さん。今の方、ネイリスト指名したこと一回もなかったんだよ」

「そうなんですか？」

「花守さん上手いし、施術ペースも速いもんねえ。見習わなきゃ」

裏表のない鹿島さんの褒め言葉は素直に受け取ることができる。わたしは少々気恥ずかしく思いつつも「ありがとうございます」と頭を掻（か）いた。

テーブルの上を片づけながら時計を確認する。次の予約時間まではまだいくらか余裕がある。片づけを終えたらサンプルのチップでも作ろうか。ブライダル用のデザインを新しくしたいし、夏向けのデザインも考えたい。

「ねえ、花守さんってさ、確か前は名古屋のサロンで働いてたんだよね」

ふと鹿島さんが言う。鹿島さんのテーブルのライトがピピッと音を鳴らす。

「はい、最寄りは名（めい）駅じゃなくて栄（さかえ）ですけどね。店は駅から結構近いところにありました」

「栄とか都会じゃん。そんなところからよくこんな田舎に来れたよね」

「べつにこの辺りだって田舎ってほど田舎じゃないじゃないですか」

「名古屋の中心部に比べたらだいぶ不便でしょ」

「そりゃ、多少はそう感じないこともないですけど、慣れですかね。そんなに困ることはないですよ」

ふうん、と呟きつつも疑いの目を向けてくる鹿島さんに苦笑を返した。

生活面での利便性を考えれば、愛知の片隅のこの土地よりも、名古屋市内のほうが暮らしやすいと感じる人は確かに多いだろう。わたしも、賑やかで華やかなあの場所が決して嫌いだったわけではない。

「わたしは渥美半島ののんびりした感じ、好きですよ」

透が死んだあと、自分の生まれ育った町に行くことは一度だって考えなかったけれど、名古屋に戻ることなら幾度か頭を過ぎった。

それでも、この小さな半島に残ることを選んだ。

——この家を桜子の居場所にしてよ。

いつか透がそう言ってくれたから。許される限り、あの家にいようと思ったのだ。透と暮らした場所が、いつの間にか、唯一のわたしの居場所になっていた。

予約時間がずれ込まない限り定時には店を出ることができる。今日も時間どおりに作業を終わらせ、十八時ちょうどにタイムカードへ打刻した。

家に帰ると、お義母さんが夕飯の支度をしていた。今日は炊き込みごはんのようだ、ほんのり甘みのあるいい匂いがすでに家中に溢れている。

「お、桜子ちゃんおかえりぃ」

台所に顔を出すと、気づいたお義母さんが振り返った。多めの味見をしていたところらしく、口がもぐもぐと動いていた。

「ただいまです。何か手伝いましょうか」

「ほんじゃ庭からさやえんどう採ってきて。朝採るの忘れちゃって」

「はぁい」

ざるをひとつ持って座敷に行き、縁側から庭に下りていく。

庭の半分ほどを占めているお義母さんの家庭菜園には、常にたくさんの野菜が育っている。今は、ちょうど収穫できるタイミングのものと、夏や秋に向けて最近植えたものとが半々くらい。先週植えたばかりのナスの苗の様子を見つつ、支柱とネットに沿って生長したさやえんどうの前にしゃがみ込む。

さやえんどうの収穫タイミングは、さやが五センチ程度、中の豆が大きくなり過ぎないくらいがベストだ。すでに日の沈んだ薄闇の中、座敷の灯りを頼りにほどよく育ったさやえんどうを選び、付け根を爪先でつまんで採っていく。

お義母さんの畑仕事を手伝っているうちに、わたしも植物を育てることに多少詳しくなった。ひとり暮らしをしていたときはまともに野菜を食べることすら少なかったのに、この家に越してきてから、日々が大きく変わった。

「このくらいでいいかな」

ざるが半分埋まるほど収穫したところで立ち上がる。ぐっと伸びをして振り返ると、家を眺めるように立っているハナミズキの木が目に映る。

枝の蕾はすでに大きく膨らんでいて、すぐにでも花を咲かせそうだ。一輪目はきっと明日にでも見られるだろう。

毎年、鮮やかで可愛らしい桃色の花を咲かせ続けるこのハナミズキは、花守家にとってもうひとりの家族とも言える木だった。

三十年前。透がこの家に来たときに小さな苗を植えたと聞いた。

透の実の両親は、彼が六歳のときに事故で亡くなったそうだ。家族のいなくなった透を引き取ったのが、透にとって母方の叔父にあたる義父と、お義母さんだった。

突然両親を失った悲しみの中、親戚とはいえ余所の家で暮らさなければならなくなった透は、しばらくの間落ち込んだ日々を過ごしていた。そんな彼を元気づけるために植えられたのがこのハナミズキだという。鮮やかな花で心が明るくなるように、そして透と一緒に成長してくれるように、願いを込めてこの家の庭に植えられた。

不思議だけれど本当に元気になれたんだよね、とは、透本人から聞いたことだ。

ハナミズキの苗がこの家の庭にやって来たその日、両親が亡くなってから初めてごはんが美味しく感じたのだと、彼が言っていたことを覚えている。六歳の子どもより小さかった細い木は、そのときからずっとこの花守家を見守ってきたのだ。

お義母さんと透に血の繋がりはない。でもふたりは確かに親子だった。そしてわたしと透も、夫婦で、家族だった。

透がいたからわたしはこの花守家に来て、透がいたからお義母さんはわたしを家族として受け入れた。

わたしたちを繋ぐ存在である透がいなくなった今、わたしとふたりきりで暮らしていることを、お義母さんはどう感じているのだろうか。気になりはしても、訊ねたところで「べつに何とも」なんて気の抜ける答えが予想できるから訊かずにいる。

いつまでこうしていられるだろうか、そう自分に問うたことならばこの一年で何度もあるのだけれど。そちらの問いは答えがわからないままだ。

見上げるハナミズキも答えをくれないまま、色づいた蕾を開かせようとしている。

「じゃあ、来週の火曜日に設置しに行くでね」
「はい、お願いします」
貰った保証書やレシートをバッグにしまいながら返事をした。

来週になれば我が家に新しい洗濯機がやってくる。選んだのは容量七キログラム、最新型の縦型洗濯機。表示価格では予算をややオーバーしていたが、事前に佐々原電器商会とお義母さんとで裏取引が交わされていたらしく、心配になるくらいの値引きをしてもらい購入を決めた。

　家電が所狭しと並ぶ小さな店の奥、カウンター越しに向き合った店主の悠平さんが、バインダーに挟んだ予定表に我が家に来る予定を書き込んだ。

「時間は十時でいい？」

「はい、大丈夫です」

「もし火曜までに今の洗濯機壊れたらいつでも呼んでね。何とかするで」

「ありがとうございます。何か、いつもすみません」

　色んな意味を込めて謝った。厚意にはしっかり甘えるつもりだが気後れしないわけではない。

「いいのいいの。文句ならちゃんといつもおばちゃんに言っとるし。まあいつも言い負かされとるけど」

「なおさらすみません」

「桜子さんは何も気にしんでいいだって。透のお嫁さんだからよくしてあげたいってておれが勝手に思ってるだけだし。それに、おれは昔っから透のおばちゃんには頭が上がらんでね」

悠平さんがにかっと笑う。日に焼けた大きな体をしているくせに、笑った顔はまるで柴犬みたいだ、という透の言葉を思い出す。

「聞いてますよ。悠平さん、ご両親と喧嘩するたびにうちに家出して来てたって」

「そうそう。そんでおばちゃんに美味しいごはん食わせてもらってたの。ほんと身に沁みる美味(うま)さでさあ。もうおれにとっておばちゃんは第二の母ちゃんみたいなもんよ」

カウンターから出てきた悠平さんが店の外まで見送ってくれる。わたしはバッグを肩に掛け、先導する悠平さんに続いて店を出る。

「ま、優しくしてもらった分厳しくもされたけどね。おれ、親父には殴られたことないけど、おばちゃんには何回も張り手食らわされとるだに」

「ふふ、実はわたしもあります」

「うっそ！　桜子さんも？　張り手？」

「ええ、一度だけですけど」

「とんでもねえ人だなあ。まったく、おれの周囲は何でこう気の強い女が多いのかね。うちの母ちゃんと嫁もしょっちゅうおれのこと蹴るしさあ」

小声で言いながら、悠平さんがちらと横目で店内を見た。カウンター内で作業をしていた奥さんが振り向いてにこりと笑みを浮かべる。聞こえていたんだなと思いながらわたしは奥さんに会釈を返した。悠平さんも察したようで、わかりやすく顔を引きつらせていた。

「あ、そうそう。たぶん今宗太が浜におるで。よかったら顔見せてやってよ」

帰りしな、背中越しにそう声を掛けられた。わたしは振り返って、手を振る悠平さんにとりあえず頷いた。

渥美半島の先端にある伊良湖岬から静岡の浜名湖まで、太平洋に面する広域の海岸を、地元の人は三河湾側の『裏浜』に対し『表浜』と呼んでいる。表浜の広くは砂浜海岸であり、景観の美しさと同時に、絶好のサーフポイントとしても知られ、遠州灘の波に乗りにくるサーファーが季節を問わず訪れた。

我が家から最も近い海岸が、表浜の新日本と呼ばれるビーチだ。ここもやはり人気のスポットで、散歩がてら海辺に来るたび多くのサーファーの姿を見掛けた。

佐々原電器商会から自宅までは歩いて五分もかからない。いつもの道を行けばすぐに帰れるが、今日は少し悩んでから、真っ直ぐ行くはずの道を左に折れた。家とは違う方向へ足を進め、古い住宅地から、鬱蒼とした林の間の小道へと入っていく。

ジーンズにしたらよかったと思いながら、マキシ丈のスカートの裾をちょっとだけ捲り、履き慣れたスニーカーで道なりに歩く。やがて少しずつ波の音が聞こえ始めた。木陰の下を潮騒を追い掛けて進む。道の終点と同時に視界が開け、目の前に海が現れる。

晴天に目が眩んだ。咄嗟に右手で庇を作り、目を細めて先を見た。四月の中旬とは思えない陽気に、額にほんのり汗が滲む。

「……暑いな」

指先で汗の粒を拭ってから、手前を通るサイクリングロードを横断し、堤防にのぼって腰を下ろした。積まれた消波ブロックの上に足を投げ出しながら、今日もサーファーたちが波を待つのどかなビーチを眺めた。

結婚したばかりのとき、一度だけサーフィンをしたことがある。透の従妹であるこのみちゃんに初心者向けのロングボードを借り、彼女からマンツーマンで指導を受けて、浜に近い浅瀬で波に乗ったのだ。

想像どおり難しかったが、何度か挑戦するうち、緩い波の上でなら数秒立つくらいはできるようになった。沖にいる玄人たちの波乗りとは到底比べものにならなくても、それはわたしにとって十分過ぎる成功体験であり、終わったときには「またやりたい」とこのみちゃんに宣言した。

けれど次の日に襲われた激しい筋肉痛がトラウマとなり、結局その後は一度も挑戦しないままになっている。「桜子ちゃんはセンスあるのに」とこのみちゃんに言われるから、いつかもう一度挑戦してみるのも悪くないとは思っているけれど。

——何か悔しいな、桜子は簡単にできちゃってさ。

そういえば、と、初めてのサーフィンを楽しんでいるわたしに向けた、透のぼやきを思い出す。あのときの透は、一緒にやろうと誘っても断固として拒否し、わたしのサーフィンデビューを砂浜からぼんやりと眺めていた。

このみちゃん曰く、透はサーフィンが大の苦手であるらしい。どうにも波乗りの神様に嫌われているようで、子どもの頃から何度やってもまともにボードに立つことができず、周りの友人たちにそれはからかわれてきたそうだ。

――ぼくだって、あとちょっと練習したらできるはずなんだけど。でも今は仕事もあって忙しいからそんなにできないし。最近は運動不足で、やってもすぐに疲れそうだし。

と、聞いてもいない言い訳をひとりでつらつら言い出して、このみちゃんに大きな声で笑われていた姿が記憶に残っている。

わたしがサーフィンを続けなかったのは、珍しくも拗ねた透がちょっと可哀想だったから、というのも理由のひとつかもしれない。それに、どうせ趣味を作るなら、透と一緒に時間を過ごせるものにしたかった。

「桜子ちゃん」

ぼうっとしていたところに声を掛けられ、はっと視線をそちらに移す。

サーフボードを抱え海から歩いてくる姿があった。このみちゃんだ。手を振る彼女に振り返し、立ち上がって堤防の階段を下りていく。スニーカーに砂が入らないように気をつけながら砂浜に降り立つと、足元がしくりと音を鳴らす。

「このみちゃんも来てたんだね。今日仕事休みだったんだ?」

「余っとった有休使っちゃった」

サーフボードを砂に置いたこのみちゃんは、ふうっと息を吐き、濡れたショートボブを掻き上げる。

「今日は朝からずっと海。ちょうど今切り上げるところだけどね」

「そうなんだ」

日に焼けた頬に海水の滴が垂れていた。このみちゃんはやはり焼けた手の甲でそれを拭う。海の似合う子だなあと、わたしは彼女を見るたびに思う。

「桜子ちゃんは散歩?」

「うん。最近来てなかったし。出掛けたついでにちょっと気分転換しようかなって」

「どっか行っとったの?」

「洗濯機買いに、佐々原さんのとこに」

「ああ、花守家の洗濯機ぼろいもんねえ」

このみちゃんが海のほうを振り返る。数人のサーファーが波を捉えて海面を走っている。

「宗太ぁ!」

大きな声で呼び掛けると、波から降りたサーファーのひとりが左手を上げた。このみちゃんは続けて「桜子ちゃん来とるよ!」と叫ぶ。すると応えた相手——宗太くんは、沖には戻らず浜へと向かってきた。

「桜子さん、いつから来とったの！」

ボードを抱え駆け寄ってきた宗太くんが息を切らしながらそう言った。このみちゃんと同じくよく焼けた肌に、ベージュの髪が張り付いていて、宗太くんは邪魔そうにそれを払った。

「少し前からね、そこに座って見てたんだ」

「まだいる？」

「ううん、もうそろそろ帰ろうと思ってる」

「あ、じゃあさ、おれももう終わるところなんだけどさ、よかったら昼飯でも食いに行かない？　すぐ着替えるから」

「はあ？」

と、宗太くんの発言に、わたしより先にこのみちゃんが反応する。

「あんた、今日はまだしばらくやるって言ったばっかじゃん」

「うるせえな、気が変わったんだよ」

「じゃああたしもごはん一緒に行きたいって言ったら連れてってくれんの？」

「やだよ！　おまえすぐおれに奢らせようとすんじゃん。あのな、男が女に奢るのが当たり前なんて考えは時代遅れなんだからな」

「言われなくてもあたしは老若男女すべてに分け隔てなく奢らせとるよ」

「クソじゃねえか」

「あんた桜子ちゃんとふたりで行きたいだけだろ」

「うるせえっての！　つうか、マジで来んなよ！」

睨み合うこのみちゃんと宗太くんの様子に、わたしは声を上げて笑ってしまった。

このみちゃんは能面のような顔で、宗太くんは眉尻と口角を下げた顔で振り返る。

悠平さんの弟である宗太くんは、地元でサーフショップを経営しながらサーフィンのインストラクターもしている。年齢は確か、このみちゃんのひとつ上の二十九歳だったはずだ。

このみちゃんとは十代のときからのサーフィン仲間らしく、親しい彼女らを見て、わたしは初めふたりが付き合っているものと思い込んでいた。しかし、これまでもこれからもそんなことはありえない、と双方から念を押され、ふたりがただの友人であることを知った。

それから、宗太くんのわたしへの好意にも気づいた。

「ごめん。今日は真っ直ぐ家に帰るつもりなんだ」

答えると、宗太くんは見るからに肩を落としながらも「そっか。ならまた今度」と素直に受け入れてくれた。

ふたりに挨拶をし、堤防に上がってもう一度手を振ってから、来た道をなぞって家に帰る。スカートの後ろ側に少し砂が付いてしまっていたから、近くに人がいないのを確認してお尻をはたいた。

顔を上げると頭上にとんびが飛んでいるのが見えた。いい天気だなあと、今さらなことを考えながら、歩調を緩めて歩いていく。


女の子がひとり立っていた。

小学校の高学年くらいの子だろうか。長い髪をポニーテールに結び、リュックサックと大きなボストンバッグを持って我が家の門扉の前に立っている。

近所の子どもたちの顔ならだいたい見覚えがあるが、その子はぱっと見てどこの家の子か思い浮かばなかった。

様子を見ていると、女の子はうちの呼び鈴を押した。ピンポン、と音が鳴るが、お義母さんはパートに出ているため家に人はいない。女の子はしばらく待ち、もう一度呼び鈴を押そうとした。

「あの、うちに何か御用?」

堪らず声を掛けると、女の子ははっとして振り向いた。奥二重の丸い目が可愛らしい子だった。知らない子だ、けれど、どこか見覚えがあるような気もする。

「あ、えっと……」

女の子はわたしを見上げて何度か瞬きをしたあと、『花守』と書かれた我が家の表札を見た。それからもう一度わたしのほうを向き、

「花守透さんは、いますか」

と少し硬い声色で訊いた。

予期していなかった名前を聞いて、ほんの一瞬、心臓が嫌な跳ね方をした。

花守透。もうこの家にいない人の名を、女の子は口にした。

「透、は」

透の知人には亡くなってすぐに連絡をした。彼の死を伝えたかった人のほとんどにすでに知らせることはできていたはずだ。透に近しい人物ならば、もう透がいないことを知らないわけがない。

……いや。ただひとりだけ、伝えられていない相手がいる。

透がいないことを知らず、けれど透のことを知っている、彼を訪ねてこの家にやって来た女の子。

「もしかして、夏凜(かりん)ちゃん?」

訊ねると、女の子はこくりと頷いた。そうか、この子は——

わたしはゆっくりと、かすかに震える息を吐き出した。

気づいてみれば、顔立ちが透によく似ているのがわかる。丸い形の大きな目とか、透が唯一の自慢だと言っていた真っ直ぐで細い鼻筋だとか。透がこの子と同じくらいの歳の頃の写真ともそっくりだ。それから、前に見せてもらったことのあるこの子の昔の写真からも、面影を感じられる。

「その、初めまして。わたしは、桜子と言います」

夏凜ちゃんのことは透やお義母さんから話を聞いていた。

前に結婚していた女性との間にできた、透のたったひとりの娘だと。

「桜子さん？」

「そう。透の……夏凜ちゃんのお父さんと三年前に結婚して、今はおばあちゃんと一緒にここに住んでるの」

「結婚……」

わたしの言葉を聞き、夏凜ちゃんははっと目を見開いた。唇を引き結び、少しずつ目を伏せる。

「そう、ですか」

「あの、教えられなくてごめんね。お父さん、夏凜ちゃんに伝えたがってたんだけど、あなたのお母さんと、その、連絡が取れなくて」

「わかってます。大丈夫です」

顔を上げないままだが、夏凜ちゃんは存外しっかりと返事をした。わたしのほうが情けなく戸惑ってしまう。どうしたらいいのだろうか。

透と元妻が離婚したのは六年前と聞いている。離婚して半年程経った頃に元妻との連絡が付かなくなり、それ以降透は娘である夏凜ちゃんとも一切会えなくなってしまったという。

わたしとの再婚も、透が亡くなったことも、元妻にも、夏凜ちゃんにも伝えられないままだった。毎月支払っていた養育費はお義母さんが代わりに振り込み続けていたから、透が亡くなったことに元妻は気づかなかっただろう。

夏凜ちゃんの父親はもういない。そのことを、彼に会いに来たこの子に、言わないわけにはいかない。

「夏凜ちゃん、ひとりで来たの？」

「はい」

「そう……えっと、ひとまず家に入ろっか。荷物持つよ」

ボストンバッグを受け取った。ずしりと重いわけではないが、それなりに中身は詰まっているようだ。

戸の鍵を開けて家に招くと、夏凜ちゃんは「お邪魔します」と呟いて、おずおずと玄関に入った。離婚前にこの家には何度か来ていたらしいが、久し振りだからか、夏凜ちゃんは物珍しげにきょろきょろしながら、廊下を行くわたしのあとを付いてくる。

とりあえず座敷に案内し、閉めきっていた部屋の窓を開けて風を通した。陽光の下とは違う春らしい涼しい空気が、家の中をやんわりと抜けていく。

「お父さんの木だ」

縁側の掃き出し窓を開け放つと、夏凜ちゃんがそう言った。すっかり花が開いた庭のハナミズキを見ていた。風が細い枝先の花弁を揺らす。まるで何かを語り掛けているようにも思える。

「夏凜ちゃん、お父さんに会いに来たんだよね」

訊ねれば、夏凜ちゃんは「はい」と頷いた。

単に会いたかっただけなのか、何か用事があるのか。理由は何にしろ、この子は父親がここにいると信じて来たのだろうし、待ってさえいれば会えると思っているのだろう。現在の妻であるわたしがこの家に住んでいるのに、透がいないはずがない。普通なら、そう考える。

「お父さんが前に住んでたところに行ったけど、もう住んでなくて。だからおばあちゃんちに来てみたんです。一回電話したけど出なかったから、そのまま来ました」

「あ、ごめんね、家に誰もいなかったときかも。夏凜ちゃんは今どこに住んでるの？」

「一宮（いちのみや）です。お母さんたちが離婚して、少し名古屋に住んでたけど、お母さんが今のお父さんと結婚することになって、一宮に引っ越して。今はお母さんと……新しいお父さんと、妹と、住んでます」

「そう、一宮からここまでひとりで」

「あの、お父さん、今日お仕事ですか？」

その問いにわたしは答えられなかった。どうしようかと、悩んでも意味はない。

「夏凜ちゃん、ちょっと、こっちに来てくれる？」

座敷を出ると夏凜ちゃんは素直に付いてくる。

お義母さんが私室として使っている部屋の隣、仏間のある和室に案内し、夏凜ちゃんを仏壇の前に座らせた。壁際に置かれた仏壇には、義父の写真と、一羽の折り鶴と、透の写真が飾られていた。

夏凜ちゃんは透の写真をじっと見た。そして、透によく似た丸い目をわたしに向けた。

薄く開いた唇が何かを言う前に、わたしは夏凜ちゃんに、言わなくてはならないことを伝える。

「あなたのお父さん、去年の春に亡くなったの」

夏凜ちゃんが両目を見開く。わたしは顔を背けたくなるのを堪え、透が交通事故に遭い、もうここにはいないことを、彼の娘に一年越しに伝えた。

「ごめんなさい。知らせるのが遅くなって」

頭を下げる。視線の先に見えた夏凜ちゃんの小さな両手は、きつく握り締められている。

「お父さん、死んじゃったの？」

夏凜ちゃんが呟いた。

「うん」

ごめんねと、わたしはもう一度謝った。他の言葉は思いつかなかった。

父親の死を知り、わたしは夏凜ちゃんが泣いてしまうと思ったし、それ以外の反応を思い浮かべなかった。けれど、夏凜ちゃんは俯くだけで涙を落とさず、声のひとつも上げなかった。

しんと静かな時間が過ぎる。とんびの鳴き声が遠くから聞こえてくる。

透が離婚したのは夏凜ちゃんが四歳のときだ。今は新しい父親もいるようだし、やはり、小さい頃に会ったきりの実父にそれほどの思い入れはないのだろうか。仕方のないことだが、ずっと夏凜ちゃんのことを気に掛けていた透のことを思い、ほんの少しの寂しさを感じてしまった。わたしはゆっくりと、響かないように呼吸をした。

「帰ります」

と、夏凜ちゃんが言った。

顔を上げると、夏凜ちゃんもこちらを見ていた。はっとする。向けられた両目に涙がいっぱいに溜まっている。

「夏凜、ちゃん」

目は真っ赤に腫れ、けれど小さな女の子は涙を零さないよう必死に唇を噛んで堪えていた。

とんでもない思い違いをした。この子は透の死に紛れもなく傷ついている。わたしの前で感情を出さないよう我慢しているだけだ。他人のわたしがいるせいで、泣けないのだ。

「すみません。お邪魔しました」

「ま、待って」

立ち上がる夏凜ちゃんを思わず引き留める。引き留めておいて、けれど何を言えばいいのかわからなかった。たったひとりで父親に会いに来て、その死を知らされた子どもに、掛けるべき言葉が何か、わたしにはわからない。ただ、この子をこのまま帰してしまってはいけない気がしている。

「お義母さんに、えっと、夏凜ちゃんのおばあちゃんに会って行って」

「……おばあちゃん？」

「うん。近くで働いてるから」

考えるより先に出た咄嗟の発言ではあった。それでも夏凜ちゃんの表情がわずかに変わった。ほっとしつつ、夏凜ちゃんの手を取り立ち上がる。

「おばあちゃんも、夏凜ちゃんの顔を見たら喜ぶと思う」

どうかな、と問うと、夏凜ちゃんは少し考えてからこくんと頷いた。わたしは小さな女の子に頷き返す。

昼食時の『まるも食堂』は、近隣で働く人たちや暇を持て余した常連さんでいつもどおり賑わっていた。

真面目に勤務中のお義母さんは、制服であるエプロンと三角巾を身に着け、忙しなく厨房と客席とを行き来している。

「いらっしゃいませ、って何ぃ、桜子ちゃんか」

入店してすぐお義母さんはわたしに気がついた。きょとんとした視線が、そのまつと隣にいる夏凜ちゃんに移っていく。

会うのは六年振り、お義母さんの記憶の中の姿より随分成長しているはずだが、お義母さんはひと目見てこの子が誰かわかったようで、あんぐりと大きく口を開けた。

「いや、ちょ、嘘やん、あんた」

幻覚でも見ているると思ったのだろうか、お義母さんは夏凜ちゃんの顔や肩を真顔でぺたぺた触っていく。こそばゆそうにもじもじしながら、夏凜ちゃんが「おばあちゃん、久し振り」と呟くと、お義母さんは一瞬固まり、

「夏凜やぁん！」

と店中に轟く声を上げた。そして夏凜ちゃんをぎゅうっと抱き締める。

「夏凜久し振りぃ！　何この子、来るなら来るって言いんよ！」

「ごめんね、おばあちゃん」

「馬鹿ちん、何を謝っとんのよこの子は！　ばあちゃんはあんたの顔見れてこんなに嬉しいのに」

お義母さんの熱烈な歓迎を受け、ずっと表情を強張らせていた夏凜ちゃんもようやく笑みを浮かべた。

わたしもほっと肩の力を抜く。お義母さんのところに連れて来たのは正解だったみたいだ。

「それにしても知らん間に随分大きくなっちゃって。しかもどえらい別嬪さんやん。確実にあたしに似たなこりゃ」

腕の中から夏凜ちゃんを解放したお義母さんは、今度は両手で頬をこねくり回し始めた。されるがままの夏凜ちゃんはやはりにこにこしている。

「お義母さん、あの、夏凜ちゃん、一宮の自宅からひとりで来たみたいで。わたしが出掛けて帰ってきたら家の前に立っていたんです」

夏凜ちゃんの頬が赤くなってきたところで声を掛けた。お義母さんは手を止めわたしを見上げる。

「そうなの？　一宮？　あんな遠くからひとりで？」

「その、透に会いに」

「あら……透のことは」

わたしはこくりと頷いた。お義母さんは「そう」と呟き、夏凜ちゃんに向き直る。

「お父さんのこと、教えられんくてごめんね」

夏凜ちゃんは首を横に振る。

「ううん、大丈夫。お母さんが、お父さんたちに新しい住所も電話番号も教えなかったの知ってるから」

「あんたはもう、しっかり者に育っちゃって」

　お義母さんはもう一度夏凜ちゃんを抱き締めた。夏凜ちゃんも、お義母さんのエプロンを細い指でぎゅっと握った。

「そうだ夏凜、お昼ごはんって食べた？」

　訊かれ、夏凜ちゃんはお腹をさすりながら「食べてない」と答える。

「そりゃいかん、子どもがお腹空かせとっちゃかんって。桜子ちゃんは？」

「あ、わたしもまだです」

「ほいじゃふたり共ここで食べていきん。あたしが奢るでさ。ちょっとあんたら、テーブル空けて」

　お義母さんは近くのお客さんに向かい、埃を払うような仕草をする。

「えぇ。食べとるとこなんだけど」

「知らんわそんなもん、一旦箸置きゃいいだけだら。あたしの孫が来たんだで早よどいてって。ほい、そことそこ相席！」

　お客さんたちは「職権乱用やん」と不満を漏らしながらも言われたとおりに席を移っていった。わたしは彼らに平謝りし、空いたテーブルに夏凜ちゃんと向き合って座る。

「夏凜、嫌いなもんとかアレルギーあったっけ？」

「ううん、ない」

「ほいじゃ何でも好きなもん食べりんね。ばあちゃん水持ってくるで」

そそくさと厨房に向かうお義母さんを見送ってから、テーブルに立ててあるメニュー表を広げた。『まるも食堂』はメニューが豊富で、とくに地元で獲れる海産物を使った料理が美味しいと評判だ。夏凜ちゃんはずらりと並ぶ文字を見ながら唇を尖らせて悩んでいる。

「わたしは海鮮天丼にしよっかな。これ好きなんだよね」

メニューのひとつを指さすと、夏凜ちゃんが顔を上げた。

「海鮮天丼？」

「海老天とかイカ天とか、色々入ってて美味しいんだよ。旬のものも入ってて、今の時季は鱚（きす）の天ぷらが載ってるんだって。わたしいつもこれ食べてるんだ」

「じゃあ……夏凜もそれにします」

「いいの？　他にもたくさんあるけど」

「それ、食べてみたい」

どこか恥ずかしそうに目を伏せながら夏凜ちゃんは言う。わたしは「そっか」と笑ってメニュー表を閉じた。

「五十鈴さんの孫ってことは透くんの娘ってことだら。えらいそっくりやんなあ」

隣のテーブルにいたお客さんのひとりが言った。近所に住んでいる顔馴染みのおじさんだ。周囲の顔見知りたちもうんうん頷く。

「でも透くんより賢そうな顔しとるやん」

「確かに。あの子ちょっとぽやっとしとったからね、お孫ちゃんのほうがしっかりしてそうだわ」

「しっかりしとんのはいいけどさ、おばあちゃんみたいに気ぃ強すぎる人にはなっちゃかんよ」

店内に笑い声が響いた。水を運んできたお義母さんが「これぶっかけたろかジジイ共」とお客さんたちの言葉を一切否定できない態度で応戦していた。

「ごめんねえ夏凜、やかましいおっさんばっかで」

お水と、サービスのお味噌汁がテーブルに置かれる。

「お義母さん、海鮮天丼ふたつお願いします」

「はいよ。あ、今ね、美晴ちゃんにも連絡したで。このみと一緒にすぐ来るって」

憶えとる？　とお義母さんに訊かれ、夏凜ちゃんは頷いた。お義母さんは嬉しそうに「うふふ」と漏らして厨房まで戻っていく。

しばらくして、ふたり分の海鮮天丼ができあがったタイミングで、美晴さんとこのみちゃんが『まるも食堂』にやって来た。

「夏凜やぁん！」

と美晴さんはお義母さんとまったく同じリアクションを取り夏凜ちゃんに抱きついた。このみちゃんは美晴さんの胸に埋もれる夏凜ちゃんのつむじをつついている。

「美晴おばちゃん、このみちゃん、久し振り」

「あらまあ、ちゃんと憶えとってくれたの？　夏凜の知っとるときよりおばちゃんちょびっと太ったのに」

「ちょびっとどころじゃないじゃん。お母さん何キロ太ったよ」

「うっさい黙れ」

「それにしても夏凜、大きくなったよねえ。今五年生になったとこだっけ？」

「うん。このみちゃんは、全然変わんない」

「はあ？　どこがよ。より一層美人になっとるって」

このみちゃんがけたけた笑いながらわたしの隣に座る。美晴さんは夏凜ちゃんの横の席に腰を下ろした。

「夏凜たら、一宮から田原までひとりで来たって？　めっちゃ立派やん。このみ、あんた見習いなさいよ」

「あたしだってひとりでグランドキャニオン行ったことあるし」

「そういや何年か前に唐突に行っとったね。彼氏に振られて」

「人間ね、旅に出たくなるときもあんのよ。ねえ夏凜」

美晴さんとこのみちゃんがいつもどおりの会話をしているのを、夏凜ちゃんはきょとんとした顔で聞いている。

天丼用のたれを渡すと、夏凜ちゃんは恐る恐る自分の天ぷらに垂らした。夏凜ちゃんの丼にはひと際大きい海老天が載っていた。

「美味しそうでしょ」

とわたしが言うと、夏凜ちゃんは「はい」と答える。

「でも、食べきれるかな」

「食べられる分だけでいいよ。無理しなくていいから」

いただきます、と手を合わせた。夏凜ちゃんもわたしを真似する。

「美味しそうだねえ、それ」

美晴さんが獲物を狩る目でわたしの天丼を見てきた。わたしは左手でさっとどんぶりを隠した。

「あげませんよ、わたしもお腹空いてるんですから」

「取らんて！　ちょっと貰ったところで腹の足しにもならんし。あ、お義姉さん、わたしにも海鮮天丼ちょうだい。このみはどうする？」

「あたしも同じの」

隣のテーブルを片づけていたお義母さんが振り返る。

「何ぃ、美晴ちゃんたちもお昼まだだったの？」

「いや食べたけど。夏凜たちが食べてるの見とったらまたお腹減ってきた」

「あんたダイエットするって言っとらんかったっけ」

「明日からするわ」

「五十鈴おばちゃん、あたしは昼まだ食べとらんで、ごはん特盛でよろしく」

へえへえと返事をして、お義母さんは厨房に入っていく。

ふたりの品が届いた頃にはお昼時を幾分か過ぎ、食堂内はすっかり静かになっていた。お義母さんは、美晴さんたちの天丼と、自分用の賄いごはんを持ってテーブルにやって来た。「あたしもごはんにしよっと」と他の席から椅子を持ってきてテーブルの側面に陣取る。

「見て見て、裏メニューのゲソ天」

夏凜ちゃんと美晴さんがお義母さんのどんぶり自慢に目を輝かせた。お義母さんは夏凜ちゃんの丼にだけゲソ天をひとつ載せた。

「お義母さん、今日は休憩ないシフトじゃなかったです？」

訊ねると「ほうだけど」とお義母さんは言う。

「店長が気ぃ利かせて早引きさしてくれたわ。だから今日はもう仕事おしまい」

「そうでしたか」

「堂々とサボりに来たと思った？」

じとっと睨まれ、わたしはえへへと笑って誤魔化した。

「まあ、もう昼のピークは過ぎたしね。はあ、今日もいっぱい働いてお腹空いたわあ」

　箸を綺麗に割り、お義母さんはお茶碗を持ち上げた。

「それにしても夏凜、何か透に用事でもあったの？」

　ほかほかのごはんを頰張りながらお義母さんが問い掛けた。イカ天を齧っていた夏凜ちゃんは、もくもくと口を動かしたまま目を伏せる。

「会いたかっただけ。でもお父さんいないから、ごはん食べたら帰るね」

「なんでぇ。せっかく来たんだしまだおりんよ。泊まってってもいいしさ」

「ううん。帰る」

　夏凜ちゃんは食事の手を止め俯いてしまった。お義母さんたちに会って笑みを浮かべていたのに、すっかりこの店に来る前の表情に戻っていた。

「でも、夏凜ちゃん、しばらく泊まって行くつもりだったんじゃないの？」

　わたしが言うと、答えない夏凜ちゃんの代わりにお義母さんが「そうなの？」と訊き返す。

「ええ、荷物をたくさん持っていたので。あれってきっと、着替えとかが入ってたんじゃないかなって」

　夏凜ちゃんはやはり口を開かなかったが、少し間を空けてから一度だけ頷いた。

　大人四人で顔を見合わせる。お義母さんは茶碗と箸を置き、夏凜ちゃんの華奢な肩に手を当てた。

「ねえ夏凜、あんた、どうしてうちに来たの」

普段は声の大きいお義母さんが、静かに、優しい口調で問い掛けた。夏凜ちゃんはすぐには顔を上げなかった。ただか細い声で、こう言った。

「お父さんと一緒に住みたかったの」

ゆっくりとこちらを向いた夏凜ちゃんの目に涙が溜まっていた。やはり、それを流さないように我慢しているようだった。

「住みたいって、あんたのお母さんはそれ知っとるの？　言ってから来た？」

「うん」

「でもばあちゃんらはあんたのお母さんからそれ聞いとらんよ？　お母さんは何て言っとったの？」

「……いいよって。行きたいなら行けばいいって。そのほうが、お母さんたちにとってもいいって」

「何それ、どういうこと？」

「夏凜はね、お母さんたちにとって、本当の家族じゃないんだって」

誰とも目を合わせないまま夏凜ちゃんはそう言った。

お義母さんが眉根を寄せていく。

「夏凜、あんた、今までどうしとったの？」

透が離婚した原因は、元妻の不倫だったと聞いている。相手に責任があるため、透は離婚と共に夏凜ちゃんの親権を主張したが、最終的に親権は母親側が持つことになった。

「お父さんたちが離婚したすぐあとは、今のお父さんの家だったマンションに住んでた」

あんまり憶えてないけど、と夏凜ちゃんは言う。

「それって名古屋のマンションだら？　そこの住所はばあちゃんらも知っとったけど、半年くらいしてからそこ引っ越したみたいで、あんたのお母さんと連絡付かんくなっただに」

「うん。少ししてから、お母さんと今のお父さんと、三人で一宮に引っ越したの。今のおうちだよ。そのときにお母さんたちが結婚して、夏凜も今のお父さんの名字になったんだ」

当時は離婚というものを理解できておらず、なぜお父さんに会えないのかと寂しく思っていたという。しかし、母親も再婚相手の男性も、夏凜ちゃんに優しくしてくれた。新しい家族の中で、やがて寂しさを忘れるほどに、ぬくもりに包まれ過ごしていたのだ。家族の形が変わる、二年の間だけは。

「妹？」

と、夏凜ちゃんの言った言葉を、お義母さんが繰り返した。夏凜ちゃんが頷く。

「一年生のとき、妹が生まれたの。夏凜、妹ほしかったからすごく嬉しかった。ほっぺ真っ赤で、可愛くて、大事にしようって思ってた。だけど妹が生まれてから、お母さんも今のお父さんも、妹ばっかり可愛がるようになっちゃった。最初は、まだ赤ちゃんでいっぱいお世話しなきゃいけないから、しょうがないって思ってたけど、何か、ふたり共ずっと、夏凜とちょっとも遊んでくれなくなって」

たどたどしく話す夏凜ちゃんの背を美晴さんが撫でる。

お義母さんは、眉間の皺を時間が経つごとに深くしていく。

「あんまりお話もしてくれないし、夏凜がテストとか運動会で頑張っても、全然褒めてくれないの。怒られたりとかはしないけど、おうちにいても、夏凜のことといないみたいな感じで無視されたり、邪魔だって言われたりしてね、すごく寂しかった。夏凜のおうちなのに、違う人のおうちみたいだし、お母さんも、夏凜のこと、もう好きじゃないのかなって」

夏凜ちゃんの声が小さくなっていく。食べかけのごはんを誰も口にせず、小さな女の子が一生懸命に語る言葉を聞いている。

わたしは、ゆっくりと深く息を吸い、吐いた。心臓が嫌に強く打ちつけていることに、気づかない振りをした。

「おうちでひとりでいるときね、いつもお父さんのこと思い出してた。夏凜、お父さんに会いたかった。お父さんと一緒に暮らしたいって思ってた。ずっとそう思って、でも言えなかったんだけど、この前ね、お母さんに言っちゃったの。そしたらお母さん、いいよって言った。いいよって。そしたらこっちも本当の家族だけで過ごせるからって」

だから夏凜ちゃんは家を出て、透に会いに来たのだった。この子の心に付けられた傷の深さは計り知れない。それでも夏凜ちゃんは腐らず、自分にとっての本当の家族と暮らすために、己の意思で花守の家に来たのだ。

「お父さんが前に住んでたとこには、お母さんが送ってくれたんだけど、おばあちゃんちまでは遠いからひとりで行きなさいって。電話番号と住所はメモしてたから、それ持って、夏凜、ひとりで来たんだ」

かすかに震えた声が話し終えると、少しの間、テーブルに沈黙が流れる。

「許せん」

地の底から響くような声をお義母さんが吐いた。

「あたしの大事な孫にしんどい思いさせやがって……あんのクソ女！」

拳が振り下ろされ、どんとテーブルが揺れた。美晴さんの割り箸が茶碗から落ちたが、美晴さんは気にせず拾い上げ、海老天を齧りごはんを頬張った。

「夏凜、そんな奴らのとこなんてもう二度と帰らんくていい！　これからはばあちゃんちで暮らしなさい！」

「……いいの？」

「いいに決まっとるら！　むしろあんたが帰りたいって言っても帰さんわ！」

涙目で見上げる夏凜ちゃんに、お義母さんはテーブルに身を乗り出しながら言い募る。

しかし、

「待ちんよ五十鈴おばちゃん、そんなん勢いで決めちゃかんて」

と、このみちゃんが口を挟んだ。

お義母さんがキッとこのみちゃんのほうを向く。

「何で！　今の話聞いたらどう考えたって夏凜を向こうの家に帰すわけにはいかんだら！」

「そりゃそうかもだけどさ、大事なことだからこそ頭冷やして考えんと」

「冷えとるわ！」

「そんなアンコウみたいな顔してどこが冷えとるよ。いい？　花守の家は、五十鈴おばちゃんだけの家じゃないんだでね」

このみちゃんのひと言に、お義母さんがはっとしてわたしを見た。このみちゃんはこれ見よがしに溜め息を吐いて、日に焼けた髪を掻き上げた。

「おばちゃんひとりで決めていいことじゃないって、わかっとるよね。子どもひとり育てていくことなんて簡単なことじゃないし」

「ほうだけど」

「冷静に、ちゃんと話し合わんとかんことだよ」

「……うん、ほだね。ごめん」

姿勢を戻し、勢いを失くした声色でお義母さんが呟く。静かな食堂に、どこか苦しい沈黙が流れる。

「透ちゃんは、もうおらんのよ」

小さな声でこのみちゃんが言った。

夏凜ちゃんが頼ってやって来た父親は、あの家にいない。

祖母がひとり、そして父親の再婚相手の見知らぬ人間がひとりいる家と、自分を追い出した実の母のもと。比べてみて、どちらが夏凜ちゃんにとってよりいい環境であるか、答えを出すのは難しい。

もしも透が生きていれば、彼は迷うことなく夏凜ちゃんを引き取っただろう。誰も、おそらくわたしも、反対することはなかったと思う。

けれど彼がいない今、わたしが彼の娘を受け入れることは簡単なことではない。受け入れるべき責任があるわけでもない。夏凜ちゃんにとってのわたしがそうであるように、わたしにとってのこの子は、あくまで他人でしかないのだ。

「夏凜ちゃん」

名前を呼ぶと、俯いていた夏凜ちゃんがそっと顔を上げた。

まだ幼い子どもだ。本来なら身近な大人から、当たり前のように庇護を受けるべき子なのに。この子にはそれが与えられなかった。

家族から十分な愛情を貰えない。どれだけ深い傷を負っても、その事実を受け入れるのは簡単なことではない。

それでもこの子は、この歳で実の母親のもとから離れる決断をし、自分の意思で家を出たのだ。どれほど覚悟のいることだっただろうか。

唯一の頼りとしていた父親が、もういないと知り、何を思ったのだろうか。

「あなたのお父さんは、もうわたしたちの家にいない。でも、もしもあなたがいいなら、うちで暮らさない？」

夏凜ちゃんの瞳が揺れた。

ゆっくりと目が開かれる。

わたしは一度視線を落とし、組んだ自分の指先を見てから、ふたたび夏凜ちゃんと目を合わせた。

「わたしは、その、夏凜ちゃんにとっては知らないおばさんかもしれないけど、お義母さん……えっと、おばあちゃんがいるし、美晴さんやこのみちゃんも、則之さんも近所にいるし。夏凜ちゃんが、嫌じゃなければ」

一緒にあの家で暮らそうと、わたしは言った。

夏凜ちゃんからの返答はすぐにはなく、先にお義母さんが口を開いた。

「桜子ちゃん、いいの？」

わたしはひと呼吸置いて「はい」と返事をする。

「わたしとしても、今の話を聞いて、このまま夏凜ちゃんを母親のもとに帰すことがいいとは思えませんし。今後のことは、このみちゃんの言うとおり冷静に考える必要がありますけど、まず今はこの子のことを最優先に、逃げ場所を作ってあげないと」

「ほだよね、うん」

「それに、透の子ですから」

「桜子ちゃんがそう言ってくれて正直ありがたいわ」

お義母さんが夏凜ちゃんに向き直る。

「あんたはどう？」

訊ねると、夏凜ちゃんは唇をきゅっと結び、首を縦に振った。

「帰りたくない。おばあちゃんちに住みたい」

かすかに震えた声で、けれどはっきり答えた夏凜ちゃんの頭を、お義母さんがぽんと撫でた。

「うん、ほいじゃそうしよう。ほら、ごはん冷めてきたかもしれんで早よ食べりん。お腹が膨れたら、嫌なことも思い出さんようになるでね」

お義母さんがにいっと笑うと、夏凜ちゃんも目を細めて微笑み、食べかけだったイカ天に齧りついた。

笑い方が透とそっくりだ。そう思いながら、ふたたび賑やかになったテーブルで、わたしは鱚の天ぷらを頬張った。

夏凜ちゃんの母親とも話をしておくべきだ、とこのみちゃんが言った。連絡は美晴さんがしてくれることになった。「あたしがする」とお義母さんは言い張ったが、三秒で喧嘩腰になりまともに話などできないに決まっていると美晴さんとこのみちゃんに諌められ、渋々役目を譲ることになった。

母親への対応は美晴さんたちに任せ、わたしはお義母さんと夏凜ちゃんと三人で一旦家に帰った。夏凜ちゃんの荷物を整理しながら、ここで生活するのに必要になるものを確認していった。

夏凜ちゃんの持ってきたボストンバッグの中身はやはり洋服や下着類だった。詰められるだけのものを詰めてきたようだが、枚数自体はそう多くなく「買わんとかんねえ」とお義母さんは言っていた。

とりあえず、二階にある空き部屋を夏凜ちゃんの部屋にすることにした。そこに荷物を移したあとで、お義母さんと夏凜ちゃんは夕飯の食材の買い出しに出掛けた。わたしはその間、押し入れにしまっていた布団を一組、急いで庭に干した。敷布団と掛布団を物干し竿に広げ枕をハンガーに吊るす。もう昼過ぎだが干さないよりはましだろう。

少しだけ埃臭い布団をぽんと手のひらで叩く。

ふう、と息を吐いた。あとは何がいるだろうか。服以外にも色んなものがいるはずだ。何から準備したらいいだろう。先のことを考えて、でもうまく頭が回らない。強い風が吹きつけ、シュシュから零れた髪が顔に掛かる。

一年。ようやく今の生活に心が慣れ始めたところだったのに、また身の回りに大きな変化が訪れてしまった。まさか、死んだ夫の子が今になってやって来るだなんて。初めて顔を合わせたその子と、ひとつ屋根の下で暮らすことになるなんて。

自分で提案しておきながら、考えれば考えるほど不安が増した。本当にやっていけるだろうか。自分自身に問い掛けたことに、大丈夫だとは嘘でも言えない。

金銭的にはそこまで問題はないだろう。透がわたしたちに遺してくれた預金のほか、彼が夏凜ちゃんのために貯めていたお金も残っている。わたしも独身時代からの蓄えがあるし、お義母さんも働いているから、余裕があるとは言えないまでも、子どもひとり養えないということはない。

心配なのは、気持ちの面だ。亡き夫の子。向こうからしたら、父親の再婚相手。どんなふうに見ればいいのか、どんなふうに見られているのか。

不安しかなかった。それでも、さっきは本心から一緒に暮らそうと言った。

夏凜ちゃんの境遇を知れば拒否することなどできなかった。あの子がこれまで家族から与えられていただろう痛みが、わたしには自分のことのようにわかってしまうから。まるであの子が昔の自分のように思えて同情してしまったのだ。他人事だと切り捨てられなかった。あの子に手を伸ばさなければ、きっとわたしは、手を伸ばしてしまった今よりも、ずっと酷い後悔をしたはずだ。

「ここを、出て行くことも考えないといけないな」

ぽつりとひとりごとを零し、庭のハナミズキを見上げる。桜とは違う春に咲く花。わたしはこの家に来るまで、ハナミズキの花がどんな姿をしているかあまり知らなかった。初めてまじまじと花を見て、素直に綺麗だと思った。そして、透がなぜこの木を大切にしているか、何となくわかるような気がしたのだ。

「これからどうなるのかな、透」

透と暮らし、お義母さんと暮らすこの家は、わたしにとって居心地がよかった。出て行きたいと思ったことはなかったし、今すぐここを離れるつもりがあるわけでもない。ただ、夏凜ちゃんがこの家で暮らす日々に、他人のわたしが邪魔になることがあれば、あの子のために離れるべきなのだろうと思っている。

まだ小さなあの子のそばには、愛して抱き締めてくれる家族がいなければいけない。だから、何かあればわたしがこの家を出て行かないといけない。

大丈夫。わたしはひとりでも、ちゃんと生きていけるはず。

お義母さんと夏凜ちゃんは、一時間ほどでスーパーから帰ってきた。大きなエコバッグには、白菜に長ねぎ、春菊、焼き豆腐、椎茸とえのき、しらたき、そしてたくさんの牛肉が入っていた。

「今日はすき焼きだでね。昼に天丼食べたけど、夜に向けてお腹空かせんとかんよ」

お義母さんは帰宅するなりお気に入りの割烹着を着て、大量の食材の下拵えを始めた。夏凜ちゃんもお義母さんを手伝って一緒に台所に立っている。

わたしはとりあえず、取り込んだまま放っていた洗濯物を畳むことにした。まずお義母さんのものを片づけてから、わたしのものを畳んでいく。我が家は洗濯物が少ないから、作業に時間はあまり使わない。

「あの」

ふと声がして振り返ると、座敷の入り口に夏凜ちゃんが立っていた。わたしは手を止め、夏凜ちゃんのほうへ体を向ける。

「どうしたの？　何かあった？」

「あ、えっと、あのお布団って夏凜のですか？」

夏凜ちゃんが庭に干している布団を指さした。わたしは頷く。

「そうだよ。まだ少ししか干せてないけど、時間的にそろそろしまわないとね」

「じゃあ、夏凜がやります。自分のだから」

夏凜ちゃんはそう言うと、縁側から庭に出て、重たい敷布団をひとりで物干し竿から下ろし始めた。慌てて手を貸そうとしたが、夏凜ちゃんは意外にも器用に抱え、難なく座敷まで運んでくる。

「今までも、自分でお布団干したり片づけたりしてたの？」

問うと、夏凜ちゃんは縁側に布団を置きながら「はい」と答えた。

「お部屋の掃除とか、自分のことは全部自分でしてました」

「そう、なんだ」

「ごはんはお母さんが用意してくれてたけど、お茶碗はいつも自分で洗ってます。ごはん、部屋でひとりで食べてたから」

夏凜ちゃんは掛布団を取りに行く。わたしは、止めていた手を動かし、干したての匂いのするバスタオルを畳んでいく。

「うちではね、仕事とか用事がない限り、朝ごはんと夜ごはんは一緒に食べることにしてるんだ。家事は役割分担してて、手伝ったり、適度に手を抜いたり、休みの日はちょっと多めにやったりとか。だから夏凜ちゃんにも手伝ってもらうことがあると思うけど」

縁側にぼふんと掛布団が飛び込んできた。見ると、ほんの少し頬を赤らめた夏凜ちゃんが、布団に手を突き身を乗り出していた。

「夏凜、お風呂掃除が得意です」

まん丸い目が一生懸命に見開かれていた。わたしは思わず小さく笑う。

「じゃあ、日曜日のお風呂掃除当番は夏凜ちゃんにお願いしよう」

夏凜ちゃんが頷くと、長いポニーテールがするんと跳ねた。

取り込んだ布団を一度広げて、ふたりで協力して畳んでいく。四つ折りにした敷布団の上に掛布団、その上に枕。丁寧に重ねられた寝具に触れると、柔らかなぬくもりを手のひらに感じた。短い時間しか干せなかったが十分に日差しを浴びていたようだ。

「桜子さん」

夏凜ちゃんが呼ぶ。

「何？」

「一緒に住んでいいって言ってくれて、ありがとう」

夏凜ちゃんは、わたしと向かい合うように座り、「よろしくお願いします」と、背中を丸めて頭を下げた。

目の前の子の、両膝に置かれた小さな手を見つめる。

「ねえ夏凜ちゃん」

顔が上がり、目が合った。わたしはゆっくり瞬きをする。

「これから毎日顔を合わせるのに、堅苦しい喋り方だと窮屈でしょう。わたしにも、おばあちゃんたちに話すのと同じように話してくれていいよ。それに名前もさん付けなんてしなくていい。みんな、わたしのことは桜子ちゃんって呼ぶから、夏凜ちゃんもそう呼んでほしい」

呼びにくかったら桜子おばさんとかでいいけど。と付け加えると、夏凜ちゃんは

きょとんとした顔でわたしを見つめた。ややあって、

「桜子、ちゃん」

と、夏凜ちゃんが気恥ずかしそうに呟いた。

「うん。よろしくね」

「よろし、く」

夏凜ちゃんが照れ臭そうに笑う。透にそっくりな顔だ。それに、血の繋がりはないはずのお義母さんの笑い方にも、どこか似ているような気がした。


夕方、間もなくすき焼きが完成するタイミングで、美晴さんとこのみちゃん、則之さんとポン太が花守家にやって来た。

このみちゃんが座敷で夏凜ちゃんの相手をしてくれている間に、わたしたちは台所で、夏凜ちゃんの母親との話を美晴さんから聞いた。

「夏凜の言ってたとおりだったわ。再婚相手が子どもがほしいって言ったから夏凜を引き取ったけど、今の夫と血の繋がった子どもができて、まあ嫌な言い方すると、夏凜は用なしって感じになったみたい」

眉を吊り上げ、美晴さんが腕組みをする。諸々を知らされた則之さんは寂しそうに口をへの字に曲げている。

お義母さんは、当然のごとく仁王の形相になっていた。もしもこの場に母親本人

がいたら即座に殴り掛かっていただろう。

「あの女！　だもんで離婚するときこっちが親権持つって言ったんじゃん！　ほんっと親権って何で母親のが有利にできとんだろね。どこをどう見たらあいつのが親に相応しいってのよ」

「まあそうだけど、そりゃ終わったことだで」

「ほんで？　透のことは話した？」

「一応ね。さすがに驚いとったけどさ、じゃあ夏凜を返してとかはなくて、でもお義母さんが面倒見てくれるんですよね、だって。呆れたわ本当。結婚までした相手が亡くなってても悲しみもしんで、実の娘を簡単に手放せちゃうだに」

わたしにゃ理解できんわ、と美晴さんは肩を竦めた。わたしは下のほうで指を組み、伸びてきた爪の根元を見ていた。

「ほじゃまあ、夏凜は完全にこっちで引き取るって考えてよさそうだね」

則之さんが言う。

「五十鈴さんの養子にするってのが今んとこのベスト？」

「ほだねえ」

お義母さんは頷く。

「でもまあ、昼にこのみも言っとったけど、その辺りは慎重に考えんとかんよね。手続き踏むにも向こうの合意がいるだろうし、どっかできちんとあたしが相手と話をしんと」

「あらま、意外と冷静」

「美晴ちゃん、夏凜の母親は電話でそこら辺なんか言っとった？」

「いんや。電話も五分くらいで用事あるって切られちゃったで、あんま込み入った話までできんかったのよ。ごめんね」

「あんたが謝ることじゃないわ。まあ、夏凜がこっちにおるってだけで安心できるし、またタイミング見て連絡取ってみるわ。とりあえず、すぐに向こうに渡すってことだけはしんから」

お義母さんの言葉に、美晴さんと則之さんが頷く。

「わたしらも協力するで。何でも言ってよ。うちなら日中の面倒も見れるしさ」

「うん、ありがとね。よろしく頼むわ」

「おーい、お話し中すまんけど」

ひょこりと、台所にこのみちゃんが顔を出した。その後ろからポン太を抱っこした夏凜ちゃんも現れる。

「中高年たちと桜子ちゃん、カセットコンロの準備終わったよ」

「お、ほじゃ鍋運ぶか」

お義母さんが「うっし」と声を上げ、鍋を置いていたコンロの火を止めた。鍋の中では飴色の割り下に浸かった具材が煮えており、立ちのぼる甘い香りが、ほどよく空いたお腹を刺激した。

「じゃあ夏凜はお茶持ってってくれる？　このみは卵ね。美晴ちゃんと桜子ちゃんでお皿運んで、則之くんは鍋ね。絶対ひっくり返すなよ」

「え、五十鈴さん、それって振り？」

「振りじゃないわ。マジでひっくり返したら髪の毛全部引っこ抜くからな」

「ひぇぇ」

お義母さんはたっぷりの白米を炊いた炊飯器を持って台所を出て行く。その後ろをポン太が軽やかに付いて行く。

各々任されたものを座敷へ運び、則之さんによって無事にすき焼きの鍋も到着したところで、全員で卓を囲んだ。

「いただきます」

揃って手を合わせ、一斉に箸を持つ。

わたしは鍋から椎茸と春菊、焼き豆腐を拾い、溶いた卵に絡ませた。まずは椎茸から、ふうふうと息を吹き掛けて口に運ぶ。柔らかく煮えた肉厚の笠に、甘く香ばしいタレがしっかり染み込んで、じゅわりと味が広がる。美味しい。お義母さんの特製の割り下は、何度食べてもいつも絶品だ。

「夏凜、お肉いっぱい食べりんよ」

お義母さんが菜箸で鍋の中の牛肉をほじくり出す。このみちゃんが「はあい」と返事をして、てらりとタレを纏ったお肉を大量に掻っ攫っていく。

「ちょ、このみ！　あんたに言っとらんわ！　取りすぎ！」

「夏凜の分は残してあるって」

「残しとらんかったら買いに行かせるからな」

「残しとるってば」

「まったく、うちは食べ盛りが何人おるんだって。たくさん買ってきてよかったわ。ほら夏凜」

お義母さんは夏凜ちゃんの取り皿にお肉を入れる。夏凜ちゃんは「ありがとう」と言い、何回も息を吹き掛けてから、大きな口を開けてお肉を頬張った。

「んむ、お肉、すごく美味しい」

「だら？　たくさんあるで好きなだけ食べりんね。でもお野菜ときのこも食べんとかんよ。一緒に食べるのが一番美味しいんだでね」

「うん」

鍋の中身が少なくなってきたら追加し、賑やかに夕食は進んでいく。夏凜ちゃんは、量こそ多くはないまでも、好き嫌いせず、にこにこと子どもらしい笑顔のままでお義母さんの作ったすき焼きを食べている。

「とりあえず」

と、具材のストックがなくなり、お腹がだいぶ満たされてきたところで、持ち込んだ缶ビールを開けながらこのみちゃんが言った。

「しばらくここに住むことが決まったんなら、夏凜がこっちの学校に行けるようにしんとかんよね」

夏凜ちゃんがぱちりと大きく瞬きする。

「……学校？」

「そうだよ。こっちの小学校に通えるように、早めに手続きしんとさ」

「そっか。夏凜、転校するんだ」

夏凜ちゃんが呟いた。

わたしは茶碗を置き、夏凜ちゃんの背中に手を当てる。

「そうなっちゃうね。ここから一宮の学校には行けないし、夏凜ちゃん、学校は行きたいよね？」

「うん。行きたい」

夏凜ちゃんはそう言って頷く。

「それなら、必要な書類とかまとめて早よ送れって相手さんに言っといたよ。学校行かれんのはさすがに困るやん」

美晴さんが鍋に残っていたしらたきを掬った。続いてお義母さんが鍋を覗き込み、長ねぎとえのきを拾い上げる。

「事情が事情だし、先に学校のほうに連絡しといてもいいかもしれんね。急な転校にもなるし、色々話しといたほうがやりやすいら」

「ああ、確かにねえ」

「まあ通えるのは少し先になるかもだけど。揃えんとかんもんもたくさんあるから、時間があってちょうどいいくらいだら」

お義母さんはすっかり萎びた長ねぎをあむりと頬張った。わたしも取り皿に残っていた最後のお肉を食べる。ちょっと冷めてしまったが味は変わらず美味だ。

「小学校には、わたしが明日にでも連絡しておきますよ」

透も通っていた学校ですよね、と訊くと、お義母さんは「そうそうそう」と箸を振った。

「今さ、透の五年生のときの担任がそこで教頭しとるらしいのよ」

「へえ、そうなんですか。偶然ですね」

「いい先生だったたから、夏凜のことも親身になってくれるかもしれんね」

「そういえば、転校って教育委員会か何かにも連絡必要でしたっけ」

「知らんけど、そうなの?」

きょとんとしたお義母さんと顔を見合わせた。美晴さんが鼻の横に皺を寄せる。

「いやお義姉さん、透ちゃんがこの家に来たとき転校しとったやん。そのときどうした?」

「全っ然覚えとらん」

あっけらかんとお義母さんが言い、大人たちが一斉に笑った。その隙に則之さんがこのみちゃんの缶ビールを盗もうとして、このみちゃんにぴしゃりと頭を叩かれた。

「新しい友達、できるかな」

賑やかな食卓の真ん中で、少し不安そうに夏凜ちゃんが呟いた。「当然やん」と、お義母さんは間髪容れずに答える。

「ここらは子ども少ないでね。でも夏凜ならすぐ友達できるわ」

「うん……夏凜、みんなと仲良くできるよう頑張るね。前の学校の友達にも、お別れ言ってないし、手紙書かないと」

「お、ほんじゃ、ばあちゃんが便箋買ったるわ」

「ほんと？　夏凜、花柄のがほしい」

「任しとけ」

お義母さんが歯を見せて笑うと、夏凜ちゃんも同じ顔をした。

鍋が空になったところで、このみちゃんが買ってきたケーキをみんなで食べた。種類がばらばらのケーキの中で、わたしはレアチーズケーキを選んだ。

一番はじめに選ぶ権利を与えられた夏凜ちゃんは、イチゴの載ったショートケーキでも、甘いチョコレートケーキでもなく、山なりの形が可愛いモンブランを手に取った。それは、透も一番に好きなケーキだった。夏凜ちゃんは丸い両目を細くして、てっぺんに載った栗を食べていた。

美晴さんたちが帰宅し片づけを終わらせ、ひと息ついてからお風呂を沸かした。一番風呂は、誰より疲れているだろう夏凛ちゃんに譲り、わたしは座敷でお義母さんとお茶を飲んでいた。

雨戸と硝子戸を開け放った縁側から、乾いた涼しい風が入り込んでいる。

「バタバタした一日だったねえ」

お義母さんがしみじみ呟き、わたしは「ですね」と返事をした。庭に見えるハナミズキの、薄紅色の花を見ていた。

「これから色々大変になるけど、桜子ちゃん、ごめんね」

「いいんですよ。わたしも了承したことですし。夏凛ちゃんが最優先なのも当たり前ですから」

「うん。血の繋がりはなくても、夏凛はあたしの孫だから、放っとけんくて」

お義母さんが湯飲みのお茶を飲んだ。わたしも真似して口を付ける。冷たい緑茶は甘みがあって飲みやすかった。お義母さんの気に入っている茶葉だ。

「もしも」

と、わたしは言う。

「透が前の奥さんと離婚したときに夏凛ちゃんを引き取っていたら、わたしはあの子の母親になっていたかもしれないんですよね。透に子どもがいたとしても、そのせいで彼との結婚を躊躇うことは、たぶんなかったと思うから」

考えたって無意味なことはわかっている。だがどうしても考えてしまう。

もしも、はじめから透があの子を引き取っていたら。いや、たとえ親権はなくとも、透と共に会う機会があったなら。

そのときわたしたちはどんな関係を築いたのだろうか。もっと何か違っただろうか。もしも……今この場に透がいてくれたなら、誰も不安なんて、抱かなかっただろうか。

「ほだねえ。その可能性もあっただね。夏凜と桜子ちゃんと透、三人で家族になってさ」

のんびりした口調で呟き、「でも」とお義母さんは続ける。

「桜子ちゃんは、今まで夏凜に会ったことはなかったし、今日の今日までまさか夏凜がうちに来るなんて思ってもみなかっただら？　あたしだってそうだもん。何の心の準備もしとらんかったうえ、透はもうこの世にいないんだで」

「……はい」

「だからさ、桜子ちゃんが夏凜の母親になる必要はないだに。この家で夏凜と一緒に暮らしてほしいってのは、桜子ちゃんに夏凜の親代わりになってほしいってこととは違うから。あんたにその義務もないし。気負わんでほしい。同居人みたいな感じで、気楽にやってくれればいいからさ」

卓の上には、このみちゃんが置いていった袋入りのチョコレートが置いてある。お義母さんはひとつ取り上げ包みを開け、四角いチョコレートをひょいと口に放り込んだ。

「あの、お義母さん」

何、とチョコを舐めながら返事が戻ってくる。わたしは唇を引き結び、ゆっくり息を吐いた。

「その、この先、夏凜ちゃんがわたしと暮らすことをストレスに思うようなら、いつでも言ってくださいね。わたしはすぐにこの家を離れますから。わたしはあの子にとって他人ですし、元々、花守の人間ではありませんし」

お義母さんがちらとわたしを見た。少し間を置いて、チョコの中のアーモンドを嚙み砕く音が聞こえた。

「うん。わかった、そうする。それに、夏凜が何ともなくても、桜子ちゃんのほうがここにいづらいと思ったら、そのときもあたしらのことは気にせず、いつでも好きなとこに行っていいでね」

「……わかりました」

「でもさ、前も言ったことあるけど、桜子ちゃんがこの家にいたいと思うならいつまでだっていていいんだから。ここは、桜子ちゃんの家なんだでね」

お義母さんはチョコレートをふたつわたしの前に置いた。わたしはこくりと頷いて、チョコレートをふたつ一遍に食べた。

時計を見る。針はちょうど十九時半を指している。

「夏凜ちゃん、ちょっと遅いですね」

入浴を始めたのは十九時を回った頃だったはずだ。もう三十分が過ぎている。

「ほだねえ。疲れて湯船で寝ちゃってないといいけど」

「わたし見てきます」

立ち上がり、座敷を出て洗面所に向かった。戸をノックするが返事はなく、開けても夏凜ちゃんの姿はなかった。お風呂場の磨り硝子の戸から、オレンジの灯りが透けて見えていた。シャワー音は聞こえない。わたしは声を掛けようと口を開き、けれど何も言わずにゆっくりと閉じた。

小さな泣き声が、磨り硝子の向こうから聞こえていた。

わたしはしばらくその場に立ち竦んだ。何か言って慰めてあげないと。そう思いながらも、やはり、掛ける言葉を見つけられない。

しゃくり上げる声が止み、洟(はな)を啜(すす)る音だけになったところで、静かに洗面所をあとにした。

「そう」

夏凜ちゃんが泣いていたことを伝えると、お義母さんはそう言った。

やがて座敷に戻ってきた夏凜ちゃんは、頬と目元を少し赤くし、けれど何事もなかったかのようにほっこりと笑んでいた。お義母さんも、泣いていたことについて何か言うことはなく、いつもどおりのお気楽な言葉を掛けるだけだった。

二十一時には全員寝支度を整え、夏凜ちゃんが布団に入るのを見届けてから、わたしも自分の部屋に向かった。早く眠ろうと思っていたが、なかなか寝付けず、日付が変わる頃になってようやくうとうとし始めた。暗くした部屋の中、現実と夢を行ったり来たりしていると、ふと小さな話し声が聞こえた気がして目を覚ます。

のそりとベッドから出てドアを開けた。正面にある夏凜ちゃんの部屋のドアが開いている。中を覗いたが誰もいない。一階に下りてみると、台所から灯りが漏れているのが見えた。夏凜ちゃんが椅子に座っていて、お義母さんが寝間着姿で鍋を火にかけていた。

「どうかしましたか？」

声を掛けると、お義母さんが振り返る。

「お、匂いに釣られて起きてきたか。食いしん坊さんめぇ」

「違いますよ。話し声が聞こえて、夏凜ちゃんが部屋にいないみたいだったから」

「夏凜がさ、眠れんって言うで、夜食におうどん作ってあげてるとこ」

チン、と音が鳴った。お義母さんが電子レンジから冷凍のうどんを取り出す。袋を開け、汁が煮込まれているのだろう鍋に解凍した麺を入れていく。

「眠れないときはホットミルクとかのほうがいいのでは」

「いいや、心が落ち着かんときはおうどんに限る」

桜子ちゃんもいる？　と訊かれ、悩んでから首を横に振った。わたしはケトルでお湯を沸かし、三人分の梅昆布茶を作った。

夏凜ちゃんの前にわかめだけが載ったうどんが置かれる。夏凜ちゃんは割り箸を割り、麺を一本ずつつるつると啜っていく。

「美味しい？」

「うん。美味しい」

「そらよかった」

お義母さんが夏凜ちゃんの頭を撫でる。

「お腹が膨れて体があったまれば、ゆっくり眠れるってもんよ」

夏凜ちゃんはお義母さんのうどんを啜る。もごもごとほっぺたを揺らし、何口か食べたところで、丸い目からぽろりと涙が落ちた。瞼を手の甲で拭うけれど、涙は次から次へと溢れてくる。

泣きながら、しかし夏凜ちゃんはうどんを食べる手を止めなかった。お義母さんは黙ってその姿を見守っていた。

食べ終わった頃には、夏凜ちゃんの両目は真っ赤に腫れてしまっていたが、表情は存外すっきりしていた。三人で食器を洗い、二度目の「おやすみ」を言い合って部屋に戻る。

　わたしはベッドに入り、頭まで布団を被った。眠気はあるのに上手く眠ることができず、やっぱりお義母さんの作ったうどんを貰えばよかったと、少しだけ後悔した。

✿

　一年の間ふたり暮らしを続けていた花守家に、新しい住人がやってきた。

　お義母さんとわたしと、夏凜ちゃん。血の繋がりの一切ない、少し奇妙な三世代女三人での生活も、あっという間に数日が過ぎていった。

　どうなるのだろうか、上手くやっていけるのだろうかと不安を抱きつつ始まった日々は、思いのほかスムーズに、そして平穏に流れている。

「夏凜がお風呂掃除しとくね」

「おばあちゃん、電気点けっぱなしだったよ」

「桜子ちゃん、いってらっしゃい」

　夏凜ちゃんはとても真面目ないい子で、率先して家事を手伝ってくれるし、自分のことも誰に言われなくてもやる。我儘を言わず、にこにこと明るく、気が利いて賢く、何なら要領の悪いわたしやちょっとずぼらなお義母さんよりも、ずっとしっかりしていて頼もしいくらいである。

学校に通えるようになるまで、わたしとお義母さんが仕事に出ている時間は『まるも食堂』か、美晴さんと則之さんが自宅で経営している美容室『サロン遠山』のどちらかで過ごさせることにした。夏凜ちゃんはそのことにも文句ひとつ漏らさず、黙々と本を読んだり、持ってきた勉強道具で学習したり、たまにポン太と遊んだり、ひとりで大人しく時間を過ごしているようだった。

同居人がひとり増えたことにより生活が変わったことは確かだ。しかし負担が増えたわけではなく、夏凜ちゃんがいることで不自由さやストレスを感じることはなかった。他人の子とどう暮らせばいいか心配していたわたしにとっては嬉しい誤算ではある。が、そのことが今、わたしに別の不安を抱かせている。


お客さんを見送りネイルテーブルを片づけた。今日は予約が詰まっておらず、次のお客さんが来店するまでは随分時間が空いていた。

テーブルのそばの窓を開ける。ネイルルームは空調設備による換気を徹底しているが、お客さんのいない時間はなるべく窓も開放し、空気を入れ替えるようにしている。

見える景色は、昔勤めていた名古屋のサロンから見えたものとは随分違った。建物はどれも低く、道行く人は少ない。鹿島さんはこの辺りを「田舎」だと言うし、都市部と比較すれば確かに寂しいところだ。だが今のわたしの自宅の付近と比べると、駅に近いここの辺りはずっと賑やかさを感じる。

花守家は、華やかさも便利さも、それほど特別感もない土地にある。それでもあの海辺の町が好きだなあと、時々改めて思ってしまう。

「花守さん、休憩入っちゃう?」

鹿島さんに声を掛けられ振り向いた。隣のテーブルにいる鹿島さんも次のお客さんが来るのを待っているところだった。

「時間空いてるでしょ。飛び込みのお客さんも来なそうだし、二十分くらい休んじゃってもいいけど」

「いえ、今日はお昼休憩しっかり取れたので大丈夫です。道具のメンテもしたいので」

「そう。んじゃわたし在庫チェックするね」

「お願いします」

テーブルに戻り、愛用の筆をクリーナーで整えていく。鹿島さんはタブレット片手に、テーブルの後ろの棚を覗いて物品の過不足を確認している。

「あの、鹿島さん、ちょっと訊きたいことがあるんですけど」

迷いつつも訊ねた。鹿島さんは作業の手を止めないまま「何ぃ」と返事する。

「そのですね、鹿島さんちのお子さんって、小学校の高学年のとき、どんな子でした？」

「へ？」と言いながら鹿島さんが振り向いた。

「どんな子って？」

「たとえば、こう、親が注意しなくてもやるべきことをやれるとか、家事もしてくれるとか、我儘言わないとか」

「そういう意味だと、うちは上の子も下の子も、言うこと聞かない暴れん坊だったけど。わたし毎日怒鳴ってたよ。まあ今もだけどさ」

「ですよ、ねえ。小学生って、そんな感じですよね」

「いやまあ、人によると思うけど。うちはわりとやんちゃなほうだからさ。でも何で？　何かあったの？」

鹿島さんが眉を寄せた。わたしは少しだけ目を伏せる。

「その、実はですね」

夏凜ちゃんのことは、まだオーナー以外には話していない。だが子育て経験のある人の話を聞ければと意を決し、鹿島さんに話をした。

亡くなった夫の娘が、実母のもとを離れ我が家にやって来たこと、その経緯と、その子がいい子過ぎて心配している、という、わたしの目下の悩みも。

「そりゃまあ、とりあえず、お疲れさん」

様々な反応をしつつ話を聞いていた鹿島さんは、聞き終えたところでしみじみとそう言った。いつの間にかタブレットを手放し、しっかり両腕を組んでいた。

「何かややこしいことになってたのね。大変だったねえ」

「いや、そこまで大変ではないんですけど」

「とりあえず、お子さんのことだけど、まともな愛情を保護者から受けてなかったたってことでしょ。話を聞く限りは、いい子にならざるを得ない環境だったたってことかねえ」

腕を組んだまま首を傾げる鹿島さんに、たぶん、とわたしは答える。

夏凜ちゃんの性格の理由は、おそらく元の家族が原因となっている。家族に自分を見てもらえなかった子だから、いい子でいさえすればこちらを見てもらえると信じていたのだろう。そして、いい子でいなければ、嫌われてしまうと恐れている。

だからあの子は我が家でも我儘ひとつ言わないのだ。わたしたちに嫌われればまた居場所がなくなってしまう。今度こそ、どこにも逃げられずひとりになってしまう。そう思っている。

でも、花守家にあの子を見捨てる人間はいない。夏凜ちゃんがどんなことを言って、何をしたって、愛情をもって叱り、慰め、笑ってくれる人しかいないのだ。だから少しくらい子どもらしく狡いことを言ったり、迷惑を掛けたりしたって構わないのに。あの子はそうしないし、わたしも、どう接したら素のままの夏凜ちゃんでいさせてあげられるのか、わからない。

「母親にならなくていいと、義母には言われましたけど、でも、親とかじゃなく、あの子のそばにいる大人として、やるべきことがあるんじゃないかって思うんです。どうしたらあの子の心を丁寧に解きほぐしてあげられるかなって」

「なるほどねえ。まあ、お互い慣れとしか言いようがないんじゃない？」

あっさりと鹿島さんは言った。口をへの字にするわたしを見て、子育ての先輩はからからと笑った。

「望んでいたアドバイスと違ってるみたいでごめん。でも、そういうのはなかなか難しいし、無理に大人が子どもらしくさせようとするのは逆効果な気がするよ」

「そういうもの、ですかね」

「花守さんのお義母様には懐いてるんでしょ？　じゃあ大丈夫だって。気を許せる人と暮らしてれば、自然と緩んでくるもんなんじゃないかな」

「やっぱり、わたしに気を遣ってるんでしょうか」

「そりゃ他人同士が一緒に暮らすんだから、気を遣うのなんて当たり前じゃん。花守さんだって、結婚してお義母様と住み始めた頃はそうだったんじゃない？」

「まあ、はい」

「でも今は違うでしょ。少しずつね、慣れていくもんなの。それはね、急いだってどうにもならないんだから、自然に任せるのが一番なの」

テーブルに置いていたタブレットを手に取り、鹿島さんは棚のチェックを再開する。

「そんなに心配しなくてもさ、子どもって、繊細だけど、大人が思ってるよりずっと柔軟で強かでもあるよ」

鹿島さんの言葉に、わたしはこくりと頷いた。納得できたわけではないが、鹿島さんが間違ったことを言っているとは思わない。今は余計なことをしないのが一番なのだろう。これ以上何かが悪くならないように、気をつけるしかない。

「それよりさ、花守さんはこれからどうするの？」

サンプルでも作ろうかとネイルチップを漁り始めると、鹿島さんにそう言われた。振り返ると、鹿島さんも顔を上げこちらを向いた。

「どうするって？」

「花守さん自身は、今の家で今の生活を続けていくつもりなのってこと」

鹿島さんは視線をタブレットに戻し、作業を続けながら話も続ける。

「お義母様が娘さんを引き取るなら、一時的なことじゃなく、ずっと花守さんちに住むことになるでしょ？　さっき言ってたけどさ、確かに花守さんには母親になる義務はないんだし、亡くなった旦那さんの親や子どもと暮らしていくより、花守さんにとっていい生き方も他にあると思うんだよね」

「いい生き方、ですか」

「花守さん、まだ若いし、再婚だってしようと思えばできるじゃん。でもずっと一緒に暮らしてたら、その人たちの人生に責任持たなきゃいけなくなって、自分のしたいことができなくなるときが来るかもしれないよ。娘さんのことは関係なくさ、花守さん自身が自分のことを考えて、どうするのが最良かってのを考えるべきだとわたしは思うよ」

そこまで言って、鹿島さんは再度こちらを向き「お節介言ってごめんね」と謝った。わたしは首を横に振る。お節介とは思わない。たぶん、他の人に話しても同じことを言われるだろうし、わたし自身も、本当は、同じことを思っている。

「わかりません。これからのことは、まだ」

自分のために出て行ったほうがいいという考えは常に持っていた。透はもういないのだから、花守の家との縁を終わらせ、新しい人生を歩んでいくべきなのではないのかと。

正直なところ、透の娘という存在に対する複雑な思いもある。これから先一緒に暮らしたところで、透やお義母さんに向ける深い親愛と同じものを、あの子にも向けられる自信はない。

今は何の問題もなく日々を過ごせていても、今後の人生を考えたら、早いうちにあの家を離れることが正しい選択なのかもしれない。花守家に残ることは、間違っているのかもしれない。

けれどわたしはまだ、透と家族でいたかった。

透がわたしに家族というものをくれた、あの家で、生きていたいのだ。

何がわたしにとっての最良かなど答えは出せない。もしも。もしも透がいてくれさえすれば、彼のいる場所が、迷いなくわたしにとっての唯一であるのだけれど。

夏凜ちゃんが花守家にやってきて一週間が過ぎた頃。問題なく手続きが済み、夏凜ちゃんは無事に近所の公立小学校に通い始めることになった。

教頭先生が透のかつての担任だったからか、学校側はこちらの事情を汲み、柔軟に対応してくれた。イレギュラーな転校自体ももちろん、継父の名である『伊藤』姓が彼女の本名であるのだが、学校では『花守夏凜』の名前で通すことも、本人の希望だからと許可してくれたのだった。

新年度が始まったばかりの四月の下旬。転校のタイミングとしては珍しいだろうこの時期の転入に、わたしは不安を募らせていた。クラスメイトから奇異な目で見られはしないだろうか。この地域の子たちの輪に馴染むことはできるだろうか。

初日の朝に夏凜ちゃんを送り届けたあと、お義母さんにそのことを話したら、お義母さんはとくに心配しているふうもなく、

「夏凜なら大丈夫だって」

と随分気楽に答えていた。

その言葉どおり、転校初日の夏凜ちゃんは、まるでそれが今までどおりの日常であるかのように、友達と仲良くお喋りをしながら帰ってきた。午後まで落ち着かずにいたわたしは、彼女の様子を見て、ほっとするよりも先に「すごいなあ」と感心してしまった。

夏凜ちゃんの最初の友達は、佐々原電器商会の悠平さんの長女、萌音ちゃんだった。悠平さんから事前に話を聞いていたのだろう、萌音ちゃんは率先して夏凜ちゃんの世話を焼いてくれたようだ。夏凜ちゃんも、おっとりしていて優しい萌音ちゃんをすぐに気に入り、萌音ちゃんと仲のいい他の同級生たちとも遊ぶようになった。

友達と過ごしているときの夏凜ちゃんは、自然体で年相応に子どもらしく、無邪気だった。その姿をこっそりと見守りながら、透にも見せたかったなあとわたしは思っていた。

学校に行き始めて数日も経つと、我が家に友達を呼ぶほど、夏凜ちゃんは学校の子たちと打ち解けていた。「友達をおうちに呼んでいい？」と訊かれたときは、わたしのほうがあたふたしてしまったくらいだ。何を用意したらいいだろうかと悩んで、お菓子とジュースを大量に買い込み、夏凜ちゃんには「そんなにいらないよ」と呆れられ、お義母さんには「何十人来る想定よ」と笑われた。

「夏凜ちゃんのお母さん、若くて羨ましい」

数人の友達がうちに来たとき、夏凜ちゃんがそう言われているのを聞いた。ジュースのおかわりはいらないかと訊きに行こうとしたところだったのだが、わたしは思わず廊下に隠れ、聞き耳を立ててしまった。

「違うよ。桜子ちゃんは、夏凜のお母さんじゃない」

夏凜ちゃんは淡々とそう答えていた。じゃあ誰、という至極当然の問いには、「お父さんのお嫁さん」と、間違っていない返事をした。

「それってお母さんじゃないの？」

「ううん、違う」

「ふうん」

友達は納得していない様子だったが、夏凜ちゃんが別の話題を振ると、すぐにみんな興味を新しい話に移した。わたしは、何となく声を掛けられなくなって、足音を立てないようにその場を離れた。


「いただきまぁす」

座敷の卓の定位置は、わたしの向かいにお義母さん、その隣に夏凜ちゃん、といつの間にか決まっていた。今夜も広い座敷を贅沢に使って、三人揃ってお義母さんの手料理を食べる。

今日のメニューは珍しく洋食で揃えられていた。メインは大きなハンバーグ。付け合わせににんじんのグラッセとブロッコリーのツナマヨサラダ。そしてお義母さんがレシピを仕入れ初挑戦したというヴィシソワーズ。

「ちょっ、ふたり共これ飲んで。初めて作ったけどめっちゃ美味い。あたし天才か」

「ほんとだ、美味しい！　おばあちゃん、これ何？」

「じゃがいもの冷たいスープだに。名前なんだっけ、あの、ビセ、ビシ……バセ？」

「ヴィシソワーズですよ」

「それそれそれ」

お義母さんお手製の冷製ポタージュは、濃厚且つ爽やかな味わいで、一緒に入っている玉ねぎの甘さもしっかりと感じられる、お店で出されても納得いくほどの出来栄えだった。大きなハンバーグもジューシーで柔らかく、特製デミグラスソースをたっぷり絡めるとなおのこと頰が蕩けてしまう。

ボリュームたっぷりの夕飯を、三人共綺麗に完食した。うちに来たばかりの頃は少食だった夏凜ちゃんも、最近ではわたしやお義母さんと同じだけの量をぺろりと食べてしまうようになった。本人は少しだけ肉付きがよくなったことを気にしているようだが、元々が痩せ気味だったため、むしろ健康的で見栄えよくなったとわたしは思っている。

「夏凜ね、今日の体育で計った五十メートル走のタイム、クラスで一番だったんだ」

台所で片づけをしているときに、夏凜ちゃんが思い出したように言った。お義母さんが水道の蛇口を閉める。夏凜ちゃんはお義母さんが洗った食器を拭いている。

「おお、すごいじゃん。あんた幼稚園の頃もかけっこ速かったもんねえ」

「えへへ。陸上部に誘われたけど、興味ないから断っちゃった」

夏凜ちゃんがはにかんだ。お金の掛かる部活動をするのを遠慮しているのかとも思ったが、表情を見る限りそういうわけではないようだ。

「花守家はたまに運動できる子いるだよねえ。透はそこそこってとこだけど、このみはちっこい頃から抜群だったし、美晴ちゃんもそうだって」

「へえ。おばあちゃんは？」

「ばあちゃんもそれなりにできるよ。ほんでじいちゃんはそりゃもう運動音痴。あの人は運動神経ぜぇんぶ妹の美晴ちゃんに吸われちゃっただね」

「ふふ、そうなんだ。じゃあ桜子ちゃんは？」

「わたし？」

手に持っていた食器を棚に戻してから、顎に指を当て「うぅん」と考える。

「わたしも走るのは得意だったかなあ」

「そうなの？」

「小学生のときはいつもクラスで一番か二番くらいだったよ。男子にも負けなかったな」

足の速さは、当時のわたしの唯一の自慢だった。わたしも、地域の陸上クラブから勧誘されたことがあったが、親にスパイク一足購入することすら渋られ、入部することができなかった。

「そういや、このみが桜子ちゃんをサーフィンの道に引き摺り込みたいって言っとったもんね。桜子ちゃんも運動神経いいだねえ」

お義母さんの言葉に、夏凜ちゃんが「サーフィン？」と反応する。

「ほだよ。ここらは海が近いで、このみは子どもの頃からやっとってね。桜子ちゃんもうちに来たばっかのとき一回だけやっただよね」

「はい。すごく楽しかったんですけど、次の日の筋肉痛が酷くて続けられなくて」

「そんなもんちょっと慣れりゃならなくなるってのに」

「筋肉痛馬鹿にしちゃ駄目ですよ。わたしが一日中使いものにならなかったの忘れたんですか？」

「いやめっちゃ覚えとるけど。あの日の桜子ちゃん介護必要だったもん」

「ですよ」

「サーフィンかあ」

と、わたしとお義母さんが話している横で、夏凜ちゃんが呟いた。

「もしかして興味ある？」

訊くと、夏凜ちゃんは照れた様子で首をぐにぐにと傾げた。わたしはふふっと笑う。こういった様子を見せてくれるのは何となく嬉しい。

「今度の土曜日、このみちゃんのサーフィンを一緒に見に行ってみようか。近くの浜でよくやってるから、いると思うよ」

「いいの？」

「うん。このみちゃんも喜ぶんじゃないかな」

ぱっと表情を輝かせ、夏凜ちゃんが頷いた。

片づけのあとで、台所の共有カレンダーの土曜日の欄に、大きなお日様マークが描かれているのを見つけた。わたしはこのみちゃんに「土曜日サーフィンしに来てね」と急いで連絡を入れた。


順番にお風呂を済ませ、廊下の埃取りや忘れていたアイロン掛けをし、少し座敷でまったりしてから、自室の隣にあるネイル作業部屋に向かった。結婚してからネイルチップの販売をするようになり、それの制作のためにと道具と環境を整えた部屋だ。サロンで働き始めた今も、店に飾るチップを作ったり、自分のネイルを替えたりするときに使っている。

時間は二十二時を過ぎたところだった。わたしはドアと窓を開け、作業用のテーブルにネイルの道具を並べた。まだ眠る気にはならないが、見たいテレビもないし、本を読む気分でもない。こういうときはネイルをするのが一番いい。

愛用の椅子に座り、透明なネイルチップをひとつ手に取った。今日はどうしよう。

サブに使えるデザインでも考えてみようか。

　ネイルチップをスタンドに貼り付ける。収納ケースにたくさん入ったカラージェルの中から、夏向けの色をいくつか選び、筆を取ってチップに塗っていく。

「桜子ちゃん」

と、ひとつめのチップをLEDライトに入れたタイミングで声が聞こえた。開けたドアの外から、夏凜ちゃんが部屋を覗いていた。ピッと音が鳴りライトが消える。

「夏凜ちゃん、どうかした？」

「トイレ行ったら、ここの部屋のドアが開いてたから。ごめんなさい」

「謝んなくていいよ。べつにいつでも入っていいんだから」

「……何してるの？」

　廊下に立ったままで夏凜ちゃんは言う。わたしが手招きすると、夏凜ちゃんはおずおずと部屋に入ってきた。

「ネイルのデザインを考えてるんだよ。お店でお客さんに参考にしてもらうのを作ってるの」

　硬化し終わったチップを見せた。まだカラーを一色塗っただけだが、夏凜ちゃんは「可愛い」と目を輝かせている。

「これ、マニキュア？」

「ううん、ジェルネイルってやつ。一般的にマニキュアって呼ばれてるのは、ネイルポリッシュっていうもので、ジェルはそれとは違って塗るのも取るのも専用の道具が必要なの。手間が掛かるんだけど、ポリッシュよりもずっと持ちがいいし、できるデザインの幅も大きいんだ」

「へえ。桜子ちゃんの爪もジェルネイル？」

「そうだよ」

興味があるようだったから、スツールを持ってきて夏凜ちゃんを隣に座らせた。

「触らないようにね」というわたしの注意をよく聞き、夏凜ちゃんは大人しく、物珍しげにじっとわたしの手元を見ていた。

一本目が仕上がり、チップをスタンドから外して夏凜ちゃんに渡す。夏凜ちゃんは自分の爪にチップを載せて「うふふ」とお義母さんみたいな笑い方をする。

新しいチップを出し、一本目とは別のカラーでベースを塗った。次はどんなふうにしようか。悩むけれど、考えるこの時間が楽しくて好きだ。

「桜子ちゃんは、ネイリスト、なんだよね」

夏凜ちゃんがわたしを見上げた。

「そうだよ。ネイリストって言葉よく知ってるね」

「前の学校の友達に、ネイリストになりたいって言ってる子がいたから」

「そうなんだ。ネイルは楽しいから、大人になっても目指してくれるといいな」

「桜子ちゃんはなんでネイリストになろうと思ったの？」

チップをＬＥＤライトの中に入れた。青白い光がパッと点いて、ジェルを固めていく。

「そうだねえ。最初は、ネイルが好きって思いよりも、手に職がほしいからって考えのほうが強かったかな。ネイリストの学校は大人になってからでも、働きながらでも通えたからね、便利だったんだ」

ジェルネイルというものに出会ったのは二十歳のときだった。スクールに通い始めたのは二十一歳。ネイルサロンに転職したのは二十三歳。透とはまだ出会う前で、そのときのわたしは、いつか自分が結婚するなどと、夢にも思っていなかった。

関心があってネイルを始めたのは間違いないが、生活のために技術を身に付けたいという側面が第一だった。高卒の事務員でいるよりも、技術と資格のあるネイリストのほうが、これから先も生きていきやすいだろうと思ったのだ。

「今はネイル好き？」

純粋な問いに、わたしは少し笑って、素直に頷く。

「好きだよ。ネイリストの先輩とか、お客さんとか、ネイルが大好きな人たちに触れていくうちに、わたしもネイルをするのが楽しくなって、好きになってた」

指先に色を纏った自分の右手を掲げた。落ち着いたピーチピンクのワンカラーに、上品さのあるニュアンスネイルを合わせている。お気に入りのデザインが、わたしの爪を彩っている。

「ネイルは、わたしにとってお守りみたいなものなんだよね。誰かに見て褒めてもらいたいっていうより、自分で自分の爪を見て、今日も素敵で可愛い、最高だって、自分を肯定して、真っ直ぐ前を向いて頑張るためのもの」

「お守り？」

「そう。自分の中にほんの少しでも好きって思える部分があるだけで、ちゃんと背筋を伸ばせるような気がするから」

夏凜ちゃんの視線が自分の指先に向いた。丁寧に切り揃えられた、小さな丸い爪が並んでいた。今この子の頭の中には、自分の爪に綺麗に色が塗られている様子が浮かんでいるのだろうか。

「ジェルは子どもの爪にはよくないけど、いつか、夏凜ちゃんが大人になったらやってあげるね、と言おうとして、言葉を止めた。

この子が大人になるまで、そばにいるだろうかと考えてしまった。十年先、わたしはこの家と、縁を持てているだろうか。

適当に言えばいいだけとわかっていても、一度考えてしまえば、口先だけの約束はできない。

「……お店に行って、やってもらうといいよ」

「うん、そうする」

夏凜ちゃんがにかりと笑った。その表情を見たら、嘘でも「わたしがやってあげる」と言えばよかったと思ってしまった。

透の子。夫の子。でも、わたしの子ではない女の子。

血の繋がりのない義母と、子ども。

今の三人での生活がどうなるのか、どうするべきなのか。わたし自身が何を望み、どうありたいのか。

お義母さんと夏凜ちゃん——花守の家族にとって、わたしがどういう存在であるのか。

自分のことなのに、はっきりと自信を持てる答えを出せなかった。

どうしたらいいだろう。

透さえいてくれれば、わたしはきっと、何も迷うことなんてないのに。ここにあなたがいたらいいのに。何度も、何度も、そう考えてしまう。

追想Ⅰ

高校を卒業する十八歳までを岐阜市で過ごした。

中村桜子。これが当時のわたしの名前だ。

育った家は、裕福ではないがさほどお金に困っていたわけでもない一般階級の家庭で、どこにでもある住宅地の一軒家に、両親と、ふたつ年下の弟と四人で暮らしていた。

十八年の間に両親に愛情を向けられた記憶は一度もない。物心ついた頃にはすでに両親は弟だけを可愛がっていた。わたしは家族の輪から外され、本来親から向けられるべき関心やぬくもりを与えられないまま育った。

両親が弟ばかりを可愛がった理由の根本には、父方の祖母の存在があった。名家の出身だったらしい祖母は時代にそぐわぬ考えの持ち主で、長男の嫁であった母に「跡取り息子」を産むことを何よりも求めていた。

――女はいずれ嫁に行くだけ。息子は家を継ぎ、親を守り続けてくれる。

――わたしもかつて義母に言われ、きちんと息子を産んだ。

――あなたも嫁としての本分を果たしなさい。

結婚し、最初の子を妊娠するまでの数年間、まるで呪いのようにそう言われ続けた母の心は、やがて蝕まれていった。子どもを産まなければ。男の子を産まなければ。そうでなければ自分に価値はない。

祖母の言葉が絶対だと信じ込んでいる父は、祖母を止めず、母を助けなかった。

追い込まれる中、母はようやく妊娠したが、産まれた子は祖母や父の望む男の子ではなかった。

産まれた女の子を……わたしを初めて抱いたとき、母が何を思ったのかは知らない。そのときばかりは周囲など関係なく、愛おしいと思ってくれたか。それとも失敗したと思ったか。男として産まれなかったわたしを、恨んだのか。

知らないし、今となっては興味もないが、少なくとも祖母には不要なものとして扱われ、それを産んだ母への風当たりもさらに強くなったようだ。なおのこと身内からの重圧を掛けられることになった母は、その原因であるわたしに愛を一切向けないまま、心を囚われ、焦り、必死になり、二年後に、望みどおりの男の子を産んだ。

待望の子は……弟は、母にも父にも、祖母にも、大層愛された。そして望まれなかったわたしは、家族からいないもののように扱われた。

暴力やあからさまな育児放棄を受けたわけではない。生活必需品や、学校の授業で必要な備品も揃えてもらった。給食費や修学旅行費を渋られたこともない。でも、家族での外食や行楽地への旅行はいつも置いていかれた。流行りのゲームや漫画を買ってもらうのも、習い事や部活動にお金を掛けてもらえるのも弟だけ。

リビングにわたしの居場所はなく、家族写真にわたしが写ったことはなかった。家族と言葉を交わすことも、目を合わせることもほとんどない。

外面のいい両親は、他の親や教師の前では、わたしと弟に同じように接しているふうを装った。会話の中に紛れ込んだわたしを下げる言葉が都度幼い心を刺したが、聞いている人たちはただの親の謙遜だと考えていた。真面目で優しい両親がいて、身なりも環境も整っている。いいお父さんとお母さんだね、とわたしに言う人もいた。わたしの孤独に気づいてくれる大人は、周囲にひとりもいなかった。

小学生のときは、どうにか両親に振り向いてもらおうと努力していた。同級生には、両親がいる子も、ひとり親の子もいたが、親を心底嫌っている子も、親から疎まれている子もいなかった。だから、親は子を愛し、子どもは親に愛されるものだと思っていた。お父さんとお母さんがわたしを見ないのは、わたしが駄目な子どもだからなのだと思い込んでいた。

褒めてもらうためにあらゆることを頑張った。いい成績を取れるよう勉強は欠かさなかったし、運動会の練習にも人一倍熱を入れた。しかし、テストで何度百点を取っても、徒競走で男子より速く走っても、両親はわたしを褒めなかった。「そう」と興味のない返事だけして、弟が図工の時間に描いた絵を絶賛した。

何度ひとりで泣いたかわからない。慰めてくれる人すらおらず、閉めたドアの向こうから聞こえる賑やかな声を聞きながら、わたしは自分の手で頬を拭った。そのときはまだ、両親が自分を愛さない理由も、子どもを愛さない親がいることも知らなかったから、ひたすらに自分を責めて、ただただ悲しくなった。

わたしも弟と同じように頭を撫でてほしい。たくさん話を聞いてほしいし、笑い掛けてほしい。家族の一員であると実感させてほしい。両親にとって、わたしは大切な存在であるのだと、信じさせてほしい。望むのは、たったそれだけだったのに、わたしには一度だって与えられなかったのだ。


弟のことは嫌いではなかった。いや、嫌うほど興味がないと言うほうが正しいかもしれない。十六年間も同じ家で生活していて、彼とまともに話した記憶自体ほとんどない。

弟のわたしへの対応は、まるで無関心そのものだった。物心ついた頃から両親がわたしにそう接していたからだろう、弟も――内心どう思っていたかはともかく――家族の中に姉などいないかのように振る舞った。

小さい頃は、両親に愛される弟に酷く嫉妬したことも少なからずあった。だが、弟が一貫してわたしを空気扱いしてくれたおかげで、やがてわたしも彼に対し、わずかの感情も持たなくなった。

正直なところ、弟を哀れに思ったことならある。彼が両親から受けている愛は、言い換えると執着であった。彼が与えられている愛情は、成長するにつれ重荷になることもあるだろう。他の家庭のように子どもの成長に合わせ親が手を離せればいいのだが、あの母にそれができるとは思えない。

が、考えはしても、わたしは何をすることもなかった。弟の未来がどうなろうが、すでにわたしにとって他人事でしかなかった。


中学生になっても両親の態度は変わらなかった。その頃にはわたしも、彼らに期待することも、彼らのために努力することもやめていた。

友人に恵まれたことで、愛されないのは自分のせいだという考えを早くに捨てられたのは運がよかったと思っている。もし、自分を卑下し家族の愛を求め続けていたら……血の繋がる相手への情を捨てきることができなかったら。考えるだけでぞっとしてしまう。

わたしは、放課後には図書室に籠り、土日には友人たちと遊ぶか、地元の図書館で閉館時間まで勉強をした。家にいる時間を減らし、家にいてもできる限り家族と顔を合わせず、自分の部屋に引き籠った。

早くこの家を出て行きたいと、ずっと思っていた。親に頼らず、自分ひとりの力だけで生きていけるようになりたい。

中学三年生の夏、周囲が高校受験の準備に本格的に取り組み始めたとき、両親に進学させてくれるかを訊ねた。義務教育を終えればその先のことは知らないと言いかねない親ではあったが、思いがけずあっさりと進学の許可が出た。姉が中卒だなんて弟にとって外聞が悪いから、という呆れる理由も、公立のみ費用を出すという条件もどうでもいい。高校に行けるというだけでわたしとしては僥倖だった。

　無事に試験に合格し、春から地元の公立高校に進学した。入学後、わたしはすぐにアルバイトを始めた。焼肉店のホールスタッフとスポーツ施設の受付とを掛け持ちし、長期の休みには単発の仕事も入れて、平日の放課後も土日も、ほとんど毎日働いた。

　両親はアルバイトのことは知っているが、わたしがどう働こうが口を出すことはなかった。夜の十時を過ぎて帰ってきても、休日に朝から夜まで家を空けても、何も言わないし、むしろいないことに気づいてもいなかったかもしれない。

　アルバイト代のほとんどを貯金した。大学に行くための費用だった。大学に行きたかった。高校を出てすぐ就職するよりも、大学に通い知識や資格を得たほうが、この先誰にも頼らない生活をしやすいと思っていたから。

　高校を卒業したら家を出て行くことを決めている。高校を出たらもう親の援助は一切受けない。自分の力だけで生きていく。そのためにお金が必要だった。勉強は授業の中でしっかりこなし、学校以外の時間はお金を稼ぐことだけに使った。

　目的はどうあれ、アルバイト自体はそれなりに楽しくやっていた。とくに焼肉店は居心地がよかった。店長やパートさん、先輩アルバイターも気のいい人たちばかりで、高校生ながら長時間働いているわたしを褒めつつ、常に心を砕いてくれてもいた。店が暇な時間は、勤務時間中であっても学校の宿題をさせてくれたり、休憩を長く取らせてくれることもあった。優しい人たちだった。本当にわたしは、実の家族以外の人間関係には、とても恵まれている人生だと思う。

高校二年生の終わり。わたしが必死に働いて貯めたお金のすべてを、弟のために使われた。

小学生のときに作った口座を給料用に使用していたことも、親の知る暗証番号から変えていなかったことも、銀行カードを肌身離さず持ち歩いていなかったことも、間違いなくわたしの落ち度だった。だとしても、まさか百万円を超える金額を勝手に引き出されるとは思わない。貧窮した家でも、金遣いの荒い親でもなかったから、金銭に関してはあまり警戒していなかったのだ。

わたしの貯金は弟の高校の入学費用に使われた。弟は、名門の私立高校への入学が決まっていた。高校の三年間だけでなく、その後の大学進学でも多額の費用が掛かると考えた両親は、わたしがお金を貯めていることを思い出し、部屋にしまっていた銀行カードを無断で持ち出したようだった。

わたしは、初めて両親に向かい声を荒らげた。あれはわたしがわたしのために貯めたお金だと。大学に行くために貯めていたのだと。あなたたちに迷惑を掛けないためのお金だったのだと。返してくれと、泣きながら叫んだ。

そのときの両親の顔は、長い間忘れることができなかった。

わたしを憐れむでもなく、罪悪感を抱くでもなく、また、嘲るでもなく、無感情な目で、無機物でも見るように、わたしを見ていたのだった。

「子どもの稼いだお金は親のものでしょう。それに、あなたが姉として桃慈(とうじ)のためにしてやれることは、これくらいしかないんだから」

冷えた声色でそう言われ、わたしはもう、何も言い返せなかった。

子ども。姉。そう吐きはしたが。わたしは彼らにとって、娘でも家族でもない存在だったのだと、改めて実感した。

わたし自身の人生も、わたしの価値も、彼らにとってはどうでもいいものなのだ。利用できるものだけ利用したらいい。何を言おうとも、泣き喚こうとも、不幸になろうとも、どんな道をこの先歩もうとも関係ない。体の芯を引き裂かれたようなこの痛みも、上手く吐き出せない怒りも、涙が止まらないほどの悔しさも、わたしのすべてが、彼らには何の意味もない。

生まれてから一度も親に暴力を振るわれたことなどなかった。わたしの身には傷ひとつない。でも、見えない胸の奥は引き裂かれていた。古いものから新しいものまで、無数の傷跡があった。二度と治らない傷だ。すべて、血の繫がった家族に、静かに、自分でも気づかないうちに、付けられたものだった。

わたしの心はいつの間にか、ぼろぼろになってしまっていた。

お金は戻らなかった。返してくれとももう言う気はない。

大学への進学は諦めざるを得なかった。入学金、授業料、家賃、生活費。必要だろう費用を、受験勉強をしながら貯められるとは思えない。

もう必死に働く理由もなく、翌日には、焼肉店の店長にアルバイトを辞めることを伝えた。突然のことに、当然理由を訊かれ、躊躇いつつも話をした。店長は憤り、わたしの代わりに親に返金を求めるとまで言ってくれたが、断った。

すみません、ありがとうございましたと、他のバイト仲間たちにも頭を下げる。一度下げると、途端に涙が溢れ、顔を上げられなくなった。

肩に店長の手が触れる。この若い女性店長は、自身も親に恵まれず、十代のうちから自立して生きてきたと聞いていた。

「中村さんが辞めたいなら、もちろん辞めてもいいよ。でも、ちょっとでも続けたい気持ちがあるなら、シフトは減らしていいから続けてほしい」

わたしはなおさら涙を流し、嗚咽を漏らすほど泣いた。仲間たちは誰ひとりわたしを笑わず、背中を撫でてくれたり、一緒に泣いたりしてくれた。

世の中にはこんなにもたくさん優しい人がいるのにと、思わずにはいられない。どうしてあの小さな家の中でだけ、わたしはひとりきりなんだろう。

結局焼肉店でのアルバイトは高校を卒業するまで続けた。店長の助言で親の知らない口座を作り、給料はそちらに振り込んでもらうようにした。

スポーツ施設でのアルバイトも続け、一年間でそれなりの金額を貯めたが、進学費用には到底足りなかった。それでも新生活の軍資金くらいにはなる。

高校卒業後、わたしは岐阜を出て、名古屋の学習塾に事務員として就職した。

実家を出る日に母親に言われたのは「困ってもうちを頼らないでね」という言葉だった。わたしは頷いて、ボストンバッグひとつを手に実家の玄関のドアを閉めた。

名古屋市内のワンルームのアパートが、わたしの新しい家だった。引っ越し先は親に教えていない。自分で買った携帯電話の番号も、もちろん身内の誰にも知らせなかった。ようやくあの家を出られたことに安堵した。同時に、いつかお金を貯めて、もっと遠いところまで行きたいという思いも抱いた。

社会人として働くことは高校生のアルバイトとはまるで勝手が違う。学生時代も責任感を持って仕事をしていたつもりだったが、随分と甘やかされていたのだと社会に出てから気づいた。慣れるまでは辛い日々も続き、時には隠れて泣くこともあった。職場には、いい人もいれば嫌な人もいて、様々に経験しながら、相手の人となりを見極め適度な距離を保つことを少しずつ覚えていった。

しばらくは、会社から出れば真っ直ぐに家に帰っていた。部屋は狭く、暗く、静かで誰の声も聞こえない。

自分のワンルームに帰るたび、心底ほっとした。味気ない部屋のベッドに寝転び呼吸をする。それだけで、息がしやすくなる。家にたったひとりでいることがこれほど心安らげることとは思わなかった。

ずっとこうしてひとりで生きていこう。わたしなら大丈夫。

仕事に慣れてくると、職場の先輩から遊びに誘われることも増えた。中には合コンなど異性との出会いの場もあったが、その類は断った。恋愛に興味がないわけではないが、いつかその先に見えてくるだろう結婚というものを考えると、どうしても恋人を作る気になれない。結婚はしたくない。家族は持ちたくない。あんな家で育ったために、わたしは家族という存在への期待も信頼も失っていた。

実家には、一度も帰らなかった。もちろん連絡も取らず、ひとりで過ごす日々が淡々と続いた。

仕事が身についてきた二十歳の冬。職場の先輩に「成人式はどうするの？」と訊かれた。その日は年末で、あと数週間で成人の日を迎える頃だった。

「行きませんよ。こっちに同い年の知り合いはいないし、地元に戻る気もないので」

素直にそう答えると、先輩も、近くで聞いていたパートのおばさんも「一生に一度のハレの日なのに！」と驚いていた。イベント事に興味はなかったから、わたし自身は参加できなくても気にしない。が、先輩とおばさんはそうではなかったようだ。「記念撮影だけでもしよう。お金はこっちで出すから」と勝手に盛り上がり、あっという間に写真館を探され、美容院も予約され、先輩がかつて成人式で着たという振袖を借りる流れになってしまった。

　口を挟めないまま決まったが、厚意は厚意として受け取ることにした。数日後には、わたしは職場近くの写真館で、振袖を着て成人の日の記念写真を撮った。

　スタジオに入るとき、緊張していたわたしに、朝から付き添ってくれていた先輩がプレゼントをくれた。振袖の柄に合わせた花柄のネイルチップだった。

　それまでネイルポリッシュすら塗ったことのなかったわたしは、そのネイルチップを着けて、初めて自分の爪が鮮やかに彩られるのを見た。

　無意識だったのだけれど、撮影中、わたしは間が空くたびに手を上げて指先を見ていたらしい。あとから先輩に笑われてしまった。別人に思えるくらいの綺麗なメイクにヘアセット、豪華な着物よりも、決して特別感のないはずのネイルのほうが、あなたはよっぽど嬉しそうだったと。

　もちろん、普段と違う自分の姿にして貰えたことはすべて嬉しかった。積極的に臨んだわけではなくとも、プロによるヘアメイクや初めて着る振袖にはやはり心が浮き立つ。それは間違いないが、どれだけ綺麗に化粧をしても、華やかな着物を着ていても、鏡越しにしかその姿を見られない。けれどネイルはいつでも自分の目で見られる。指先が視界に映るだけで気持ちが上向きになる。

　こんなものがあることをわたしは知らなかった。こんな些細にも思えるもので、人は簡単に笑顔になれる。

記念撮影の日からしばらく経った頃、わたしはネイリストになるためのスクールのホームページを開いた。

ネイリストを目指すには、スクールに入って資格を取る方法が一般的であるようだ。スクールによって学び方は様々で、週五日通い短期間でしっかりと技術を身に付けるコースもあれば、たとえば週に一、二回ほどのペースで、ゆっくり勉強していく方法もある。

つまり、他の仕事をしながらでも学べるのだ。実際に社会人経験を経てネイリストになる人も、専業主婦から技術を学びサロンを開業した人もいるという。

わたしは小さな衝撃を受けた。わたしの頭にある狭い常識の中では、一度社会に出てしまえば、他の職に就くための資格を取るのは難しいことであった。けれどそうじゃない。学歴がなくても、時間がなくても、手に職をつけられる。

それから一年間倹約を続けて授業料を貯め、二十一歳のときにネイルスクールに入校した。事務の仕事を続けながら、ネイリストとして働くための技術を、時間を掛けて身に付けた。

ネイルが好きで始めたとは言い難い。むしろわたしはネイルのことをほとんど知らなかった。でも、最初はできなかったことができるようになり、苦手だった作業が得意になり、新しい技術を覚えるたび、楽しくなる。

何よりも、人にネイルを施すことに向いていた。

オフィス用のシンプルなもの、クールなデザイン、ビジューをたくさんあしらった豪華な爪。デザインの好みは数あれど、施術を終えた相手はみんな同じような顔をする。その表情を見るたび、自分が初めてネイルチップを着けたときのことを思い出す。ただ爪に色が付いただけなのに、不思議と気持ちがぐんと上を向く。背筋を伸ばしたくなって、どうしてか今だけ自分が世界で一番素敵な人間になったような気分になる。

わたしにとってのネイルは、自分の芯を真っ直ぐに保ってくれるお守りになっていた。スクールのカリキュラムが終わる頃には、この仕事で生きていくことを迷うことなく決めていた。

二十三歳で学習塾を辞め、スクールの先生に紹介してもらったネイルサロンで働き始めた。名古屋の中心部にあり、暇な時間などない店であったが、その分腕を磨くことができたと思っている。はじめのうちは四苦八苦しつつも、少しずつ指名を貰えるようになり、だんだんと顧客が増えていった。

この仕事をしてずっと暮らしていこうと思った。ネイリストなら、技術さえあればどこでだって働けるし、自分で店を開くことだってできる。ひとりで細々生活していくのに困ることはないだろう。

数年間サロンで働き続けたわたしは、一人前のネイリストとしての自信も付き、独立も考え始めていた。

年齢を重ねても結婚など一切考えず、家族がほしいとも思わず、この先もひとりで生きていくことを疑いもしていなかった。

そんなふうにして、間もなく二十八歳になろうとしていたとき、透と出会った。


思えば陳腐な出会い方をしてしまった。

最初に会ったのは栄駅の改札の外で。仕事に向かっている最中にＩＣカードのケースを落としてしまい、拾おうとしたところで、後ろにいた男性が先に拾って手渡してくれたのだ。スーツを崩さずに着た、ごく普通の会社員風の青年だった。

「すみません、ありがとうございます」

お礼を言うと、男性はにこりと笑んですぐに去って行った。わたし自身とくに何か気になるでもなく、ほんの一瞬だけの些細な縁のはずだった。

ふたたび会ったのは五日後。休日にひとりで出掛けた際、名古屋駅の銀時計の近くで、今度はわたしが男性の落とし物を拾った。

駅の構内を歩いていると、ちょうど前を横切った人が、持っていた紙袋を落とし中身をぶちまけたのだ。駅に入っている書店の紙袋で、飛び出したのは買ったばかりらしい数冊の本だった。ひとりでもすぐに拾えるだろうが、目の前で起きたことに見て見ぬ振りもできず、わたしは男性に手を貸した。

「うわわ、ありがとうございます」

一番遠くに飛んでいた一冊を渡すと、男性がはにかみながら顔を上げた。はじめ、わたしは何も気づかず、男性のほうが「あれ」と目を丸くしてこちらを見つめた。

「もしかして、この間の方ですか？」

何のことかわからなかった。職場のお客さんかと思ったが、男性客は少ないため一度の来店でも印象に残る。この人には覚えがない。

「今度はぼくのほうが拾ってもらいましたね」

そう言われ、ようやく拾いものをしてくれた人だと思い至った。顔などはっきり記憶しておらず、そのうえ今日はスーツ姿でもなかったから、相手から言われなければずっと気づかなかっただろう。

「先日はどうも。お返しができてよかったです」

わたしが言うと、男性はへらりと笑った。わたしよりも少し年上だろうか、さして特徴のある容姿ではないが、穏やかな雰囲気が滲み出ている、優しい顔立ちの青年だった。

「でも、こんな偶然あるんですね」

わたしの言葉に、男性は「ですね」と答える。

「何だか昔の安っぽいドラマみたいじゃないですか？」

「ドラマ、ですか」

「べたな出会い方、みたいな」

男性は照れ臭そうに目を細くした。わたしはドラマなんてほとんど見たことがなく、まるでぴんと来なかったが、「ですね」と男性の言った返事をそのまま真似た。

「たくさん本を買われたんですね」

何となく、男性の落とした紙袋に目を遣る。ぶちまけた中身は単行本や文庫本など、どれも小説のようだった。

「ええ。ぼく、小説を読むのが趣味なので」

「そうなんですか。その本屋さん、わたしもあとで行こうと思ってたんです」

「もしかしてあなたも小説読まれるんですか？」

「いえ、買うのは雑誌で。物語とかは苦手であまり読まないんですよ」

「あらら。まあ好きなものは人それぞれですからね」

すぐそばを人が多く行き交っている。新幹線が到着したのか、両側にある改札から続々と出てくる姿があった。

「じゃあ、失礼します」

とわたしは言った。つい会話を続けてしまい去り際を見失っていたが、見知らぬ他人とだらだらと話しても、相手も迷惑に思うだろう。

会釈をして、駅の出口へ向かい歩き出したわたしを、後ろから男性が引き留める。

「あ、の」

振り返ると、男性はやや焦った様子で口ごもり、少しずつ頬を赤くした。

「時間、あったりしますか。その、もしよければ」

お茶でも、と、やはり安っぽい誘い文句を男性は言った。

普段なら絶対に断った。異性とふたりで会うのは苦手だったし、それが親しくない相手ならなおさらだ。初対面であれば、変な勧誘でもされるのではないかと疑いに掛かってもいただろう。

しかしわたしは彼にだけは、どうしてか、嫌な感情を抱かなかった。なぜなのかは、正直なところ、何年経ってもわからない。

「はい」

と自然に答えてしまっていた。

花守透との縁が始まったのはその日からだった。


彼はわたしより四歳年上で、地元は東三河（ひがしみかわ）の田原市。名古屋の大学に進学したことでこっちに引っ越してきて、卒業後は不動産関連の会社の名古屋支社に就職し、今も市内に住んでいるという。

わたしたちは連絡を取り合うようになり、互いのことを話し、少しずつ人となりを知って惹かれていった。

実はひと目見たときから気になっていた、とあとから教えてくれた透が、わたしのどこを気に入ったのかはよくわからない。わたしは彼の、あまりの懐の深さに、いつの間にか包まれてしまっていたのだと思う。

透は見た目そのままの、穏やかでのんびりした人だった。一見頼りなく、わたしが付いていないと駄目だと感じてしまうほどふわふわとマイペースでお人よしだったが、その実、彼の大らかな優しさにわたしのほうが支えられていた。迷いも焦りも受け入れ、わたしという人間を真正面から認めてくれる。だからわたしも透にとって、同じような存在でありたいと願う。

いつだったか透の家で、少し前にふたりで行った、伊勢への日帰り旅行の写真が飾られているのを見つけた。ふたりで写っているものが二枚と、わたしがひとりで写っているものが一枚。なんてことない写真だったが、わたしは棚の上に置かれた写真立てをじっと見つめてしまった。

「よく撮れてたから印刷したんだ。いい写真でしょ」

透はわたしの様子を気にするふうでもなく、キッチンから持ってきたコーヒーカップをテーブルに置いていた。

「うん。いい写真だね」

わたしの家には、わたしの写った写真などなかった。今の家には一枚もないし、実家にもない。学校行事で業者や友人に撮ってもらった数少ない写真も実家を出るときに処分した。家族と撮った写真は、最初からなかった。

だから、当たり前のように自分の写真が飾られていることがどうにも不思議で、でもやっぱり、当たり前のことのような気もした。

「ねえ、わたしさ、旅行って、修学旅行くらいしか行ったことがなかったんだ。だからこの日の透との旅行、ほとんど初めてみたいなものだった」

わたしの育った環境のことは、その頃はまだ透に話していなかった。でも透はさほど驚かず「へえ」と気の抜けた返事をした。

「じゃあ、これからどこに行こうかって考えるの、一層楽しみになるね。桜子はどこか行きたいところある？」

訊いておきながら、透は「ぼくはねぇ」とひとりで続ける。

「ゆっくり温泉にでも行きたいんだけど」

「温泉？」

「うん。桜子ものんびりするの好きでしょう。他にも、桜子が行きたいところがあるなら一緒に行こう。楽しい予定はいくつあったって困らないからね」

いつものように透が笑った。

柔らかな表情を見ながら、わたしもそれに釣られる。

「そうだね。そうしよう」

この部屋にもっとたくさんの写真が増えていく様子を簡単に想像できた。その写真の中のわたしは、気負うことも取り繕うことも、何かを不安に思うこともなく、ただ間抜けな顔で笑っている。透の隣で過ごす日々が、自分でも驚くほどすんなりと、わたしの中に入り込む。

ああ、わたしはこの人と一緒に生きていくんだ。願いとは違う、確信が浮かんだ。家族はいらない。ひとりで生きていける。誰とも寄り添い合わない人生だけを思い描いていたはずなのに、透の存在がわたしの未来も、過去も、あっさりと描き換えてしまう。

これから先も一緒にいたいと思える人と出会うなんて思いもしなかった。きっとこの人と別れたら、もう二度と同じ思いを抱く相手には出会わないだろう。

まるで最初から決まっていたことのように、いつの間にか透は、わたしにとって唯一の人となっていた。

意外だったのだが、彼には結婚歴があるという。学生時代から付き合っていた女性と二十代前半で結婚し、さらには子どももひとりいた。

「彼女は、見た目は大人しそうなんだけど、結構きっぱりとものを言う人でね。自分の中であらゆるものが白黒はっきりしてるというか。それをきついとか、冷たいって言う人もいたけど、ぼくはほら、自分がちょっとぽやっとしてるところがあるから、そんな彼女のことをかっこいいと思ってたんだ」

若かった透は自分と違うタイプの女性に惹かれたらしい。彼女に見合う人間であろうと努め、常に彼女のことを肯定した。今思えば随分無理していたよ、と自嘲気味に透は言ったが、元来愛情深い人だから、心から彼女のことが好きで、相手のために必死で努力していたのだろう。

「桜子といるといい意味で気が抜ける。ぴったり合ってる感じがするんだよ。だから今は居心地がいい。昔は、やっぱり背伸びをし過ぎてたんだ。ぼくも、彼女も、本当はもっと合う場所があったのに」

　結婚したのは大学を出てすぐの頃だったそうだ。透の本音としては、社会人として一人前と言えるようになってからと考えていたようだが、彼女は違った。早く結婚し、子どものいる幸せな家庭を築くことを望んでいたのだ。その願いを当時の透が拒否できるわけもない。なかば押し切られる形でふたりは夫婦になった。

　とはいえ決めたからには責任を持ち、専業主婦になることを選んだ彼女のために仕事にも一層精を出した。妊娠がわかったときは夫婦ふたりで喜び、娘が生まれたときには彼女に感謝し、自分は世界で一番の幸せ者だと感じたのだと、透はわたしに話してくれた。

「仕事も家庭も自分なりに大切にしてたつもりだったよ。結婚生活は充実してると思ってた。けど、結果を見ると、ぼくは上手くやれてていなかったんだろうね」

　十年近い付き合いをしていたらしい。はじめこそ、気の強い妻と、彼女を支え付いていく透の関係は良好だった。だが少しずつ綻びが出始めた。彼女の、自分への興味が薄れていくのを感じていたと透は言う。

「彼女の選択も間違えていたと思う。本当は専業主婦になるよりも外で働くほうが合っていたんだ。そっちのほうが彼女の能力を存分に活かせたのに、親しかった友人が学生結婚して早くに子どもを産んだから、それに憧れたか、焦ってしまったのかもしれない」

　優しく穏やかな夫と、専業主婦として家庭と娘を守る生活。幸せだったはずの平穏な日々の中、元妻は刺激を求めたのだろうか。だから別の男と不倫をした。

「きっと、頼りないぼくに少しずつ愛想を尽かしたんだ」

　透は元妻に対し、愛情こそもうないが、何年も一緒に暮らしたことへの情は残っているようだった。今も元妻を悪い人物だと考えておらず、離婚したことについても元妻だけに罪があるとは思っていない。

　だが元妻側は、別れる際には透への情はすでになかったようだ。不貞をあっさり認め、不倫相手と再婚するために透との離婚、そして娘の親権を希望した。

　透は離婚には同意したが、娘の親権は譲らなかった。けれど結局、弁護士同席の話し合いのすえ、母親側に親権が渡ることとなった。透は娘のために元妻からの慰謝料は貰わず、不倫相手にのみ請求をしたそうだ。

「あの子と一緒に暮らせないことは寂しかったけど、でも母親のそばで幸せでいてくれたらいいと思ったんだ。それに、会えばぼくの顔を見て嬉しそうに『お父さん』って呼んでくれたし。それだけで十分かなって」

しかし、離婚後半年経った頃、元妻との連絡が取れなくなり、以降娘とも会えなくなった。弁護士を介しての連絡を試み、娘との面会を訴えたが、結局元妻側が応じることはなかった。

透も、元妻が不倫相手と再婚したことを知って、積極的に娘に会いたいとは言えなくなった。娘には新しい父親ができた。父親がふたりもいると、幼いあの子は混乱してしまうかもしれないと考えたのだ。

「だから、もう二年は会ってないかなあ。もしかしたら、この先もずっと会えないかもしれないけど。きっと元気にやってるって信じていても、時々心配になるし、やっぱり会いたいなって思うよ」

娘の話をするときの透は、わたしの知らない、父親の顔をしていた。

過去を知ったところで彼への見方は変わらない。ただ、娘に会いたいと時折零す気持ちは理解できなかった。わたしにとって血の繋がった家族は、大切どころか不要なものであったから。透の知っている家族の形は、わたしの知るものとは随分違っていた。

付き合い始めていくらか経った頃に、わたしの過去の話もした。家族の愛情を受けられない環境で育ったこと。実の家族とはすでに十年連絡を取っておらず、これからも会う気はないこと。家族というものに執着がなく、誰かと一緒に人生を歩む気が一切なかったことも。

透は話を聞いて、どんな言葉を掛けるでもなく、ただひとこと「そう」と言った。知っていてほしかっただけだから下手な慰めの言葉など聞きたくもなかった。わたしは透の反応にほっとして、ああ、だからこの人が好きなんだと改めて感じた。

「ぼくとはどう？」

透は訊いた。自分との結婚もする気はないのかと。

わたしは素直に「わからない」と答えた。

「あなたとずっと一緒にいたいと思ってる。けど、きちんと家族になれるかはわからない。まともに家族を作れる自信がない」

透はやはり「そう」と返事をし、少し間を置いて「ぼくは結婚したい」と言った。

「ぼくはきみと結婚したい。桜子が、家族っていう繋がりを信用してないのはわかってる。それでもぼくは、桜子と家族になりたい。きみのこれからの人生に責任を持って向き合いたい」

どうかな、と問われた。

すぐには返事ができなかった。すべての不安を払拭することはできない。それでも、どれだけ悩んだ振りをしても、答えはもう出ていた。

透とならやっていけると思ったわけではない。彼となら、やってみたいと思ったのだ。

出会って一年、わたしは透との結婚を決めた。

式は挙げず、日取りを見て婚姻届を出すことにした。ちょうど同じ時に透の栄転の話が上がり、名古屋を離れる可能性が出てきた。彼は少し悩んだようだが、ネイリストの仕事はどこでもできるから付いていくよとわたしが言えば、転勤を決意し、どうせならまとめてやってしまおうと、引っ越しと結婚のタイミングとを合わせた。

子どものことだけは結婚前に再度話をした。わたしは、自分の子どもを持つことにはやはり前向きになれなかった。絶対にほしくないとも言えないけれど、子どもを作ることを前提に結婚することはできない。

「わかってる。それでいいよ」

気持ちを告げたわたしに透は迷わずそう答えた。

「ぼくはきみとの子どもがほしいんじゃなくて、桜子と一緒に生きていきたくて結婚するんだから。桜子が子どもを望まないならぼくはそれを尊重する。子どもを作らずぼくらだけで暮らしていけばいいし、もしもほしいと思ったら、できるようにふたりで努力してみよう。それでいいよね」

本当は、透はわたしとの子どもをほしがっていたと思う。前の妻との娘をあれほど大切にしていた人だ、わたしとの間の子どもだって望んでいたはずだ。

でも透は、わたしの思いを優先した。わたしが彼との結婚を受け入れたから、他のことはわたしの気持ちを一番にしてくれた。

「けど、ひとつだけお願いがあるんだ」

透がわたしに言う。

「ぼくの娘の夏凜に、もしもいつか会うことがあったら、優しくしてあげて」

家族になってあげてほしいと。

透はそう言って笑った。わたしは、自分が彼の娘と出会ったときを上手く想像できなかったが、彼の言葉には頷いたのだった。


結婚が決まり、数日後、透の家族へ挨拶に行くことになった。

数年前に父親が病気で他界していることは知っていた。田原市にある透の実家には、現在は母親がひとりで暮らしており、すぐ近くに父親の妹家族も住んでいるという。

透の実の両親は、彼が子どもの頃に交通事故で亡くなったと聞いた。透は実の両親の弟夫婦に引き取られ育ったそうだ。つまり、実家にいる母親は、透とは血の繋がりがない。けれど、本当の母親なのだと透は言っていた。

透が随分おっとりした人だから、彼の身内も似たようなタイプなのだろうとわたしは勝手に想像していた。しかし、実際に会ってみれば、内面が似ているのは叔父である則之さんのみで、母親の五十鈴さんも、叔母の美晴さんも、従妹のこのみちゃんも、透の性格とは正反対のパワフルな人たちであった。

「来た来た。いらっしゃあい。いやあ、名古屋からこんなとこまでわざわざ来てもらっちゃってごめんねえ。ぼろい家だけどゆっくり休んでってね。あ、お腹減っとるら。お昼途中で食べとらんよね。ごはん作ってあるでね、いっぱい食べてって。あ、透の母です。うふふ」

渥美半島の太平洋沿い、海に程近い古い住宅地に透の実家はあった。土地の広い趣のある家で、母屋と離れ、裏には菜園のある庭もあるという。

透がレンタカーを止めている間に玄関からお義母さんが出てきた。見た目は小柄で可愛らしい印象を受けたが、喋り出した途端に快活な人なのだと理解できた。

「初めまして。透さんとお付き合いさせていただいております、中村桜子と申します」

車から降りたわたしは、お義母さんに向かい、壊れたロボットのような仕草で頭を下げた。お義母さんはそんなわたしを見て軽やかに笑う。

「ちょっとちょっと、礼儀正しいのは素敵なことだけど、そんなかしこまらんでいいって。緊張するような家じゃないでさ」

「あ、はい。えっと、すいません」

「わはは、何で謝るのよ。ねえ透、桜子さんってめっちゃ真面目でいい子だねえ」

お義母さんがわたしの背後に目を向けた。運転席から降りてきた透が、唇をへの字にしてこちらを見ていた。

「桜子を褒めるのはいいんだけど、母さんももうちょい丁寧に接してよ。初対面なんだからさ」

「丁寧に接しとるってば。ちゃんと挨拶もしたし。それに最初から素を見せとかんと、あとからこんなんじゃなかったじゃんってなるほうが困らん？」

「そうだけど」

うるさくてごめんねと透に謝られた。わたしは首を横に振る。想像と違い驚いたし、接し方には悩んでしまうが、嫌な気持ちにはならない。

「おぉい、お義姉さん、透ちゃんたち来た？」

家の中から声がした。お義母さんが「来たよ」と声を掛けると、ふくよかな女性と、肌の焼けた若い女の子がひとり、玄関からひょこりと顔を出した。

「あら、あらま。可愛らしい上品な子やん。どうも、透の叔母の美晴です。近所で夫と美容室やってます」

「その娘のこのみです。透ちゃんの従妹です」

「は、初めまして。中村桜子と申します」

わたしはふたりにもぺこりと頭を下げた。美晴さんがお義母さんと同じような笑い声を上げた。

　透に促され家に入り、奥の座敷へと通される。縁側の窓を開け放った明るい座敷では、則之さんとポン太が待っていて、大きな卓にはたくさんの料理が並んでいた。ちらし寿司に唐揚げ、かぼちゃの煮物に、コーンと真っ赤なトマトがたっぷり載ったサラダ。

「わあ、すごい」

「ちょっと母さん、作り過ぎじゃない？」

「遠山家が全員食べ盛りだからこんくらいでちょうどいいだって。それにお祝い事だしね」

　準備など手伝う暇もなく、荷物を下ろした途端座布団に座らされ、あれよあれよと真昼間からの宴会が始まった。

　料理好きだというお義母さん手作りの品々はどれも美味しく、はじめこそ緊張で何も喉を通らないと思っていたのに、いつの間にやら遠慮も忘れ、お腹が膨れるほど食べてしまっていた。

「桜子さん唐揚げ好き？　これも食べな。野菜もね、新鮮で甘いからいっぱい食べて」

「お義姉さん、無理に食べさしちゃかんて。好きなもんを好きなペースで食べりゃいいんだから」

「あらま、ごめんごめん。ついついあれもこれもって勧めたくなっちゃうだよねえ」

「いえ、大丈夫です。全部美味しいです。ありがとうございます」

「やだもう、いい子やん！　桜子さん好きな食べもんある？　今度作るわ。あたし何でも作れるもんでリクエストして。あ、高級なもんは無理よ。近所のスーパーで買える食材で作れるやつで頼むわ」

　花守家の身内はみんなお喋り好きで、圧倒されたわたしは相槌を打ったり、訊かれたことにひとことふたこと答えたりするくらいしかできなかった。でも賑やかな雰囲気が楽しかった。透の家族に受け入れて貰えていることに、心底からほっとした。

　――うちの家族なら大丈夫だよ。

　どうしたって自分の家族を思い出し不安になっていたわたしに、透が言ってくれたことを思い出す。そのとおりだった。お義母さんたちは、あの人たちとは違う。ここにいる人たちとなら家族になれるかもしれない。明るい日差しの入り込む家で、わたしはそんなふうに思った。

「そういや、桜子さんちのご両親と顔合わせもしんとかんよね」

　寿司桶のちらし寿司が空になったところで、お義母さんがはっとして言った。

　わたしは透と目配せする。

「いえ、その必要はありません」

「え？　なんで？　心配しんでも失礼なこと言わんから大丈夫よ」

「そうではなくて、あのですね」

わたしは家族との関係性を話した。こういう流れにならずとも、自分から今日話そうと思っていたことだった。

「だから、彼らに結婚することを教えるつもりはありません。わたしはもう一切の縁を切っているつもりでいますから。たぶん、向こうも同じでしょうし」

家族仲のいいこの家の人たちには信じ難いことであるだろう。もしかしたら「それでも結婚の連絡くらいはするべき」とたしなめられるかもしれない。

そう考えていたのだが。話し終えた途端、お義母さんは顔を真っ赤にして箸を振りかざした。

「何そいつら！　そんな奴らのために桜子さんから教えてやる義理はないわ！」

声を荒らげ、お義母さんは鼻をふんっと鳴らす。

「いい、いい、言わんでいい！　訊かれたって答えんでいいわ。ねえ美晴ちゃん！」

「そのとおりだわ。まったく、自分の娘を何だと思っとんだろね。わたしはこのみをそらもう可愛がってるってのに」

「じゃあ可愛い娘にお小遣いちょうだいよ」

「獅子は我が子を千尋の谷に落とすという」

「桜子さん、そういうのはね、家族って言わないんだから。ほかっといていいでね」

則之さんの言葉に、全員が同意してうんうん頷いた。わたしは少し呆気に取られたあと、自然に緩く笑みを零した。

「そんなわけなので、わたしは透さんのご家族のみなさんだけに認めてもらえれば、それでいいんです」

実家を出たあの日から……いや、もっと前から、自分に家族などいないと思って生きてきた。あの人たちへの情はすでにわずかもない。だからわたしは、透と、彼が大切に思う人たちに、透の隣にいることを許してもらえれば十分だった。

「認めるも何もないわ。桜子さんがいいって言ってくれるんなら、こっちだってそれでいいんだって」

お義母さんは箸を置き、わざわざわたしの前まで移って、畳の上に両手を突いた。

「透をよろしくお願いします」

深々と頭を下げる姿に、わたしも慌てて座布団から下り、同じようにお辞儀をした。

「こちらこそ、どうぞよろしくお願いいたします」

「うふふ。こんな仰々しいことしといてあれだけど、まあお互い、気楽にやってけばいいからさ。桜子さんも、ここを自分ちと思ってよ」

「……はい」

家族というものとの正しい向き合い方も、付き合い方も知らない。血の繋がった相手とさえまともな関係を築けなかったわたしが、赤の他人といい形での縁を結んでいけるとは思えない。

　けれど、自分には向いていない、できるわけがないと、いつまでも子どものように目を背けていてはいけないと思う。この人のそばでなら今までと違う生き方ができるかもしれないと、そう信じて、透と生きていくことを決めたのだから。

「そういえば、どっちの名字にすんの？」

　ふと、ハイボールを作りながらこのみちゃんが言った。「名字？」とみんなが声を揃える。

「うん。どっちの名字を名乗るかって、婚姻届け出すときに決めなきゃいけないんじゃないの？」

「そうだね、まだ決めてなかった。ぼくはどっちでもいいけど、桜子はどう？」

　わたしとしては、当たり前のように透の名字にするものと思っていた。しかし夫側の姓を名乗らなければいけない決まりはない。本来ふたりで話し合うべきものだ。

「わたしは……」

　改めて考える。一番に望む答えはすぐに出る。

「自分の名字を変えたい」

　だから花守家に入りたいと答えた。透は笑って頷く。

「うん、ならそうしよう」

お義母さんも嬉しそうな顔をしていた。血は繋がっていないし、性格も全然違うのに、この親子は随分似た表情をするのだなと、このとき初めて思った。

「花守って名字は、桜子さんの名前にぴったりじゃんね」

お義母さんが言う。花守桜子。頭の中で思い浮かべて、自分でも確かに、と思い、少しだけ恥ずかしくなった。

顔が赤くなりそうなのを誤魔化すように、縁側の向こうの庭に目を遣る。野菜が実る家庭菜園の横に、一本の立派な木が生えていた。赤い小さな実がたくさん生っている。

何の木だろうと考えていたところで、わたしの思考を覗いたように透が言う。

「ハナミズキだよ」

名前は知っているが、どんな花を咲かせる木かわからなかった。調べようとして、やめた。このハナミズキが花を咲かせる日まで、楽しみにしていようと思った。

「いい天気だねえ」

お義母さんがのんびりと呟いた。

糸を紡いで日々を織る

連日三十五度を超す猛暑日が続いていた。梅雨が早めに終わってくれたのはよかったが、じめじめと纏わりつくような空気に代わり、情け容赦なく強い日差しが肌を焼くようになった。七月の初旬、これから長い夏が続く。

夏凜ちゃんが花守家にやって来て、もうすぐ三ヶ月になる。しかし夏凜ちゃんの母親とまともに連絡が取れず、いまだにお義母さんとの養子縁組は成立していない。書類上ではわたしともお義母さんとも他人のまま、夏凜ちゃんは『花守夏凜』として海辺のこの町で暮らしている。

心を傷つけられ花守家にやって来た夏凜ちゃんだが、ここでは日々楽しそうに笑っていた。やはり聞き分けがよすぎると思うところはあれど、本人に無理している様子はなく、下手に口出しせずにそっと見守ることにしている。

わたしの存在もあの子の邪魔にはなっていないようだ。夏凜ちゃんがわたしに明るく接してくれるたび、気持ちがほこりと和らぐのを感じていた。

夏凜ちゃんが前向きに生活できているのはお義母さんや美晴さんたちのおかげだろう。いつでも味方になる人間がそばにいると信じられるように、お義母さんたちは気を配りながら触れ合っている。

わたしは……わたしも、三ヶ月間を一緒に暮らし、あの子を赤の他人と思うことはできなくなったし、近くにいる大人として支えていく心づもりでいる。けれど踏み込み切れずにいた。気後れしているのだと思う。夏凜ちゃんと、お義母さんや美晴さんたちの姿を見るたび、わたしと彼女たちとの間に透明な硝子の壁があるように感じてしまうのだ。わたしはあの子の家族ではない。あの子は、わたしの家族ではない。

あの輪の中に、わたしは入れない。そんな思いがふつりふつりと心の内に積もり、歩み寄るための一歩を重くした。


お義母さんが切ってくれたスイカを供え、仏壇に手を合わせた。

壁掛け時計の秒針の音が十度聞こえたところで手を下ろす。顔を上げると、仏壇に置かれた透の写真と向かい合った。ちょうど二年前、一昨年のこの時季に撮った写真だ。まさか次の夏を一緒に迎えられないとは思いもしていなかった。

「あなたがいなくなって二回目の夏だよ」

写真立ての縁に指先を這わせる。それから、その隣にある赤い小さな折り鶴にも触れる。

ゆっくりと息を吸い、吐いた。部屋に染みついた白檀の線香の匂いを感じた。

壁掛け時計は二十時を指している。立ち上がり、部屋の電気を消してから座敷に向かう。庭のほうからお義母さんと夏凜ちゃんの楽しげな声が聞こえている。

「あ、桜子ちゃん来た」

座敷に入ると、庭にいた夏凜ちゃんがわたしに気づいた。掃き出し窓を開け放った縁側から座敷の灯りが溢れ、夜の庭を照らしていた。

「桜子ちゃん見て、いい感じになったでしょ」

縁側に腰掛けたわたしのもとへ、夏凜ちゃんが飛び跳ねるようにしてやって来る。

「じゃん」と効果音付きで指し示したのは、庭に植わったハナミズキの木だ。春に咲いた可愛らしい花はすでに散り、今は鮮やかな緑の葉を茂らせている。

その木に、折り紙で作った星や網飾り、提灯など、たくさんの七夕飾りがぶら下げられていた。花守家で毎年行われる伝統行事だ。この家では七夕の日である七月七日に、笹ではなくハナミズキを飾り付け、願い事の短冊を吊るす。

この習慣のはじまりは些細なことだったそうだ。当時小学生だった透が学校の授業で作ってきた七夕飾りを、お義母さんが何の気なしにハナミズキに飾り付けた。透は「笹に飾るものだよ」と言ったが、この家に笹はなく、お義母さんは適当なところがある。

——いいじゃん、可愛いし。

確かに、と透は思ったらしい。翌年は学校で七夕飾りを作ることはなかったが、悠平さんと一緒に自主的に製作した。出来上がった飾りを、お義母さんはやはり小さなハナミズキにぶら下げた。

その次の年も、そのまた次の年も。透と悠平さんだけでなく、宗太くんやこのみちゃんが作る飾りも増えたけれど、ハナミズキも合わせて大きくなったから、飾りを付ける場所には困らなかった。

　この行事は、透の背がお義母さんよりずっと大きくなっても、透がこの家を出て行っても、義父が亡くなりお義母さんがひとりで暮らすようになっても続いた。そして今も続いている。わたしが作った地味な飾りではなく、今年は子どもらしい色とりどりの飾りをめいっぱいにハナミズキに着せて。

「飾りがいっぱいで可愛いね。明日の朝、明るいところで写真撮ろっか」

「うん。記念写真撮ろう」

　数日掛けて作ったたくさんの七夕飾りを、夏凜ちゃんが夕方からせっせとセッティングしてくれた。七夕の夜は今夜だが、これを一夜限りにするのはもったいない。数日は雨は降らないようだし、しばらくこのままにしておこうか。

「おーい桜子ちゃん、高いとこ付けてくれん？　あたしの手が届くとこはもういっぱいで」

　木の下にいるお義母さんが、力作の星のリースをぶんぶん振っていた。わたしは庭に下り、お義母さんの代わりに脚立にのぼって飾りを枝に吊り下げた。

「今年は夏凜ちゃんが頑張ってくれたから、ハナミズキが華やかですね」

「だねえ、夏凜がこつこつ飾り作ってくれとったでね」

「おばあちゃんと桜子ちゃんも作ったじゃん」

「まあね。ばあちゃんの渾身のリースがやっぱ一番輝いとるわ」

「お義母さんってば」

脚立から降りて縁側に戻る。夏凜ちゃんが、いろんな色の画用紙を使った短冊を並べている。

「好きな色選んでいいよ」

「ばあちゃん願い事たくさんあるんだけど、何枚書いてもいい？」

「いいけど、あんまりいっぱい書くのは駄目だよ。欲張りはよくないからね」

「へぇい」

「じゃあわたしは名前に合わせて桜色にしようかな」

「夏凜はオレンジにする」

薄ピンクの短冊とペンを手に取る。わたしは少し悩んでから『みんなが健康で平和に暮らせますように』と書いた。隣に座るお義母さんの手元を覗くと、水色の短冊に『パートの時給を一五〇〇円にしてください』と書いていた。

「それ、七夕のお願い事にするんじゃなくて、店長さんに言ったほうがよくないですか？」

「言っても上がらんでこれに書いとるだに」

「なるほど」

夏凜ちゃんのほうを見る。丁寧な文字で『通知表が悪くありませんように』と書いていた。次の短冊には『運動会のリレーでアンカーに選ばれますように』、もう一枚には『身長が伸びますように』と願い事を記していく。小学生らしい、なんとも可愛いお願いだ。

「夏凛ちゃん、もうクラスでは身長高いほうだって言ってなかったっけ」

「うん。でももっと背が高くなりたい。背が高いとかっこいいから」

「お、それはチビなばあちゃんへの当て付けか？」

「うふふ。おばあちゃんはちっちゃくて可愛いのが似合ってるよ」

「まあね」

お義母さんはなぜか自信満々に頷く。夏凛ちゃんはわたしと目を合わせると、こっそりと悪戯っ子の顔で笑った。

「ま、そんなんわざわざお願いしんでも、夏凛なら余裕だって」

そう言うお義母さんの手には『庭の野菜がおいしく育ちますように』という短冊が握られていた。一枚目とは違う微笑ましい内容にわたしは頬を緩ませる。

「じゃあ、書けたら短冊をください。わたしが木に吊るすから」

短冊を集めふたたび脚立にのぼった。バランスを崩さないよう気をつけながら、下からでも見えやすいところに三人分の短冊を紐で括りつけていく。カラフルな短冊に飾られ、ハナミズキがさらに賑やかになる。

「よし。どうでしょうか？」

「いいじゃんいいじゃん。でもあと何枚か飾れそうだね」

「お義母さん、まだお願い書く気ですか？」

「だって短冊まだ余っとるし」

「桜子ちゃん、これもいい？」

と、夏凜ちゃんが手を伸ばし、一枚の短冊を差し出した。

「うん、いいよ。貸して」

オレンジ色の短冊を受け取った。枝に紐を括っていると、ふと書かれている言葉が目に入る。

『ずっとここにいられますように』

わたしは紐が解けないよう、きつく蝶々結びをする。

すべての短冊を飾り終わり脚立を片づけていると、いつの間にか台所に行っていたらしいお義母さんが、麦茶と切ったスイカを持って戻ってきた。

「お、いい感じになったねえ」

「ですね。お祭りの飾りみたいです」

「学校にある笹よりもうちのがすごいよ」

夏凜ちゃんが麦茶の入ったグラスをお盆から取って並べてくれる。

縁側に並んで座り、華やかなハナミズキを眺めながら、程よく冷えたスイカを三人でしゃくしゃくと食べた。塩のしょっぱさがスイカの甘さをより感じさせる。夏が来たんだなあと思う。

「夏凜、見とって」

お義母さんが言った。何かと思えば、スイカの種を吹き出して庭に飛ばし始めた。

わたしはぎょっとしたが、夏凜ちゃんは前のめりで声を上げた。

「うわあ、おばあちゃんすごい！　すごい飛んだ！」

「ちょっとお義母さん、庭にスイカが生えちゃいますよ」

「ほいだら来年は花守家産のスイカが食べれるやん。ほら、夏凜もやりんて。どんどんスイカ生やすぞ」

「うん」

夏凜ちゃんはスイカをひと口齧ると、口をもごもごさせたあと、唇をすぼめて種を吹き出した。小さなスイカの種は放物線を描いて飛び、庭の暗闇に消えていく。

「やるな夏凜。負けてられんな」

「もっと飛ばせそうな気がする」

「ふたり共、それって行儀悪いことなんだからね」

こんなことを覚えさせて人前でやってしまわないか心配だ。まあ、夏凜ちゃんは賢いから、注意しておけば大丈夫だろうが。

「いいじゃんねえ、ここにいるのは家族だけなんだから」

お義母さんが「いひひ」と目を線にして笑った。わたしはつい大きな溜め息を吐いてしまう。

「まったくもう」

大きな口を開けてスイカをひと口齧った。甘い果肉の中から種を探し当て、ぷっと勢いよく弾き出す。

「うわっ！　めっちゃ飛ばすやん桜子ちゃん！　プロがいた！」

「桜子ちゃんすごい上手！」

「やってみたらできました」

「この子、上品な振りしてやるなあ」

軽やかな笑い声が花守家の庭先に響く。

何とはなしに顔を上げた。今日はよく晴れているから星がたくさん空に透けて見えている。七夕の星、ベガとアルタイルが見えているはずだが、天体に詳しくないから、頭上の光の内のどれがその星かはわからない。どれでもいいかと、スイカをもうひと口齧る。

「今日は雲もないし、これだけ派手なら織姫と彦星にもすぐに見つけてもらえるわ」

お義母さんが言った。わたしはハナミズキに視線を移す。

「確かに。今年はわたしが見てきた中で一番目立ってます」

「あたしが知ってる中でもだわ」

海からのぬるい風が吹いた。ハナミズキの葉と吊り下げられたいくつもの飾りが、風に揺らされしゃらしゃらと涼しい音を立てた。

「お父さんにも見えるかな」

夏凜ちゃんが呟く。透によく似た丸い目を、夜の空に向けていた。わたしは小さく息を吐き、夏凜ちゃんが見ているところと同じ場所を見上げる。

「見てるはずだよ。こういうイベント事が好きで、家族思いの人だから」

「お父さんもハナミズキに飾り付けてた？」

「もちろん。わたしとふたりで下手くそな飾りを作ったし、それに元々この行事はお父さんが子どもの頃に作った七夕飾りからはじまったんだって。ねえお義母さん」

「ほだよ。まだちっこかったハナミズキに、折り紙で作った天の川みたいなやつぶら下げたの」

「そうだったんだあ」

透は今、天国にいるのか、星になっているのか、それともいつもそばにいるのか。どこにいたってきっとあの人は、変わらない笑顔でわたしたちを見守っているのだろう。ときどき心配しながら。桜子、大丈夫かなって。

「うふふ。じゃあお父さん、楽しんでる夏凜たちのこと羨ましがってるかも」

夏凜ちゃんが笑った。

お義母さんがしゃくりとスイカを齧る音が、夏の夜の匂いの縁側に響いている。

ネイルテーブルを挟んで座る女の子が、きらきらとした目で自分の両手を見つめている。「完成です」とわたしが言うと、女の子はくるりと椅子を回して、隣のテーブルに座る母親に手の甲を向けた。

「見てママ！」

自身も鹿島さんから施術を受けている最中の母親は、手を動かさないよう必死に首を伸ばして女の子のほうを覗き込む。

「わっ、すっごい可愛い」

「でしょ。いっぱいきらきらにしてもらった」

母親から褒められた女の子は、小さな歯をめいっぱいに見せて笑う。小学三年生だそうだ。明日、習い事のダンスの発表会があり、それに合わせてネイルをするために母親とサロンへ訪れた。

ダンスの衣装が青だと聞いたので、服とお揃いになるように明るい空色でベースを塗った。その上に星形のホログラムとゴールドのブリオンを飾り、「アイドルみたいにしたい」というこの子の希望に添った可愛らしいデザインに仕上げた。反応を見る限り気に入ってもらえたようだ。

うちのキッズネイルのメニューはポリッシュのみで、子どもにジェルは施さない。そのため日持ちはしないが、このネイルがこの子の特別な一日を、より特別なものになるよう彩ってくれればと思っている。

「ママもうすぐ終わるから、もうちょい待っててねえ」

筆を動かしながら鹿島さんが言った。母親のほうもすでにトップを塗り始めているところだった。女の子が水色のネイルにしたのに合わせ、母親もブルー系のカラーを選んでいた。

間もなく母親の施術が終わり、親子揃って満足した表情で帰って行った。わたしはすぐに次の予約の確認をする。今のお客さんが早く終わったこともあり、少し時間が空いている。

自分の左手を見た。前回自爪にネイルをしたのはいつだっただろうか。付け替えるタイミングがなく放置してしまい随分根元が伸びていた。衛生面も見栄えもよくない状態だ。

「すみません、時間あるので、自分のネイルのオフしてもいいですか?」

テーブルを片づけている鹿島さんに声を掛けた。鹿島さんはとくに嫌な顔をするでもなく「いいよぉ」と返事をくれる。

「アートもしちゃえば?」

「いえ、それほど時間ないですし、オフだけできれば大丈夫です」

急いでネイルマシンを用意した。集塵機の電源を付け、左手の親指からジェルを削っていく。両手共ベースジェルが残る程度になったところでマシンを止め、リムーバーを染み込ませたコットンを爪に置き、アルミホイルで巻いていく。

残ったジェルが自爪から浮くのを待つ間、次のデザインはどうしようかとぼんやり考えていた。すると、チップを作っていた鹿島さんが「そういえば」と口を開いた。

「花守さんちの夏凜ちゃん、どんな感じ？」

「夏凜ちゃん、ですか？」

「ほら、いい子過ぎて心配って話してたじゃん」

鹿島さんの持つ筆の柄がこちらへ向く。

「そうですね。いい子はいい子で、すごくしっかり者なんですけど、ちょっとずつやんちゃな面も見せてくれるようになった気がします」

「おお、いい傾向なんじゃない？」

「我儘とは違うけど、お願いを言ってくれるようにもなったんですよ。サーフィンをしたいって」

「サーフィン？」

と鹿島さんが訊き返した。

「はい。親戚の子がやってるのを見て自分もやりたくなったみたいで」

「そういや、花守さんちって浜が近いんだっけ」

「歩いてすぐです。わたしもよく散歩に行くんですけど、夏凜ちゃんもときどきひとりで行ってるみたいなんですよね」

最初にこのみちゃんのサーフィンを見学に行ったのは五月の終わり頃だった。そのときから興味を持ったらしく、いつからかひとりでも浜まで出掛けていくようになった。

海に行っても、夏凜ちゃんは泳ぐでも砂浜で遊ぶでもなく、ひたすら堤防からサーファーを見ていた。運動が好きな子だし自分でもやってみたいのだろうかと一度訊ねようとしたところ、夏凜ちゃんのほうから「サーフィンをしてみたい」と言ってきた。

わたしはすぐに宗太くんのサーフショップへ行きスクールの体験を頼んだ。「いつでも来てよ」という宗太くんの返事を伝えると、夏凜ちゃんは大好物の餃子が食卓に並んだときのような顔をしたのだった。

「ちょうど今日体験をしに行ってるんです。これでサーフィンを気に入れば、スクールに本申し込みすることになっていて」

「じゃあ帰ったら感想聞かないとね」

「ですね」

宗太くんはインストラクターとして一流だし、今日はこのみちゃんも付き添ってくれている。あのふたりがいるなら心配ないとわかっているが、それでも大丈夫だろうかと少しだけ不安になってしまう。

夏凜ちゃんが自分からやりたいことを教えてくれたのだ、あの子の気持ちを折らずに大事にしてあげたい。楽しんでいるといいけれどと、思わずにはいられない。

夕方、仕事を終え家に帰ると、玄関を開けた途端真っ先に夏凜ちゃんが駆け寄ってきた。

「桜子ちゃんおかえり！」

「た、ただいま」

勢いに驚いたわたしに、夏凜ちゃんはにいっと口角を持ち上げた。先にお風呂に入っていたようで、上のほうでお団子にした髪が湿っていた。頬は日に焼けて少し赤くなっている。途中で塗り直すようにと日焼け止めを持たせたが、夢中になればそんなこともしないだろう。

「サーフィンどうだった？」

訊くまでもなくすでに表情が物語っていた。しかし夏凜ちゃんはわたしからのその言葉を待っていたようだ。問い掛けると、夏凜ちゃんはやはり、花が開くようにぱっと笑った。

「すっごい楽しかった！　見てるよりずっと楽しい！」

「そう。よかった」

サンダルを脱ぎ、お義母さんのいる台所へ向かう。夏凜ちゃんはわたしの一歩先を弾むように歩いていく。

「夏凜ね、すぐに海の上でボードに立てたんだ。ほんのちょっとの間だけだけどね。でも、宗太先生にセンスあるって言われた」

「そうなんだ、すごいね。あれ結構難しいのに」

「今日は初めてだから浅いところでやったけど、慣れてきたらもうちょっと深いところで波に乗ろうって先生言ってた」

「そっか」

「あ」

と突然夏凜ちゃんが足を止め、おずおずと振り返る。「どうしたの?」と訊くと、夏凜ちゃんは上目遣いでわたしを見上げた。

「サーフィン、続けてもいい?」

わたしはぱちりと瞬きをし、首を竦める夏凜ちゃんの頭に手を置く。

「当たり前だよ。それに、もうすぐ夏休みだからたくさんできるしね」

撫でてやると、引っ込んでいた笑顔がすぐに戻った。やはりまだ遠慮があるのかと少し寂しくも感じるが、謙虚さもこの子の長所だと思おう。これからちょっとずつ、望むことが増えていけばいい。

「ねえ、今度わたしも見に行っていい?」

「うん!」

夏凜ちゃんはくるりと踵を返し、先に廊下を駆けて行った。わたしもあとを追い、いい匂いの漂ってくる台所へ顔を出す。

「お義母さん、ただいまです」

「お、桜子ちゃんおかえりぃ。ちょうどごはんできたとこだよ」

お義母さんは味噌汁を椀へ注いでいるところだった。テーブルには数種のおかずが並んでいる。

「手伝えずすみません」

「夏凜が機嫌よく色々やってくれたで大丈夫よ。もうごはんにするで、早よ鞄置いて手ぇ洗っといでん」

「はい」

自室に荷物を置き台所へ戻ると、すでにほとんどの料理が持ち出されていた。冷蔵庫から麦茶の入ったピッチャーを取り出し座敷に向かう。卓には今日も、お義母さんの自慢の手料理が並んでいる。

「いただきます」

各々定位置に座り、手を合わせた。夏凜ちゃんは今日の体験が相当楽しかったようで、食事をしながらひたすらサーフィンの話をしていた。

「このみと宗太に厳しくされんかった？」

というお義母さんの問いには、慌てたようにぶんぶんと首を横に振る。

「このみちゃん、ずっと一緒に付いててくれたし、宗太先生もすごく優しかったよ」

「ほっか。よかったよかった。夏凜をいじめてたら張っ倒しに行くところだったわ」

「夏凜、宗太先生にもっとサーフィン教えてもらいたい」

「うんうん、そうすりゃいいわ」

「宗太くんに頼んでおくね。引き続きよろしくお願いしますって」

そう言うと、夏凜ちゃんは肉じゃがの詰まった口をもごもごさせながら、目を細めて頷いた。わたしもほかほかのじゃがいもを頬張る。

「続けるなら、あれやん、長袖の水着買わんとかんじゃない？　このみも着とるかっこいいやつ」

お義母さんが小松菜とえのきの和え物をつまみながら言う。

「ウエットスーツですよね。とりあえずは宗太くんがお店のものを貸してくれるとは言ってたんですけど。夏凜ちゃんの年齢だと成長が早いので、今買ってもすぐに着られなくなるからって」

「ああ、まあ確かにねえ。宗太が貸してくれるって言ってるならそうしたら？」

「でも本当はレンタルにもお金が掛かるのを、知り合いだからって無料で貸してくれるって言うんですよ。このみちゃんは気にしなくていいって言ってたけど、わたしは、いくら知り合いでもそこら辺はちゃんとしないといけない気がしていて」

「ほおん。ほじゃ今度菓子折りでも持ってきゃいいら」

「それだけでいいんですか？」

「いいんじゃないの？」

お義母さんはあっけらかんと答える。わたしははしたなくねぶり箸をしながら夏凜ちゃんを見る。

「でもやっぱり新品がいいよね。今度一緒に宗太くんのサーフショップに見に行こうか」

問い掛けに、しかし夏凜ちゃんは「んー」と適当な返事をした。視線は、ごはん茶碗を持ったわたしの左手に向いていた。

「ねえ桜子ちゃん、爪」

と夏凜ちゃんは言う。

「爪？」

「あ、本当だ。剝げとるやん」

お義母さんが卓に身を乗り出す。わたしは「ああ」と右手を掲げた。

「これ、剝げてるわけじゃなくて取ったんですよ。仕事中に時間が空いたのでオフしたんですけど、新しく塗り直す暇まではなかったから」

「ネイルしないの？」

「どうしようかな。お風呂入ったあとでやるかも」

「ふうん」

夏凜ちゃんが呟いた。

話題はまたサーフィンに戻る。食卓には夏凜ちゃんの弾んだ声が響く。

夕飯の片づけはわたしが行い、その間にお義母さんはお風呂に入った。夏凜ちゃんは宿題が残っているらしく、座敷の卓に教科書とノートを広げていた。

食器を洗い終え、ついでに台所の掃除もしていると、顔を真っ赤に火照らせたお義母さんが「お風呂空いたよ」と呼びにくる。

「あっつぅ。お茶お茶」

「冷蔵庫に残ってますよ。わたしももうお風呂入っちゃいますね」

「そうしりん。夏凜は？」

「座敷で宿題してます」

「ほおん、ほいじゃおやつ持ってってあげよっと。ああもう、真夏の風呂上がりは暑くて敵わんね」

冷蔵庫を開けるお義母さんと入れ替わりで台所を出て、部屋に着替えを取りに行ってから浴室に向かった。疲れを取るためにゆっくり湯船に浸かりたかったが、やはりどうにも暑く、十五分粘ったところで上がってしまった。

ひととおり家事は終えていたから、お風呂のあとは自由な時間だった。読みたい雑誌もあったが、迷ったすえ爪にジェルを塗り直すことにした。

作業部屋を換気し、道具を出して準備していると、背後から「桜子ちゃん」と声が聞こえる。夏凜ちゃんとお義母さんが廊下からこちらを覗いていた。わたしが振り向くと、ふたりはにぃっと同じ笑い方をした。

「桜子ちゃん、今からネイルするの？」

「うん、そうだよ」

「おばあちゃんと一緒に見てもいい？」

「いいけど」

返事を聞くまでもなく見る気満々だったようで、スツールを持参していたふたりは、部屋に入るなりわたしの椅子の両脇に着席した。こう挟まれて見られるとやりづらいが、いいと言ってしまった手前追い出すわけにもいかない。

まあいいかと椅子に座り直し、カラーチャートを見比べる。どの色を使おうか。最近は赤系が続いていたから、そろそろ違う色味にしたいけれど。

「どんなデザインにするの？」

「まだ決めてないんだよね。でも夏っぽい感じにしたいなって」

「ほじゃ海の色にしりんよ。今日サーフィンの話いっぱいしたでさ」

お義母さんの提案に「ふむ」と唸り、少し考えてからいくつかのジェルを作業台に並べた。海をイメージするなら、水色で天然石ネイルでもしてみようか。サブにラメホワイトとゴールドを使えばより爽やかな感じになるだろう。

「よし、決まり」

イメージが固まったところで、下準備した爪にベースジェルから塗っていく。親指に水色と金箔、ラメとホワイトで天然石アートを施せば、両脇から「おお」と歓声が沸く。

わたしが自分の爪を仕上げていくのを、夏凛ちゃんは大人しく、お義母さんは度々茶々を入れながら眺めていた。はじめこそふたりの視線が気になったが、だんだんと作業だけに意識が集中していく。

「桜子ちゃんさあ、透と結婚したとき、一回ネイリスト辞めたやん?」

左手が五本完成したところで、ふとお義母さんがそう言った。わたしより先に夏凛ちゃんが「そうなの?」と反応した。

「名古屋からこっちに引っ越して来たでねえ、向こうで勤めとったお店辞めんとかんかっただよね」

「ええ。名古屋に執着もなかったし、あのときは透の転勤を優先したほうがいいかと思って。ネイルの仕事はどこでもできますから」

「でもさ、こっちではお店に勤めんかったやん」

今の職場『ＭＯＭＯ』で働き始めたのは去年の秋からだ。それまでは、お義母さんの言うとおり、人にネイルを施す仕事からはしばらく離れていた。転勤直後で透は忙しく、お義母さんも外に働きに出ている。だからわたしは家のことを優先したほうがいいと思ったのだ。それに、せっかく自分以外の人と一緒に暮らすのだから、帰ってくる相手に「おかえり」と言いたかった。

仕事は在宅でできることを模索し、ネイルチップの通信販売を始めた。サロン勤めとは勝手が違い苦労もしたが、それなりに満足してやっていたつもりだった。

「通販の仕事も頑張っとったし、あたしも透も桜子ちゃんのやること応援しとったけどさ、透はやっぱり、桜子ちゃんは人とかかわって仕事をしたいんじゃないかなってよく言っとったのよ」

お義母さんはカラーチャートを自分の爪に当てている。『まるも食堂』がネイル禁止のため、お義母さんの爪はいつも丸く短く、何の色も塗られていない。

「実際、お店でネイリストしてる今のが楽しいんじゃない？」

「まあ、そうですね。そうかもしれません」

チップ販売も決して嫌々やっていたわけではない。自分なりに試行錯誤しながら必死に取り組んでいた。ただ、ふたたびネイリストとしてお客さんの前に立ったとき、わたしにはこっちのほうが合っていると思ったのは確かだ。

直接人の手に触れ、話をし、ネイルを仕上げたときの表情を見ることのできる仕事が好きだった。それが、わたしがネイリストになることを決めた理由のひとつだったから。

「透はね、ネイルが好きな桜子ちゃんが、自分の思うように生活しながら、自由に楽しくネイリストとしての仕事もできるようにしてやりたいって、考えとったみたいよ」

お義母さんはそう言って立ち上がる。

「どういうことです？」

「うふふ、さあ」

お義母さんはスツールを持ち、「眠くなったから寝るわ」と部屋を出て行ってしまった。わたしは夏凜ちゃんと目を合わせ、同時に首を傾げた。

宗太くんのサーフショップは、表浜のロコポイントと呼ばれるビーチに近い場所にある。ロコは道の駅があったり広い駐車場が整備されていたりと綺麗な浜で、花守家の近所の新日本と同じく、サーファーに人気の波乗りスポットだ。

仕事が休みの平日、宗太くんのお店にサーフィンスクールの申し込みに行った。人にもよるが、五回ほど指導を受けたら独り立ちすることが多いらしく、それに倣ってとりあえず五回のレッスンコースを頼むことにした。

「スクールに申し込まなくても、夏凜ちゃんにならいつでも教えるのに」

カウンターに頬杖を突いた宗太くんが唇を尖らせながら見上げている。わたしはタブレットに表示された注意事項に目を通し、ページの下部にサインをした。

「気持ちはありがたいけど、そこは知り合いでもちゃんとしないと。宗太くんもプロとしてやってるんだから自分の技術を安売りしちゃ駄目だよ」

「わかってるって。だから渋々お金貰ってるんじゃん」

「渋々って」

笑いながらタブレットを返した。宗太くんは内容を確認してから「では、ご入会ありがとうございます」と妙に芝居がかった仕草で頭を下げた。

「うん、こちらこそ。宗太くんのおかげで夏凜ちゃん、サーフィンを好きになったみたいだから。ありがとうね」

「え？　いや、へへ、それがおれの仕事だから」

「宗太先生にもっと教えてもらいたいって言ってた」

「ええ？　そうなんだ。嬉しいな」

宗太くんがはにかみながら髪を掻き上げる。

「あ、講習の日は、前日までに連絡くれればいつでもいいからね」

「うん。あと少しで夏休みだから、休みになってからまとめて入れるかも」

「了解、それで大丈夫だよ」

何とはなしに店内を見回す。南海をイメージした内装の店内には、サーフボードをはじめ、サーフィングッズが様々に取り揃えられている。

「続ける子って、やっぱり自分の道具持ってるよね」

ハイスツールから降り、ウエットスーツのコーナーに足を向けた。数は少ないがキッズサイズも置かれていて、わたしは黒地にオレンジのラインが入ったものを手に取った。

「まあそうだね。ボードもウエットも自分の体に合ってるもののほうがやりやすいし。でも、ボードはともかく、ウエットは子どもだと結構頻繁に買い替えが必要になるよ」

「そうだよね。あの子はとくに、これからどんどん背が伸びるタイミングだろうし」

「夏凜ちゃんはほしいって言ってる?」

「ううん。宗太くんが貸してくれるなら、レンタルでいいって言ってる」

それが本音なのか遠慮なのかはわからない。今はサーフィンさえできれば嬉しいと思っているように感じるが。

「ボードもこのみちゃんが貸してくれるって言ってるし、もうちょっと様子見ようかな。今買ったら、むしろ夏凜ちゃんに気を遣わせちゃうかもしれないから」

手にしていたウエットスーツをラックに掛け直した。まずは五回のレッスンを受けて、それが終わってから考えよう。そこから続けるも止めるも夏凜ちゃん次第だし、続けるなら購入するべきものも出てくるだろう。

「なあ桜子さん」

呼ばれて振り返る。

「何？」

「夏凜ちゃんのことって、どう思ってんの？」

またカウンターに頬杖を突き、宗太くんはじっとわたしを見た。わたしは宗太くんに向き直る。

「どうって？」

「夏凜ちゃんは透さんの娘だし、桜子さんがあの子を大事に思ってんのは伝わってくるよ。でもさ、あの子は、桜子さんの子どもではねえじゃん。透さんがいたときから一緒に住んでたわけでもねえし」

「そう、だけど」

「あの子はさ、桜子さんにとっては、血の繋がりもない他人だろ」

はっきりと言われ、わたしはつい言葉に詰まってしまった。

宗太くんがさっと目を逸らす。

「おれ、いつも思ってんだよ。桜子さんはどう考えてんのかなってさ。これから先も、保護者として夏凜ちゃんを育てていくつもりだったりすんのかな。でもそれってさ、義務みたいな感じでやってるわけじゃないよね。ちゃんと、桜子さん自身の未来のこと考えてんのかなって、思って」

うん、とわたしは頷いた。前に鹿島さんにも似たことを言われたと思い出す。

「自分でも、まだはっきりしないんだよね、あの子のことをどう感じてるのか。だから、これからのこともいまいち想像できてないっていうのが正直なところだよ」

「迷ってるってこと？」

「迷ってる、のかな。ちょっと違う気もするんだけど」

最初は同情からだった。わたしと同じ、家族からの愛を受けられない境遇にあったあの子を見捨てることができず、ほとんど考えなしに手を伸ばした。

一緒に暮らしていくことに不安はあった。夏凜ちゃんを受け入れられないかもしれないとも思った。花守の家を出て行くことも考えた。自分のためではなく、わたしの居場所をあの子に譲るために。

「お義母さんと一緒に三人で暮らしていくうちに、あの子に対する情みたいなのは湧いてきたよ。透に似てるところとかを見つけて、親子なんだなあって感じることもあって、なんていうか、透の分まで守ってあげたいって……この子が寂しい思いをしないようにしたいって、思うようになった」

わたしは夏凜ちゃんに、とっくに愛情を向けている。それは自覚している。

「ただね、夏凜ちゃんを大切にしたいって感じるのと同時に、この子はわたしと透との子じゃないんだよなって思っちゃうんだ。わたしたちの子はこの世にいないのに、わたしとの子じゃない透の娘を、自分の家族として愛するのは正しいのかなって。いつも心が引っ掛かって、すっと冷えていく」

どうしても、踏み込むことができない。あの子を家族だと手放しに言えない。

もう義務なんかで一緒に暮らしているわけじゃないのに……血の繋がった人間たちよりずっと、あの子のほうが大切なのに。

透と約束したのに。

——家族になってあげて。

そう言われたのに、これ以上あの子との距離を縮めることを、心のどこかが拒否している。あと一歩、前に進むことができない。これからのことも、今はまだ何も言えない。

「ごめんね。変なこと話しちゃった。気にしないで」

へらっと笑うと、宗太くんは間を置いてから首を横に振った。

「いや、おれこそごめん。余計なこと言った。夏凜ちゃん、すげえいい子で可愛いしさ、おれだってあの子には家族に囲まれてあったかく過ごしてほしいって思ってる。けど、桜子さんに対してもそうだから」

「わたし？」

「おれ、あなたには何も我慢してほしくないし、幸せであってほしいんだ」

宗太くんが立ち上がる。

背の高い彼を、わたしは見上げる形になる。

「何でも言ってよ。おれができることは何でもする」

「宗太くん」

「おれさ、桜子さんの支えになりてえんだよ」

何と答えればいいか、わからなかった。真っ直ぐに見つめる宗太くんの視線に、どんな感情が乗っているかを知っているから。

いたたまれず目を伏せる。そのとき、鞄の中から着信音が響いた。慌ててスマートフォンを取り出す。

「ごめん、電話……小学校からだ」

「夏凜ちゃんの？」

「うん。まだ授業中のはずだけど、何かあったのかな」

「ここで出ていいよ。他にお客さんいないから」

ありがとうと言って、通話ボタンをタップした。「もしもし」と答えると、スピーカーから女性の声が返ってくる。

「もしもし、花守夏凜ちゃんの保護者の方のお電話でよろしいでしょうか」

「はい、そうですが」

「わたし、夏凜ちゃんの担任の牧（まき）です」

「どうも。夏凜がお世話になっております」

牧先生には家庭訪問で一度会ったことがある。わたしよりも若いが、しっかりしていて、うちの家庭の事情も理解してくれているいい先生だ。夏凜ちゃんも信頼しているらしく、度々家で牧先生の話をしていた。

先にお義母さんの携帯電話に掛けていたようだが、出なかったためにわたしのほうに連絡してきたという。お義母さんはまだ仕事中のはずだ。電話に気づかなかったのだろう。

「実は、夏凜ちゃんがですね……」

と、牧先生は硬い声色で用件を告げる。


学校に着くと、教頭先生の案内で会議室に通された。白髪の多い髪を品よく整えた教頭先生は、「あの子は花守くんに似てとても優しい子です」と、他に誰もいない廊下でわたしに言った。

教頭先生と会議室に入る。室内には、牧先生と夏凜ちゃんの他に、同級生らしい男の子とその子の母親がいた。夏凜ちゃんは牧先生に肩を抱かれていて、わたしが駆け寄ると、険しい表情で目を逸らした。

「花守さん、来ていただきありがとうございます。飯田(いいだ)さんも先程来られたところです」

牧先生が言った。電話で「夏凜ちゃんがクラスメイトと喧嘩をしてしまった」とは聞かされていた。状況を見るに、正面にいる男の子と喧嘩をしたのだろう。

夏凜ちゃんは、見る限りどこか怪我をしている様子はなかった。対して男の子のほうは、赤く染まったティッシュを鼻に詰め、脚と左腕に湿布を貼っていた。

男の子は、泣き腫らした目で必死に夏凜ちゃんを睨んでいる。その隣で、息子を強く抱いた母親が、男の子よりも鋭い視線をわたしに向ける。

「花守さん、お宅の子がうちの息子に怪我をさせたんです。酷い怪我じゃないからまだよかったものの、どう責任を取るおつもりですか」

「飯田さん、わたしからお話ししますから」

「先生、大事な息子がこんな目に遭わされたのに人任せにはできません」

牧先生が止めたものの、男の子の母親は唾を飛ばしてわたしに詰め寄る。

「うちの子は何もしていないのに、そちらが先に殴りかかって来たって。琉希は優しい子だから、一切やり返さなかったって言ってるんですよ。実際に、怪我をしているのはうちの子だけじゃないですか。それなのにその子は琉希を殴って蹴って、痛い思いさせて！」

「飯田さん」

牧先生と教頭先生が宥め、母親は渋々一歩引き下がる。

わたしは、俯いている夏凜ちゃんの背中に手を当てる。

「ねえ夏凜ちゃん、琉希くんを叩いたり蹴ったりしたのは本当？」

すぐには返事がなかった。ややあって、夏凜ちゃんは口を閉じたまま頷いた。

「ほらやっぱり。こんな荒っぽい子が同じクラスにいるだなんて怖すぎる」

琉希くんの母親は嫌悪をはっきりと顔に出す。

「花守さん、あなたはこの子の母親ではないんでしょう。亡くなった旦那さんの子だとか。それも一緒に暮らし始めたのはつい最近」

「は、はい。そうですが」

「ちょっと飯田さん、それは今は関係ありません。子どもたちから話を聞きたいので、少し静かにしていてもらえませんか」

「牧先生、あなたも独身ですからわからないかもしれませんが、子どもを産んだこともない人にまともな教育なんてできるわけがないんですよ。今回の件がまさに物語っているじゃないですか。そんな人に母親面して子どもを育てた気になられても、周りが迷惑被るだけなんです」

「そんなこと」

「保護者側だけに問題があるわけじゃないですよ。もう父親は亡くなっているっていうのに、実の母親のもとじゃなく父方の家に預けられるなんて、どう考えたって普通じゃない。その子がまともな環境で育っていないことも、碌（ろく）な子じゃないこともわかりきっていることです」

「飯田さん」

「実際に、この子が転校してくるまで、大怪我するほどの喧嘩なんて一度もなかったでしょう。もしも今後もっと酷い事件が起きたら、先生はどう責任を取るおつもりですか！」

琉希くんの母親が声を荒らげた。

すっと、教頭先生が黙って母親の前に手を出す。琉希くんの母親ははっと口を噤(つぐ)み、渋面のまま自分の子どもを抱き締めた。

わたしはちらと夏凜ちゃんを見る。夏凜ちゃんは下を向いたまま、何も言おうとせず、誰とも目を合わせようとしない。両手はお気に入りのTシャツの裾をぎゅっと握り締めていた。わたしは深呼吸をし、一歩前に出る。

「お子様に怪我をさせてしまい、大変申し訳ございませんでした。治療費はこちらで出させていただきます」

頭を下げた。頭上で、琉希くんの母親が鼻を鳴らす音が聞こえた。

「当たり前でしょう。できれば他の学校に転校してほしいくらいですけどね」

「……ただ」

顔を上げる。吐き出した息が震えているのを誰にも知られないように、できるだけ胸を張る。

「わたし自身の保護者としての能力はどうあれ、夏凜は、絶対に、理由もなく誰かに暴力を振るう子ではありません。琉希くんを傷つけることになった原因があるはずです。それをこの場ではっきりさせてください」

視線だけを琉希くんに向ける。琉希くんはびくりと肩を揺らして、さっとわたしから目を逸らした。

「いいよもう。ママ、おれ教室帰る」

「琉希……あの、息子がこう言っているので、もう席を外させてもらってもいいですか？　治療費などに関しては後日お話しさせていただきますので」

「いいえ」

と言ったのは教頭先生だった。琉希くんの母親が眉を寄せる。

「花守さんの言うとおりかもしれません。まだ我々も子どもたちからきちんと話を聞けていませんから。一度ちゃんと話してもらいましょう」

「教頭先生、話ならさっき琉希から聞いたでしょう。一方的にやられたって」

「ええ。でも夏凜さんからはまだです。ねえ夏凜さん、何があったか話してくれるかな」

教頭先生は身を屈め、夏凜ちゃんの顔を覗き込んだ。しかし夏凜ちゃんは黙りこくったまま。やはり何も話してはくれない。

「夏凜ちゃん……」

この子が理由もなく癇癪を起こして暴れるような子ではないことはわかっている。でも、相手を傷つけたことに理由があったとして、それがわからないのでは意味がない。このままでは、ただただ夏凜ちゃんが責められることになってしまう。

「ねえ、夏凜ちゃん」

どうしよう。どうして夏凜ちゃんは何も言わないのだろう。

「萌音のせいなの」

ふと、小さな声が聞こえた。

会議室にいた全員が一様に同じ場所を振り返る。

ほんの少し開いたドアから、悠平さんの娘の萌音ちゃんが覗いていた。萌音ちゃんは泣いていたのか、琉希くんと同じように目が真っ赤になっていた。

「萌音ちゃん、どうしたの」

「先生、あのね、夏凜ちゃんを怒らないで。夏凜ちゃんは、萌音を守ってくれたんだから。だから」

萌音ちゃんの両目にじわりと涙が溜まる。牧先生は慌ててドアを開け、萌音ちゃんを会議室へ引き入れた。

「萌音ちゃん、教室であったこと、先生たちに教えてくれる？」

牧先生に肩を抱かれた萌音ちゃんは、洟を啜りながら頷く。

夏凜ちゃんは唇を結んだまま萌音ちゃんに目を向けた。両手はＴシャツを握り締めたままだった。

「萌音がね、琉希にいじわる言われたの。頭悪いとか、トロいとか、他の男子にも笑われた。萌音、悲しくて何も言い返せなかったんだけど、夏凜ちゃんが、萌音の代わりに怒ってくれたんだ」

萌音ちゃんはたどたどしくも話していく。琉希くんは、先ほどまでの夏凜ちゃんのように、ずっと下を向いている。

「萌音ちゃんが悪口言われたことに怒って、夏凜ちゃんは手を上げちゃったの？」

「違うよ。夏凜ちゃん、人が傷つくこと言っちゃ駄目って口で注意したんだよ。琉希、夏凜ちゃんにも嫌なこと言ったけど、夏凜ちゃんは、間違ってないこと言い返してた。そしたら琉希が顔真っ赤にして怒っちゃって。琉希、転校してきたばっかなのにみんなの人気者になった夏凜ちゃんのこと、むかつくっていつも言ってて。それで」

萌音ちゃんの目がちらりと夏凜ちゃんに向いた。夏凜ちゃんは口を閉じて視線を下げる。

萌音ちゃんは一度、肩で息を吸った。

「赤の他人と暮らしてるくせにって。おまえなんて、親に捨てられたくらいだから、そいつにもすぐ捨てられるに決まってるって、夏凜ちゃんに言った」

しんと静まり返る。先ほどまで強気で喋り続けていた琉希くんの母親でさえ、何も言葉を発さない。

「……そう言われて、夏凜ちゃん、琉希を叩いちゃったんだ。琉希もやり返してたけど、夏凜ちゃん強くて、全然琉希の攻撃当たんないの。そんで、夏凜ちゃんが、こうやってぐっと腕摑んで琉希を動けなくして、琉希が泣き出したときに、先生が教室入ってきた」

　萌音ちゃんが身振り手振りで話し終えると、牧先生は「ありがとう。萌音ちゃんは何も悪くないからね」と萌音ちゃんの頭を撫でた。泣き顔だった萌音ちゃんがちょっとだけ笑みを浮かべる。

「琉希くん、今の話は本当かな」

　牧先生が問い掛けた。琉希くんは返事をしなかったが、それが答えになっているようなものだった。

「夏凜ちゃん」

　わたしは膝を突き、夏凜ちゃんと正面から視線を合わせた。強く握られた小さな両手をわたしの手で包み込む。夏凜ちゃんは、下瞼に涙を溜めた目でわたしを見ている。

「ねえ夏凜ちゃん。どんな理由があろうと、暴力で解決しようとしちゃ駄目だよ。それは正しいやり方じゃない」

「……うん。ごめんなさい」

　ずっと閉じていた唇が、震えながら小さく開いた。

　わたしは細く息を吐き出す。

「頭に血がのぼったときこそ冷静にならないといけない。悪いのは夏凜ちゃんじゃないんだから。でも人を傷つけたら、あなたが悪者になっちゃう」

「うん」

「夏凜ちゃんが琉希くんを怪我させて泣かせたことは間違いない。だから、そのことは夏凜ちゃんからもきちんと謝ろう。できるよね？」

夏凜ちゃんは頷いて、琉希くんに向かい「ごめんなさい」と頭を下げた。琉希くんはばつが悪そうな表情を浮かべるばかりで、応えることはない。

「で」

わたしは夏凜ちゃんの手を離し、ゆっくりと立ち上がる。

「こちらとしても、息子さんの発言は聞き流せないのですが。そちらはどうお考えでしょうか」

琉希くんの母親に向き直ると、母親は目を泳がせた。身長はわたしのほうが十センチは高い。背筋を伸ばし、相手を見下ろす。

「夏凜は確かに琉希くんに怪我をさせてしまいました。けれどそちらのお子さんも、夏凜と萌音ちゃんを傷つけていたようですね。教育うんぬんについてわたしは語れる身ではありませんが、他人の心の傷に踏み込んで抉るような発言をすることが、正しい教育のすえの、正しい行いだとは思えません。まさしく琉希くんは、親をしっかり見ていたのだなとは思いますが」

「……………」

「夏凜は琉希くんに謝りました。琉希くんはどうでしょう。それから琉希くんのお母さん、あなたはどうでしょうか」

母親は顔を青くしたり赤くしたりし、先生たちにも諭されながら、最後にはわたしに頭を下げた。琉希くんも夏凜ちゃんと萌音ちゃんに謝り、ふたり共がその謝罪を受け入れ、許すことになった。

琉希くんは母親と共に早退した。萌音ちゃんはお礼を言う夏凜ちゃんに「こっちこそありがとう」と伝えて教室に戻っていった。

「夏凜ちゃんはどうする？」

訊くと、「おうち帰りたい」と答えたから、このまま一緒に帰ることにした。荷物は牧先生が教室から持ってきてくれた。

「夏凜ちゃん、桜子さんもさっき言ってたけど、どんだけ腹が立っても、怒りに任せて人に暴力を振るっちゃ駄目だよ」

正門まで送ってくれた牧先生が、夏凜ちゃんの前に屈みながら言う。

「はあい。ごめんなさい先生」

「琉希くんとも、仲良くできなかったらそれでいいけど、嫌なこと言い合ったり喧嘩したりするのはやめようね。もし今度何か言われたらすぐに先生に言うこと」

「はあい」

「わかってくれればよし」

夏凜ちゃんの頭を撫でると、牧先生は姿勢を正し、今度はわたしと向き合った。

「わたしの監督不行き届きで児童たちに辛い思いをさせてしまい、申し訳ありませんでした。今後こういったことが二度とないよう、しっかり子どもたちの目線に立って、子どもたちを守っていきます」

牧先生が深く頭を下げる。

「いえ、頭ごなしに叱らないでくれてありがとうございました。夏凜は、家で牧先生の話をよくしてくれるんです。みんなに優しくて頼もしい、いい先生だって。わたしも牧先生のことを信頼していますから、今後ともよろしくお願いいたします」

わたしがぺこりとお辞儀をすると、夏凜ちゃんも同じ仕草をした。牧先生がふふっと声を漏らす。

「教頭先生もありがとうございました」

牧先生の一歩後ろに立った教頭先生にもお礼を言った。教頭先生は柔らかく微笑んで頷いた。

「夏凜さん、また明日ね」

教頭先生に手を振られ、夏凜ちゃんは振り返す。わたしは先生たちに会釈をし、小学校の門を出た。

学校に車で行っていいのかわからず、宗太くんの店を出てから一旦家に車を置きにいった。そのせいで、一番暑い時間帯に歩いて帰らなければいけなくなった。口傘を持ち出す余裕もなかったため、手で庇を作りながら、蟬の鳴く炎天下を夏凜ちゃんと並んで歩く。

「桜子ちゃん、ごめんね」

額に浮かんだ汗を拭っていたら、隣からぽつりと声が聞こえた。わたしは隣を行く夏凜ちゃんの尖った唇の先を見つめる。

「ごめんって、何が？」

「あのね、夏凜のことで迷惑掛けちゃってごめん。桜子ちゃん、夏凜のお母さんじゃないのに、学校にまで呼び出されて、嫌だったでしょ」

夏凜ちゃんはリュックの肩紐を握り締めながら、自分の靴の爪先を見ていた。道路に転がった小石を、真っ赤なスニーカーの先が蹴飛ばした。

じわじわと、油蟬の声が周囲に満ちている。

「夏凜ちゃん。べつにね、わたしを母親と思う必要はないよ」

木陰で足を止めると、夏凜ちゃんも立ち止まった。丸い両目がわたしを見上げる。

「ただ、わたしは、夏凜ちゃんにとって頼れる大人でありたいと思ってる。夏凜ちゃんのことを他人とは思ってないし、夏凜ちゃんにもそう思ってほしくない。迷惑だって掛けていいし、我儘も言っていい。謝る必要もないよ。わたしはね、当たり前のことをしたとしか思ってないんだから」

この子の心を守るためなら、今日のことくらい、何てことはない。

あの母親が言ったことは事実だ。わたしは親としての子どもとの接し方を知らないし、愛情の掛け方も知らない。それでも、この子が安心して日々を過ごせるようにしてあげたいと思っている。透が、きっとこの子にあげたかっただろうすべてのものを、彼の分まで夏凜ちゃんに与えたい。

この思いには、どんな名前を付けられるのだろうか。

「桜子ちゃん。夏凜を、嫌いにならない？」

夏凜ちゃんが言った。一瞬何のことかと思ってしまったが、琉希くんの発言のことだと気づいた。

——親に捨てられたくらいだから、そいつにもすぐに捨てられるに決まってる。

夏凜ちゃんが何も話さなかった原因はこれだろう。実の親から冷遇され続けていたこの子は、その言葉によって深い傷を負ったはずだ。

「なるわけないよ。むしろどうやったら嫌いになれるのか教えてほしいくらい」

「……本当？」

「わたしも、おばあちゃんも、みんな夏凜ちゃんを嫌いになんてならない。夏凜ちゃんをひとりになんてしないよ。だから大丈夫」

うん、と呟いた夏凜ちゃんの目に、ぶわりと涙が浮かんだ。夏凜ちゃんはその場で声を上げずに泣いた。小さな木陰の中で、わたしは夏凜ちゃんの背を撫でていた。

涙が止まったところで歩き出し、家に着く頃には、夏凛ちゃんの表情はすっかり晴れやかになっていた。ふたりして頬を火照らせて、汗だくの状態で玄関の戸を開けると、クーラーで冷やされた家の中の空気がかすかに届いた。

「あ、帰ってきた」

お義母さんが奥から走ってくる。

「ちょいちょい、どうしたの。何があった？　あたし仕事中で学校からの電話出られんくてさ。桜子ちゃんが行くってメール入っとったけど、あたし行かんでもよかった？」

お義母さんはおろおろしながらわたしと夏凛ちゃんを交互に見た。夏凛ちゃんは上がり框(がまち)に腰掛けてスニーカーと靴下を脱いでいる。

「はい、わたしだけで何とかなりました。というか、お義母さんが来ていたら色々大変なことになっていたかもしれません」

「は？　どういうこと？　あたしが暴れるような事態だったってこと？」

「ふふ、まあ」

わたしは夏凛ちゃんと顔を見合わせて笑った。お義母さんは訝しげに眉と唇を歪めている。

「よくわからんけど、とりあえず座敷にクーラー掛けとるで早よ入りん。ふたりとも顔が茹でダコになっとるに。すぐジュース持ってくるで、ちょっと待っとって」

お義母さんが台所のほうへ駆けていく。わたしは夏凜ちゃんと座敷に向かう。縁側の硝子戸が締め切られた部屋は、天国のような涼しい空気に満ちていた。畳に足を伸ばしながら服の襟元をぱたぱたと仰ぐ。着ているシャツはどこもかしこも汗で湿っていた。夕食を作り始める前にお風呂に入ったほうがいいかもしれない。

「で、何があったの？」

りんごジュースとお菓子を持ってきたお義母さんが、真っ先にそう訊いた。わたしはジュースを一気飲みしてから、夏凜ちゃんが同じクラスの男の子と喧嘩をした話をした。夏凜ちゃんが男の子を怪我させたことも、そうしてしまった原因も。

話を聞いたお義母さんは、まるで渋柿でも食べたかのような顔をした。

「何それ。親子共々もう一生立ち向かう気にならんくらいボッコボコにしてやらんとかんやつじゃん」

「やめてくださいよお義母さん、暴力は駄目って教えたとこなんですから」

「そんなもん、時と場合によるら」

確かに、正直なところ、萌音ちゃんの話を聞いたら当然の報いだと思ってしまった。もちろんそんなこと、子どもの前ではとても言えないが。

「夏凜、あんなふうに喧嘩したの初めてだった」

まだ少し頬の赤い夏凜ちゃんが、パイ菓子を頬張りながら言う。

「そういえば夏凜ちゃん、すごく強かったみたいだけど、何か格闘技習ってたの？」

「習ってないけど、このみちゃんに少林寺拳法ちょっと教えてもらった」

「少林寺？」

「ああ、このみね、護身用だって高校出るまでやっとったのよ。結構本格的で、もう護身どころの腕前じゃなかったけどね。夏凜にも教えとっただねえ」

「そうだったんですか」

「で、勝ったの？」

お義母さんが言った。夏凜ちゃんはもうひとつパイを口に入れてから、右手で見事なVサインを作った。

「当たり前」

おお、とお義母さんとわたしの声が重なる。

「初白星じゃん」

お義母さんが言って、夏凜ちゃんがにひっと得意げに笑った。

「よし、じゃあ今日の夕飯は勝利を祝って、夏凜の大好きな餃子にするか」

「やったあ！」

「夏凜と桜子ちゃんも手伝いんよ」

「はあい」

わたしはパイをひとつ摘まんで、涼しい部屋の中から真夏の庭を眺めた。お義母さんの家庭菜園ではトマトとナスが立派に育っていて、ハナミズキは、丸みのある葉を青々と茂らせていた。地面に落ちた木漏れ日が笑っているみたいにきらきらと揺れている。


疲れもあったのか、夏凜ちゃんは夕食をとりしばらくすると、いつもよりも早い時間に眠ってしまった。わたしはひととおり家のことをし終えたあとで、座敷でひとりぼんやりと、冷えた麦茶を飲んでいた。

「やあ、今日は桜子ちゃんもお疲れさんだったね」

顔を上げる。お風呂から上がったお義母さんが麦茶を手にやってきた。お義母さんはクーラーの風が当たるところに仁王立ちし、ぐびりとコップの麦茶を飲んだ。

わたしは溜め息と苦笑を零す。

「学校っていうのは、なかなか大変なところですね」

「そりゃまあ、同じ地域に住んどるやつらを集めとるだけだでね。子どもも親も気が合う合わないはあるら。そういうやつらとどんな距離感で付き合っていくか、上手く見定めるのが大事なのよ」

「なるほど」

湯上がりの火照りが治まったお義母さんが、座布団にどてりと腰を下ろす。

「夏凜から聞いたよ。桜子ちゃんも、相手の母親に嫌なこと言われたらしいじゃん」

お義母さんは卓の上の雷おこしを手に取った。聞こえてくる小気味いい咀嚼音に、やっぱり雷おこしは硬めに限るよなあと考える。

「でも、確かにわたしは子どもを産んだことがないですし、夏凜ちゃんと暮らし始めたのだってつい最近なんですから。ずっと子育てをしてきた人からしたら、そりゃおまえに何がわかるんだって言いたくもなるでしょう」

「ほうだねえ。あたしも似たようなことよく言われたわ」

「お義母さんがですか？」

「だってほら、あたしも子ども産んだことないからさ。透を引き取ったばっかの頃はとくに、お腹を痛めて産んでもないくせにって言ってくるやつらがおって」

唇に付いたカスを舐めながらお義母さんは言う。

「あたしもそれなりに悩んだりしただに。透の両親はできた人だったから、勝手に比べたりもしてさ、責任持って引き取るって決めはしたけど、大丈夫かなあって不安になったし」

「何か、意外です」

「まあねえ、あたしにも若くて繊細だった時期があんのよ。まあ今も若くて繊細だけど」

でもさ、とお義母さんは続ける。

「誰に何言われたところで、透があたしのことお母さんって呼んで、頼っていい存在として見てくれたのよ。それがもう絶対的な正解じゃん。だからあたしも腹括って、正々堂々透の母親であろうって決めたわけ」

明るく笑うお義母さんの決意が間違っていなかったことは、透のことを思い出せばはっきりとわかる。彼はお義母さんのことを慕っていた。実の両親と望まない別れをした透にとって、お義母さんのことを母親と認めるのは簡単なことではなかったはずだ。お義母さんが実の両親と同じくらい透のことで悩んで、彼が寂しさを抱かないよう優しさを分け与えたからこそ、透はこの人を「お母さん」と呼ぶようになったのだろう。

わたしも、お義母さんがいてくれたから、今もこの家で花守桜子として生きている。

「あたしさ」

お義母さんがふたつ目の雷おこしに手を伸ばした。

「桜子ちゃんに、夏凜の母親になる必要はないって言ったし、今もその考えは変わっちゃいないけど、でも桜子ちゃんと夏凜を見とると、本当の親子みたいに思えるときがあるんだわ」

硬い雷おこしを齧り、お義母さんは夏凜ちゃんに向けるのと同じ視線でわたしを見る。

「桜子ちゃんは、夏凜の母親になりたいって思っとる?」

麦茶の氷がからんと鳴る。

無意識に視線を下げた。夏凜ちゃんとお義母さんが褒めてくれた、海のようなネイルが目に映る。

「わかりません。色んな人に言われて、考えたけど、はっきりとした答えが出せません」

「夏凜のことは嫌いじゃない？」

「もちろんです。はじめは戸惑ったけど、でも今は、自分と似た境遇だからとか、透の子だからってだけじゃなくて、わたし自身が素直にあの子を大事に思ってます。それは間違いないのに」

透の子だからこそ、あの子をわたしの子と言えない気持ちがある。

夏凜ちゃんをわたしの子だと——わたしは夏凜ちゃんの母親だと言ってしまえば、とても大切なものが壊れて消えてしまうような気がしている。これ以上夏凜ちゃんを愛することを、躊躇ってしまう。

「あの子のことがあるから？」

お義母さんが言った。

わたしはゆっくりと顔を上げた。あの子、と呼んだのは、お義母さんの優しさからだろう。その存在は、ひとりの子のように呼ぶにはまだあまりに小さかった。名前も付けられず、人の形すらしていなかった。

ほんの数週間だけわたしのお腹にいた、わたしと透の子。産んであげることのできなかった、わたしたちの子が、確かにこの世にいたのだ。

「そうです。どれだけ小さくても、わたしたちの子でした」

結婚するまで子どもを望まなかったわたしは、この家で透とお義母さんと暮らし、少しずつ透との新しい家族の存在を考えるようになった。

話し合い、一緒に悩んで、わたしと透は子どもを作ることを決めた。そして命が宿った。妊娠が発覚したのは、透が亡くなる直前だった。

息の仕方すらわからなくなるほどの悲しみの中、けれどわたしの中には透の遺してくれた我が子がいた。この子を絶対に守ろうと誓ったのに。

小さな命は、わたしのお腹で育つことを止めていた。わたしはあの子を守れなかったのだ。

大切な唯一の宝物。

「夏凜ちゃんを見ていると、考えてしまうんです」

ぎゅっと両手を握る。唾を飲み込んだ喉の奥が少しだけ痛む。

「わたしと透の子は生まれてくることができなかったのに、わたしの子じゃない透の子が、どうしてここにいるんだろうって。その子を自分の子のように可愛がって、本当にいいのかなって。そんなことをしたらあの子を裏切ったことになりそうで、心臓が苦しくなる。駄目だって、思ってしまうんです」

夏凜ちゃんのことは心から大事に思っているのに、嫌な考えが自分の中にどんどん浮かんでは積もっていく。

「夏凜ちゃんは、わたしの子じゃない」

吐き出した息は熱かった。目頭にもじわりと熱が籠り、眉根をきつく寄せた。

締め切った窓の外から虫の声がする。

「うん。よくわかっとるじゃん。夏凜とあの子は違う。夏凜は、あの子の代わりじゃないんだで」

お義母さんが静かに言った。透によく似た表情を浮かべていた。

「だからさ、夏凜を大切に思っても、桜子ちゃんのお腹にいた透の子が消えてなくなるわけじゃないの。ふたり共がたったひとつの存在なんだでね。夏凜は夏凜として、あの子はあの子として、ずっと大事に思っててていいの」

「……駄目なことじゃ、ないんですか」

「当たり前だって。どっちもを大切に思っても全然何も悪くないんだってば。愛情は二等分されないもんで。どんどん増えてくもんなんだでさ」

だから大丈夫と、お義母さんは言った。

「…………」

本当だろうか。夏凜ちゃんを家族と思っても——自分の子のように思っても、いいのだろうか。

あの子にしてやれなかったことを夏凜ちゃんにしてあげてもいいだろうか。

視界が歪む。涙が溢れる前に見えたお義母さんの表情は、いつもどおりお日様のような笑顔で、わたしの頭を撫でる手のひらは大きく温かい。

「……はい」

わたしを慕ってくれる可愛い子。同じ傷を抱えた子。笑い掛け、悩み、泣き顔を見せてくれたあの子のこれからを、見守っていきたいと心から思った。

そうか。ようやく自分の答えを見つけた。本当はもうとっくに答えなど出ていた。

「気ぃ遣いすぎる優しい子だねえ。あんたら、ほんとによく似てるわ」

この気持ちこそが親としての愛だった。

わたしは夏凜ちゃんの、母親になりたいのだ。

あの子の本当の家族になりたかったのだ。

夏休みに入ると、夏凜ちゃんはほとんど毎日ビーチに行ってサーフィンをした。

宗太くんのスケジュールが空いている日には指導を受け、どうしても予定が合わないときは、代わりにこのみちゃんが付き合ってくれた。

猛暑の続く七月の終わり。宗太くんに頼んだレッスンの最終日、ようやく仕事の休みと重なり、わたしは初めて夏凜ちゃんのサーフィンを見に行くことになった。

家のことを急いで片づけ、ショルダーバッグにスマートフォンと小さな水筒を入れる。キャップを被り、日焼け止めをしっかり塗って家を出る。日傘がないと辛そうな晴天ではあったが悩んだすえ置いていくことにした。ビーチまでの鬱蒼とした小道を通り、開けた視界の先の海を見渡す。

波打ち際に、海面を見つめて立つ宗太くんがいた。夏凜ちゃんはどこだろうと探すと、沖のほうにいるベテランたちから少し離れたところで波を待っていた。

堤防に座りこっそりと眺める。風のない日だ。無風のときはサーフィンがしやすいとこのみちゃんが言っていた。

遠くの海面が緩やかに盛り上がる。夏凜ちゃんはタイミングを見てパドリングを始めた。押し寄せる波にサーフボートが乗り、夏凜ちゃんが立ち上がる。

真っ直ぐ前を見て、堂々とボードに立ちながら、小さなサーファーは波に乗った。白波と共に浅瀬まで到達し、やがてぱしゃんと海に落ちた夏凜ちゃんのところへ、宗太くんが駆けていく。顔を上げた夏凜ちゃんはご機嫌な表情をしていた。自分の思ったように波に乗れたようだ。

「あ、桜子ちゃん！」

こちらに気づいた夏凜ちゃんが声を上げた。ボードを慣れたように抱え砂浜を走ってくる。わたしも階段から浜に下りた。リネンのバルーンパンツをたくし上げ、サンダルの隙間に入る砂は気にせずに、夏凜ちゃんに歩み寄る。

「桜子ちゃん、来てくれたんだ！」

「うん。今の見てたよ。夏凜ちゃんすっごいスムーズに乗れてるじゃん」

「えへへ、だいぶ上手くなったでしょ」

夏凜ちゃんの額に張り付いた前髪を除けてあげる。この数日の間で随分日焼けをした。肌への負担を考えるとあまり焼いてほしくないし、日焼け止めも塗らせているが、夏凜ちゃんは他のサーファーのような小麦色の肌に憧れているらしく、綺麗に焼けていくのを喜んでいる。

「桜子さん、今の見てたんだ。夏凜ちゃん初心者とは思えないだろ」

宗太くんが夏凜ちゃんの頭に手を置いた。夏凜ちゃんが顔を上げると、ふたりで目を合わせ、にいっと笑う。

「もうおれのサポートなしでやってんだけどさ、位置取りもテイクオフのタイミングもばっちり。コツ摑むのすげえ早いよ」

「あのね、宗太先生がすごくわかりやすく教えてくれるからだよ。宗太先生の言ったとおりにやったら超いい感じにできるの」

「いやあ、普通は言ったとおりにやるっていうのもなかなか難しいんだけどね。それは夏凜ちゃんの才能だよ」

宗太くんに褒められ、夏凜ちゃんは照れ臭そうに首を竦める。

「ねえ宗太先生、もっかいやって来ていい？」

「おう、どんどんやろうぜ」

「桜子ちゃんもまだ見てく？」

「うん。今日は夏凜ちゃんが終わりにするまでいるよ」

やった、と夏凜ちゃんと同時に宗太くんも声を上げた。夏凜ちゃんが首を傾げて見上げると、宗太くんは唇をきゅっと結んで目を逸らした。

「宗太くんも自分のサーフボード持ってきてるの？」

どこかに行っていた視線がこちらに向く。

「うん。一応車に積んでるけど」

「じゃあわたしが夏凜ちゃん見てるから、宗太くんも海に入ったら？　人がやってるの見てたら自分もやりたくなるでしょ」

「いやいや、今はレッスン中だから。夏凜ちゃんはもうひとりでも大丈夫なレベルだけどさ、そこはきちんとしねえと。それに今日が最終日だから、ちゃんとおれが見ててやりたいんだよね。あ、もちろん独り立ちしても一緒にサーフィンするつもりだけど」

「そっか。うん、ありがとう、よろしくね」

「えへへ、いや全然、こちらこそ」

宗太くんは汗に濡れた髪を搔いた。その仕草を、夏凜ちゃんがじっと見つめていた。声を掛けると丸い目がふっとこちらに向く。

「わたし、そこで見てるから。楽しんでおいで」

「うん。行ってくる」

夏凜ちゃんはボードを抱え直し、波打ち際に向かった。「じゃあおれも」と宗太くんがあとを追っていく。

わたしは堤防の上に戻り海を眺めた。光る海面で波に乗る姿を見ながら、ふと、そういえばもうすぐ夏凜ちゃんの誕生日のはずだと思い出した。八月十五日。とくに暑くなるお盆の只中があの子の生まれた日だと聞いていた。

「誕生日かあ」

夏凜ちゃんが青色のサーフボードに腹ばいになり、沖まで泳いでいく。夏凜ちゃんはオレンジ色が好きだったなと、何となく考える。


一時間ほど経ってレッスンが終わった。一応大人の見守りは必要だが、波に乗るのはもうひとりでも十分できると宗太くんからお墨付きをもらった。

Tシャツとショートパンツに着替えた夏凜ちゃんのお腹から、ぐうっと可愛い音がする。朝から頑張っていたおかげでお腹が空いたようだ。

「桜子ちゃん、おうちに帰ったらすぐお昼にしよう」

「うん。でもちょっとだけお昼待てる？　先に帰っててほしいんだ」

早く帰りたそうにしていた夏凜ちゃんが眉根を寄せた。

「桜子ちゃんはまだ帰んないの？」

「宗太くんと話があって。でも少しだけだからすぐに帰るよ」

「ふうん」

「帰ったらおそうめん湯がこう。座敷のクーラー付けといてくれる？」

夏凜ちゃんはちらと宗太くんのほうを見た。宗太くんはきょとんとした顔をしている。

「わかった」

そう言って、夏凜ちゃんは宗太くんに手を振り、林の中の小道を駆けて行った。真っ白のTシャツが見えなくなったところで、愛車のワンボックスカーのそばに立つ宗太くんにこそりと話し掛ける。

「宗太くん、あのさ、ちょっとお願いがあるんだけど」

「う、うん、何？」

「わたしね、やっぱり夏凜ちゃんに自分の道具を買ってあげたいんだ。あの子の誕生日に合わせて、サーフボードとウエットスーツをプレゼントしようと思って」

夏凜ちゃんは自分の道具がほしいとは言わない。ただ、ほしくないわけではないようだ。このみちゃんが初めてオーダーでボードを作ったときの話を目を輝かせながら聞いていたくらいだから。

「今日の様子を見てると、これからも続けるつもりみたいだし。道具が揃えばもっとやる気も出ると思うんだ」

「うん、そうだな。桜子さんがそうしたいなら、それでいいと思う」

「それでね、わたしはサーフィンのことよく知らないから、夏凜ちゃんに合ったサーフボードとか、宗太くんに見繕ってもらいたくて」

いいかな、と問うと、宗太くんは「そりゃもちろんだけど」と言い、顎に手を当てた。少し考えてから、ちらと上目遣いでわたしを見る。

「ちょい時間掛かるかもだけど、取り寄せでもいい？　その分いいの探すからさ」

「大丈夫だよ。でも色だけ、オレンジのを選んでほしい」

「オレンジね、了解。任せて」

お礼を言うと、宗太くんは少し伸びたベージュ色の髪を掻き上げた。その仕草がわたしにはやけに眩しく見えた。

「やっぱ夏凜ちゃんって、透さんと親子なのな」

宗太くんが言う。

「どういう意味？」

「や、何か、敵わねえなって」

宗太くんは眉を下げて笑った。

わたしが何かを返す前に、宗太くんはわたしの肩をぽんと叩く。

「ほら、早く帰ってやんなよ。夏凜ちゃん今頃腹ペコで怒ってるぜ」

「うん。宗太くん、ありがとう」

「はいはい、こちらこそ」

手を振って、宗太くんに背を向ける。何となく、じっと見つめられている気がしたけれど、振り返らずに真っ直ぐ家までの道を行った。

帰宅すると、すでに鍋とそうめんの束が用意されていた。わたしは「ごめんね」と夏凜ちゃんに謝り、すぐに湯を沸かしてそうめんを三束湯がいた。

「めんつゆ持って行っとくね」

「生姜入れた？」

「入れた」

湯がいたそうめんを流水で洗い氷水でしめる。涼しげな硝子の器に盛って、氷を数個上に置く。

夏凜ちゃんが冷やしておいてくれた座敷に運び、ふたりで「いただきます」と手を合わせた。長時間炎天下にいた体には、冷たいそうめんがこの世で一番美味しい食べ物であるように感じた。

「桜子ちゃんって、宗太先生のこと好き？」

半分ほど食べたところで、夏凜ちゃんに唐突にそう言われた。わたしは啜っていたそうめんを噴き出しそうになった。

「え、な、何で？」

「宗太先生はさ、桜子ちゃんのこと好きなんでしょ」

「いや、えっと、それは」

夏凜ちゃんの視線がじとりとわたしに向く。わたしは返答に困り、とりあえずもうひと口そうめんを啜った。子どもは大人のことをよく見ているのだなと変に感心してしまった。

「宗太先生と結婚する？」

視線を下げ、夏凜ちゃんは小さな声で言う。少し変わった箸の持ち方で、そうめんを三本だけ掬い、ちゅるちゅると吸っている。

「しないよ」

「……そうなの？」

「うん」

それにははっきり答えた。夏凜ちゃんは一瞬だけ目線をこちらに戻した。

「宗太先生のこと嫌い？」

「まさか。宗太くんのことは好きだよ。でも結婚したいっていうのとは違う。それに宗太くんには、わたしよりももっと合う人がいると思うし」

透と死に別れて一年以上が経った。まだ一年と感じる人もいれば、もう一年と思う人もいる。わたしに再婚を勧める人も少なからずいた。まだ若く、子どももいないのだから、相手などすぐに見つかるだろうと。

でもわたしは再婚などする気はない。一年後も、十年後も、たとえば透を失った悲しみがいつか綺麗に癒えた日が来たとしても。透以外の人と未来を共にしようとは思えない。

あの人だけだったのだ。わたしが、この人となら一緒に生きていけると思った人は。

「だから、宗太くんにも変なこと言っちゃ駄目だよ。困らせるだけだからね」

「わかった」

夏凜ちゃんはわたしと目を合わせず返事をした。口をすぼめ、つゆを飛ばしながらそうめんを啜っていた。


八月に入っても夏凜ちゃんはサーフィンを続けた。ただ、なぜか、宗太くんと一緒にやろうとはしなくなった。宗太くんが新日本に来ても、喋ろうともせず宗太くんと離れたところに行ってしまう。ウエットスーツを借りるのもやめ、学校のプール用に買ったラッシュガードを着て海に行くようになった。

「おれ嫌われたのかな」

と、浜で会ったときに宗太くんがぽつりと言った。わたしは慌てて否定した。宗太くんを嫌がっている素振りはなかったし、むしろ随分と気に入っていたはずだ。それに、避けるようになってから「宗太くんが嫌なの？」と訊いたが、夏凜ちゃんは寂しそうな顔をして首を横に振った。

　ならどうしてと理由を訊いても、夏凜ちゃんは答えない。理由がないわけではないのだろう。夏凜ちゃんは、自分の中に重くのしかかるものがあると、口を閉ざしてしまう子だ。

　しかしなぜ宗太くんを避けるのかわからなかった。わたしが宗太くんと結婚する気はないと言ったからだろうか。夏凜ちゃんはわたしに彼と結婚してほしかったのだろうか。だったらなおさら避けるとは思えないが。

　わけを知れないまま日にちが過ぎ、我が家の日めくりカレンダーは八月七日になっていた。当然のように早朝から蒸し暑い日だった。

「じゃあ注文しておくね。誕生日にはどうにか間に合うと思うから」

「うん、忙しいのにごめんね。よろしく」

　宗太くんとの通話を切り、わたしは自分の部屋を出て一階に向かった。台所ではお義母さんが昼ごはんの支度をしていて、夏凜ちゃんは座敷で夏休みの宿題のプリントを広げていた。

「夏凜ちゃん、今日はサーフィン行かないんだ？」

　声を掛けると、夏凜ちゃんはノートに目を落としたまま頷く。

「宿題もしなくちゃいけないから。たまには休み。今日はこのみちゃんもお仕事って言ってたし」

「そっか」

夏凜ちゃんは黙々と算数の問題を解いている。わたしはそっと座敷を出て台所に向かった。薄手の割烹着を着たお義母さんが冷やし中華を作っていた。具材のきゅうりは庭で採れたものだ。少しだけ大きく育ち過ぎてしまった。

「お義母さん、手伝います」

「お、じゃあ錦糸玉子作ってくれる?」

「はい」

手を洗い、自分用のエプロンを着けて台所に立つ。冷蔵庫から卵をみっつ取り出し、ボウルに割って溶きほぐす。調味料は砂糖と塩。花守家は玉子焼きも甘い。

大きめのフライパンに油を敷いて火を付けた。フライパンを熱したあと、濡れた布巾に置いて冷ます方法はお義母さんから教わった。ちょうどいい温度になったフライパンに、卵液を薄く広げていく。

「夏凜は?」

「夏休みの宿題やってます」

「ほっか。計画的に進めて真面目だねえ。誰に似たのかな。あたしかな」

「ふふ」

ほどよく焼けたところで裏返し、すぐにお皿に移した。失敗して焦がしてしまうこともままあったが、今回は美味しそうな薄焼き玉子ができた。

フライパンをコンロに戻し、油を敷き直す。わたしがもう一枚の準備をしている間に、お義母さんはきゅうりを切り始めている。

「あの、お義母さん」

夏凜ちゃんのことを相談しようと声を掛けた。そのとき、廊下の向こうから電話の音がした。家の固定電話が鳴っている。

「わたし出ますね」

一旦コンロの火を切り、エプロンのままで台所を出た。家の電話は玄関の近くに置いている。呼び出し音が鳴り続けているそれの受話器を手に取った。

「はい、花守です」

呼び掛けると、すぐに返事が聞こえてくる。

「こんにちは。伊藤と申します」

落ち着いた女性の声だった。若くはないが、年嵩とも思えない、わたしと変わらなそうな年代という印象を持った。

伊藤という名を聞いても知り合いの顔は浮かばない。ただ、覚えがあるような気がした。誰の名前だっただろうか。

「夏凜の母です」

と、受話器の向こうの声が答えを告げる。わたしは一瞬息を止めた。

そうだ。伊藤夏凜。あの子の本名だ。

「初めまして、わたしは……透の妻の桜子と申します」

動揺が声に乗らないよう静かに深呼吸をしてからそう言った。夏凜ちゃんの母親はとくに驚きもしなかった。

「ええ、あなたのことは、以前美晴さんからうかがいました」

「あの、何の御用でしょうか」

間髪容れずに問い掛けた。今頃何の用だろうか。ようやく夏凜ちゃんを花守の養子にする件について動く気になったのだろうか。

「夏凜は今そちらにおりますか」

「……いますけど」

「代わってもらえますか？」

電話口の声は淡々としている。反してわたしの心臓は、だんだんと嫌な鼓動を刻み始めている。

「先にわたしに用件を聞かせてもらえませんか」

そう言うと、わずかに沈黙が流れた。はあ、と面倒臭そうな溜め息がわたしの耳に聞こえた。

「夏凜をうちに返してほしいんです」

母親は言う。わたしは「は？」と口に出していた。

相手はこちらの反応を気にも留めず続ける。

「透が亡くなっていたことは以前聞きました。でも、そちらにはお義母さんがいるし、あなたもいる。だからそちらに渡しても問題はないとわたしは思っていたんですけど、やっぱり夏凛が心配で」

言葉のわりに、感情の乗らない声色だった。わたしはスピーカーに拾われないよう、静かに息を吸う。

「わたしと義母とで十分に養育できています。夏凛ちゃんも楽しそうに過ごしていますし、今さら返す理由はこちらにはありません」

「そちらの事情など関係ないですよ。夏凛はうちの子です。それに、あなたもお義母さんも夏凛との血の繋がりはないじゃないですか」

「そうですけど、わたしたちはあの子を本当の家族と思っていますし、あの子もわたしたちを信頼してくれています」

「赤の他人より、本当の家族と暮らすほうが幸せだと思いませんか？」

言葉を返せなかった。相手の言葉が刺さったわけではない。ただ、あまりにも腹が立ってしまった。実の娘を蔑ろにしてきた人間が、一体どの面下げてそんなことを言っているのかと。

「……でもあなたは、一度あの子を手放しましたよね」

「ええ。夏凛がわたしのもとから離れていって、わたしにとってあの子がどれだけ大事だったか改めて気づいたんです」

「あの子は自分でこの家に来ました。あなた自身がどう考えを改めようともそれこそ関係ありません。大切なのはあの子の気持ちです」

「だから夏凜と話をさせてくださいよ。わたしが説得します。あの子も本心では本当の家族と暮らしたいと思っているはずです。赤の他人のあなたたちより」

電話に出たのがわたしでよかった。もしもお義母さんが出ていたら電話機本体ごと受話器をぶん投げていたと思う。

――わたしにとってあの子がどれだけ大事だったか改めて気づいたんです。

母親のその言葉を鵜呑みにすることはできない。仮に本音であったとしても一時的なものだろう。悲劇の主人公を気取って感傷的になっているに過ぎない。いずれまた、これまでのように夏凜ちゃんの心を傷つける。

血の繋がりなんてものが相手を愛する理由にはならないことを、わたしは誰より知っている。

「本当に夏凜ちゃんを連れ戻したいなら、直接うちへ迎えに来てください。あの子と顔を見合わせて話してください。そうでなければ応じられません」

「……それって誘拐にならないです？　警察に連絡することもできますよ」

「したいのなら構いません。でも、あなたが迎えに来たらいいだけなのに、それすらできないんですか？　県内ですよ。あの子はひとりでここまで来たんです」

母親の舌打ちが聞こえた。やはりこの人に夏凜ちゃんを返すことはできない。

「それでは失礼します。いつでもお待ちしておりますので」

わたしは電話を切った。受話器に手を乗せたまま、ふうっと長い息を吐いた。

体中に変な汗を掻いている。切れた電話の向こうで、相手は今、どんな顔をしているのだろうか。わたしの対応は正しかっただろうか。わからない。

何はどうあれもしも相手が本気なら、近いうちに迎えに来るだろう。そのときは面と向かって話し合えばいい。来ないのなら、それまでのことだ。

「あの子の母親、かあ」

よく考えればあの人は、透が前に結婚していた人でもあるのだ。もしも透がここにいたら、何であんな人のことが好きだったのと笑ってやりたいところだけれど。

「桜子ちゃん」

ふと声がした。振り向くと、すぐそばに夏凜ちゃんが立っていた。

「……夏凜ちゃん」

「電話、夏凜のお母さんだよね」

「え？　そう、だけど」

「お母さん、何だって？」

夏凜ちゃんはじっとわたしを見上げている。

どう話そうか迷ったが、この子に対し下手に誤魔化すのはよくないだろうと、正直に伝えることにした。

夏凜ちゃんは「そうなんだ」と呟いた。いまいち思考が読み取れない反応だった。

屈み込み、夏凜ちゃんと目線の高さを合わせる。

「あのね、夏凜ちゃん。お母さんのところには帰らなくていいからね。もしもお母さんがうちに来ても、わたしとおばあちゃんとでちゃんと話して、夏凜ちゃんがここにいられるようにするから」

「……うん」

「だから、夏凜ちゃんは何も心配しなくていいよ。わたしが付いてるから大丈夫。ここが、夏凜ちゃんの家だから」

夏凜ちゃんはすっと目を伏せ、こくりと頷いた。

晴れない表情が気になったが、そのわけを訊く前に、台所から顔を出したお義母さんに呼ばれる。

「桜子ちゃん、あと錦糸玉子だけだで。早よ作っちゃって」

「あ、はい。今行きます」

「夏凜は座敷の卓片づけといてね」

「うん」

夏凜ちゃんは踵を返し、ととっと座敷へ駆けていった。わたしはその背を見送り、何となく後ろ髪を引かれながら台所へ向かう。

「母親からだってね」

コンロの火を付け直したわたしにお義母さんが言った。

「聞いてたんですか」

「だって桜子ちゃんでかい声で喋っとるもん」

「……夏凛ちゃん、母親のところに帰りたいなんて思ってないですよね」

母親の言ったことを気にしているわけではない。ただ、夏凛ちゃんの最近の様子を見ていると、ほんの少しだけ胸がざわつく。

「まあ、思っとらんら。少なくともあたしの目からはこの家でのびのびやってるように見えるし」

「そうですよね。夏凛ちゃんにとっても、この家にいることが一番のはず」

「でもあの子、本心言わんとこあるからなあ」

お義母さんが呟いた。

「どういうことです?」

わたしが眉根を寄せると、お義母さんはへらりと笑って「べつに深い意味はないよ」と答えた。

そのあとに作った薄焼き玉子は大失敗してしまった。夏凛ちゃんの冷やし中華には綺麗な錦糸玉子が、わたしとお義母さんのお皿には太くて黒く焦げた玉子が載った。

三人で冷やし中華を食べ、各々の午後を過ごし、あっという間に夕食の時間になる。今夜のメインは回鍋肉（ホイコーロー）だった。わたしはピーマンが苦手なのだけれど、お義母さんの回鍋肉に入ったピーマンは美味しく食べられる。

いつもと変わらない食卓。わたしとお義母さんと、夏凜ちゃん。三人で美味しいごはんを食べている最中、ふと夏凜ちゃんが口を開いた。

「夏凜、一宮に戻るよ」

咄嗟に意味がわからず、わたしはすぐに返事ができなかった。箸先で豚バラ肉とピーマンを摑んだまま、一瞬呆けてしまった。

「え？」

とようやく反応したわたしに、夏凜ちゃんは目を伏せて「一宮に戻る」ともう一度言った。

「一宮って、前の家に？　戻るって、どうして」

「うん、何となく」

「何となくって」

母親が帰ってきてと言ったから？　大事だという言葉を信じたのだろうか。この子は本当はずっと、実の母親を求め続けていたのだろうか。

ここで暮らすよりも、自分の意思で逃げてきた、息苦しかったはずの場所のほうが、夏凜ちゃんにとっては大切だったのだろうか。

「もしかして、ここでの生活で嫌なことあった？　わたし、何かうざかったかな。

だったら、あの、わたしが出て行くから、夏凜ちゃんはここにいていいんだよ」

そう言うと、夏凜ちゃんはきゅっと唇を結んで首を横に振った。

「そういうのじゃないよ。桜子ちゃんのこと好きだもん。おばあちゃんも、このみちゃんも、美晴おばちゃんも則之おじさんも、萌音ちゃんも……宗太先生も。みんな、大好きだよ。嫌なとこなんてない」

「じゃあ何で」

詰め寄るわたしを、夏凜ちゃんがそっと見上げる。

「夏凜は、本当の家族のところに行く」

本当の家族。

――赤の他人より、本当の家族と暮らすほうが幸せだと思いませんか？

そう言われてしまったら、わたしは何も言えなくなる。だってわたしはこの子の家族ではないから。

血の繫がりの重要さなど信じていないはずだった。

でも、血の繫がりよりも濃い絆を証明することが、とても難しいことを、わたしは知らなかった。

「明日、準備して、明後日ひとりで一宮まで行く」

夏凜ちゃんはそう言い、残っていた回鍋肉のお肉をぱくりと食べる。

「わかった。ほじゃ、ばあちゃんがあんたのお母さんに連絡しとくわ」

黙って聞いていたお義母さんが言った。わたしは思わず「お義母さん」と声を上げる。

「いいんですか？」

「いいも何も、夏凜が決めたことだで」

「でも」

「桜子ちゃん、心配しんでも、夏凜はちゃんと自分で自分のことを考えられる子だに」

ね、とお義母さんは夏凜ちゃんの頭を撫でた。夏凜ちゃんは答えず、もくもくと炊きたてのごはんを頬張っていた。

わたしも、食べかけの回鍋肉を口に入れた。この家で食べるごはんはいつだって美味しいのに、今だけは砂でも食べているような気分だ。

翌日、夏凜ちゃんは朝から出掛けて行った。萌音ちゃんや他の友達にお別れを言うために会いに行ったのだ。

わたしは仕事に行く支度をしながら、休日の家庭菜園に勤しんでいるお義母さんに声を掛ける。

「夏凜ちゃん、本当に帰す気ですか」

お義母さんは土塗れの軍手を着けたまま、縁側に立つわたしを振り返った。

「そうだね」

「あの母親、たぶん反省していませんよ。夏凜ちゃんを返したって大切にしてもらえないに決まってる」

「そうかもしれんね」

「夏凜ちゃんの正式な保護者はまだ向こうですから、夏凜ちゃん自身が戻ると言えば、わたしたちの立場は弱いです。でも、お義母さんはそれでいいんですか」

「昨日も言ったら、夏凜が決めたことだって。だったら周りがやんや言っても仕方ないって」


夏凜ちゃんがうちに来たとき、誰よりも夏凜ちゃんの母親に怒っていたのはお義母さんだった。あのときは、帰りたいと言っても帰さないとまで叫んでいたのに、こうもあっさりと帰ることを認めてしまうなんて。

わたしは口を閉じる。どうして、という思いは消えない。だが、お義母さんの言うとおり、あの子が決めたことをわたしが否定することはできない。わたしの我儘で、あの子が本当の家族と暮らす権利を奪うことはできないのだ。夏凜ちゃんが母親のいる家に帰るというのなら、わたしは黙って見送ることしかできない。

仕事を終え帰宅したときには、夏凜ちゃんは荷物をまとめていた。こちらに来てから色々と夏凜ちゃんのものを買い揃えたが、持ち帰る荷物はボストンバッグとリュックサックがひとつずつ。この家に来たときに持ってきたのと同じだけの量だった。

「重くなるといかんで、荷物は必要なもんだけ持ってきな。いるもんがあったらあとで送ってあげるで」

お義母さんにそう言われ最低限にしたようだ。夏凜ちゃんの部屋は、主がいなくなるとは思えないほど、ほとんどそのままの状態だった。

今日の夕飯は夏凜ちゃんの大好物の餃子だった。他にはサラダがあるくらいで、食卓には大皿に載った餃子ばかりが大量に並んでいた。

わたしたちはいつものように、本当に何も変わったことなんてないみたいに、笑ってお喋りをしながら食事をした。

食べ終えると、三人で片づけをして、順番にお風呂に入った。夏凜ちゃんが一番風呂、次にお義母さんで、最後にわたし。わたしがお風呂から出たときには、座敷にはお義母さんしかいなかった。二階に上がると、夏凜ちゃんの部屋のドアが開いていた。中を覗いたら夏凜ちゃんがいた。部屋の真ん中にぺたりと座り、ファスナーを閉めたボストンバッグを、ぼんやりと見つめていた。

「夏凜ちゃん」

声を掛けると、夏凜ちゃんがはっとして振り返る。

「桜子ちゃん」

「準備終わった?」

「うん」

夏凜ちゃんがボストンバッグをぽんと叩く。

「……あのさ、夏凜ちゃん、もう寝ちゃう?」

「ううん。まだ眠くないけど」

「じゃあ、今から少しだけ時間をくれないかな」

夏凜ちゃんはきょとんとして首を傾げた。それでも素直に立ち上がり付いてくる。

作業部屋に招くと、夏凜ちゃんはわたしのしようとしていることを察したらしく、丸い目をきらきらと輝かせた。

「桜子ちゃん、もしかして、夏凜にネイルしてくれるの?」

「うん。夏凜ちゃんが嫌じゃなければ」

「嫌じゃない。嬉しい!」

飛び跳ねて喜ぶ夏凜ちゃんの姿に自然と頬が緩む。

椅子を用意し、向き合うように座った。まずは、少しだけ伸びた夏凜ちゃんの爪の形を整えて、透明なベースを塗布する。そして夏凜ちゃんが選んだ色のポリッシュを塗っていく。

夏凜ちゃんは鮮やかなオレンジ色を選んだ。きっとこれにするだろうとわたしが思った色だった。

カラーを両手に塗り終える。明るく色付いた自分の指先を見て、夏凜ちゃんはぱあっと表情を晴れさせる。

「これは市販の除光液で取れるから。夏凜ちゃんのお母さんが持ってると思うし、家になくても百均とかドラッグストアで安く買えるからね」

「どれくらい持つ？」

「一週間持てばいいほうかな。二、三日で剝がれ始めてくるかも。そうなったら取っちゃっていいから」

オレンジ色の上からクリアのトップコートを施した。持ちのいいメーカーのものだから、一日で取れてしまうということはないだろう。

「ネイルはね、お守りだよ」

いつか話したことをもう一度話す。

「少し心細くなったときとかに、可愛くなった自分の手を見るとね、どうしてか大丈夫だって思えるの」

冷風のドライヤーを当ててしっかり乾かすと、艶のある可愛らしいオレンジのネイルが完成した。夏凜ちゃんは頰を赤らめ、目の前に掲げた両手を眺めていた。

「桜子ちゃん、ありがとう」

透とよく似た顔で夏凜ちゃんが笑った。

わたしは上手く笑えず、代わりにひとつ頷いた。

母親に連絡はしたが迎えに来る気はないようだ。そのため一宮の自宅まで送って行こうとしたのだが、夏凜ちゃんは頑なにひとりで大丈夫と言い張った。結局、隣の市にある豊橋駅まで車で送って行くことにした。ここからなら、夏凜ちゃんの家の最寄である尾張一宮駅まで電車を乗り換えずに行ける。

豊橋駅に着くと、夏凜ちゃんはお義母さんに買ってもらったスマートフォンを返そうとした。しかしお義母さんは受け取らなかった。

「あんたが持っときん。料金はばあちゃんが払っといてあげるで」

夏凜ちゃんは頷いて、スマートフォンをサロペットのポケットにしまった。

ホームまで行き、時間どおりに発車する電車に乗った夏凜ちゃんを、お義母さんと並んで見送る。快速電車はゆっくりと走り出し、ホームを離れていく。

やがて夏凜ちゃんが見えなくなり、電車も遠くに消えた。

夏凜ちゃんが花守家に来てもうすぐ四ヶ月になる八月の暑い日。夏凜ちゃんは、本当の家族の住む家に帰って行った。

帰宅したわたしは、洗濯物を取り込んでから家中の掃除を始めた。日が傾いてくる頃にはやることもやる気もなくなって、座敷でぼんやりと庭のハナミズキを眺めていた。

今日は風がなく、ハナミズキの葉も揺れていない。静かに、ハナミズキはこの家を見下ろしている。

「ほい、夜ごはん」

ごとりと器を置く音がして振り返った。

お義母さんがネギとかまぼこの載ったころうどんを作っていた。

「今晩は、うどんだと思ってました」

「うふふ、こんなセンチメンタルな日にかつ丼作ったって喉通んないもんね」

「お義母さんの作るかつ丼なら食べられそうですけど」

「あら、じゃあビッグかつ丼のがよかった？」

「うどんがいいです。こんな日はお義母さんのうどんに限ります」

割り箸をぱきりと割り、どんぶりを手に取った。冷たい麺をつるつる啜る。絡んだつゆは、お義母さん特製のかつお出汁から作ったものだ。美味しくないわけがない。さっぱりしたうどんは、どれだけ気落ちしたときにも、喉を通りお腹を満たす。

「転校の手続きとかしないといけませんね」

かまぼこを齧りながら言うと、お義母さんは「ほうだねえ」と返した。

「でもまあ、夏休みだし、もうちょいあとでもいいんじゃない？　一応学校にはあたしから事情を連絡しておくからさ」

「はい……お願いします」

近所の子たちに別れの挨拶はできたが、夏凜ちゃんがいなくなり、クラスメイトたちはみんな寂しがるだろう。前に喧嘩をした琉希くんとも、何だかんだで上手くやれていると言っていたのに。

「やっぱり、わたしのせいだったんでしょうか」

ぽつりと呟いた。「何が？」とお義母さんは言う。

「わたしがこの家にいたから、夏凜ちゃんはここにいづらかったのかなって。他人と同じ家に暮らすことに息苦しさを感じていたのかもしれません」

「桜子ちゃんのせいじゃないって言っとったじゃん」

「でも実際に、あの子はこの家を出て行ったじゃないですか」

一緒に暮らしたのは短い期間だった。その間で、心を開いてもらえていると思っていたが、結局あの子は、あの子が逃げてきたはずの場所へ帰って行った。この家でわたしたちと暮らすよりも、血の繋がった親との暮らしを選んだのだ。

「それは、夏凜に訊いてみんとわからんね」

お義母さんが言った。わたしは返事をせず、冷たいうどんを啜った。

真夜中も熱帯夜が続いている。部屋着に少し汗を滲ませながら、わたしは冷たい水を持って、仏間のある和室に踏み入れる。

電気を点けた。畳の八畳間はがらんとしていて物がなく、立派な黒檀の仏壇だけが壁際に静かに構えている。

熱気の籠った部屋の中、わたしは仏壇の前に座り、「いただきます」とお供えしてあった酒饅頭を手に取った。しっとりした生地と甘すぎない餡が美味しい。これは透の好きなものだった。透がよく食べていたから、わたしも好きになった。

「透、ごめんね」

笑顔の写真に向かい呟く。透の隣には、わたしたちの子のための、赤い折り鶴が置いてある。

あなたは今、わたしたちの小さな子と一緒にこの家を見守ってくれているのだろうか。もしかすると、わたしを見て呆れているだろうか。本当にきみは不器用だなって。

「約束守れなくて……あの子と家族になれなくて、ごめん」

透の大切な子。今は、わたしにとっても特別な子。

だけどわたしたちは、夫の娘と父の妻、それ以上の関係にはなれなかった。

ごめん、と、もう一度呟いた。じわりと下瞼に溜まった涙は、落ちる前に手の甲で拭った。

夏凜ちゃんが花守家を去り五日が過ぎた。

昨日、注文していたサーフボードが店に届いたと宗太くんから連絡があった。宗太くんが選んで取り寄せてくれた、鮮やかなオレンジ色のサーフボードだ。明日の夏凜ちゃんの誕生日にプレゼントしようと思って買ったものだった。

夏凜ちゃんが母親のもとに帰ったことを知った宗太くんは、注文をキャンセルしてもいいと言ってくれた。そのまま店で売ればいいだけだから、取り寄せたとしても宗太くん側に負担はないからと。でもわたしは、キャンセルせずに受け取ることにした。またこっちにサーフィンをしに来ることもあるかもしれないし、夏凜ちゃんが望めば向こうの家に送ってあげることもできる。だから、わたしがあげたいと思ったあの子のためのサーフボードは、あの子がいなくても予定どおりに購入することにした。

ボードは今日、宗太くんが届けに来てくれることになっている。宗太くんが来る時間の少し前に、玄関から出て離れに向かう。

我が家の離れは母屋の右側にひっそりと建っている。母屋とは直接繋がっておらず、一旦外に出なければ入る手段はない。中は八畳の和室になっており、押し入れとトイレが備え付けられている。

元々物置として使っており、現在もその役目を担っているが、わたしがこの家にやって来たときに比べればいくらか物が減りすっきりしていた。透がこつこつと片づけていたからだ。透がいなくなってからは、物が減ることも増えることもなかった。約一年半、手つかずのままだ。

「……よいしょっと」

わたしはTシャツの袖を捲り、物をひとつずつ動かした。サーフボードを置く場所を作らないといけない。サーフボードは意外と大きいから、広めに場所を取らないと。

ちょうどいいスペースができたところで、ふと離れを見渡した。

外壁は透の手によりある程度整えられているが、内部は随分と古ぼけている。畳は一部が傷み、砂壁も変色していた。長く物置としてしか使っていないため空気は埃っぽい。

でも、畳を替え壁紙を貼ればもっと明るくなりそうだ。物を片づけ窓を開け放てば、すっきりとして居心地のいい空間になるに違いない。

何かに使えそうな場所だ。物置ではなく、もっと有効に活用することはできないだろうか。

考えて、あることが頭を過ぎる。

透と結婚して名古屋のサロンを辞め、渥美半島に来ることになったとき、やってみたいと思ったことがひとつあったのだ。ただ、その希望を叶えるには時間も手間も掛かるし、ましてやここは夫の実家、わたしが勝手をすることはできないと、抱いた望みは誰に話すこともなくあっさりと捨てた。

今なら、と考える。時間と手間は変わらず掛かるが、お義母さんはわたしの背を押してくれるだろう。できないことはない。ただ、お義母さんとのふたり暮らしであり、サロンでの勤務も再開した今、わざわざ挑戦する意味ははっきりと見出せない。もしもここに夏凜ちゃんがいたなら、そうしたらきっと迷うことなく決意したのだろうけれど。

ふと外から車のエンジン音が聞こえ、慌ててサンダルを履き外へ出た。大きなワンボックスカーが敷地に入ってきて、わたしの軽自動車の隣に停車した。

「宗太くん」

運転席には宗太くんが乗っている。外から声を掛けると窓硝子が開いた。

「桜子さん。離れのほうにいたの？」

「こっちに置いておこうと思って」

宗太くんが車から降りてくる。開けられたバックドアの奥に、細長い黒のケースが積まれているのが見える。

「離れに持っていけばいい？」

「うん。手伝おうか？」

「いや大丈夫」

宗太くんは慣れたように車から荷物を取り出した。離れに運び入れ、さっき作ったばかりのスペースにサーフボードを置く。

「確認してみて」

宗太くんに言われ、ケースのファスナーを開ける。夏の海によく映えそうな、夏凜ちゃんに似合う色だった。

「大きさとしては中学生くらいまで乗れるサイズにしてみた。軽くて持ち運びもしやすいやつだよ。夏凜ちゃん、この家から浜まで歩いていくからさ」

「そうだね。あの子にぴったりだ」

好きなことをもっと楽しめるようにと思って買った。けれど使われることはないかもしれない。夏凜ちゃんはもうサーフィンをしないかもしれないし、わたしからのプレゼントなんて望んでいないかもしれない。これはわたしの自己満足だ。勝手にやって、勝手に自分の心を満たしているに過ぎない。

「ウエットスーツはすぐに買えるように、店にキッズサイズも増やしとくからさ。いつでも言ってよ」

「うん。ありがとう」

ケースのファスナーを閉めた。願わくば、この真夏の色のボードをいつかあの子に見せてあげたい。

「あのさ」

少し話しにくそうに宗太くんが切り出す。

「何?」

「その、夏凜ちゃんが一宮に戻ったのって、たぶんおれのせいだよな」

俯きながら宗太くんは呟いた。わたしは眉を寄せる。

「そんなわけないよ。何でそう思うの?」

「だってさ、夏凜ちゃん、おれのこと避けてたし」

「そうだけど、でも宗太くんのことは好きって言ってたよ」

「好きならあんな露骨に避けねえだろ」

宗太くんがちらとわたしを見た。すぐに目を逸らし、困り顔で深い溜め息を吐く。

「桜子さんもとっくに知ってると思うから言っちゃうけど。夏凜ちゃんはさ、おれが桜子さんに気があることに気づいたんだろ。だから嫌だったんじゃねえのかな。あの子は透さんの娘で、桜子さんは、透さんのお嫁さんなんだから」

大切な人の大切な人を、取られたくなかったんだろうと、宗太くんは言った。

確かに、夏凜ちゃんは宗太くんの気持ちに気づいていたし、あの話をした直後から宗太くんを避けるようになった。でも間違いなく宗太くんを嫌ってなどいなかった。あの子がこの家を離れた原因は、他にあるのだ。

「宗太くん。夏凜ちゃんは、それくらいのことで誰かを嫌いになんてなる子じゃないよ。宗太くんにもっとサーフィン教えてもらいたいってよく言ってたし」

「そりゃ、おれだって、夏凜ちゃんのことそんな子じゃないって思ってるけど」

「たぶん、駄目なのはわたしのほう」

宗太くんが顔を顰めた。わたしは声を出さずに笑う。

「あの子の母親になりたいっていうわたしの思いが鬱陶しかったんじゃないのかな。赤の他人のくせにってさ。わたしは透の妻だけど、そんなことあの子には関係ないもんね。父親と結婚したからって母親と思えるわけじゃない。ましてや出会ったばっかりの人間なのに」

わたしとは家族になれないと、あの子がそう判断したのだ。

わたしが居心地のいい場所を作ってあげられなかったから、夏凜ちゃんは花守家を出て行った。

「何言ってんだって。それこそ違ぇよ」

宗太くんに肩を摑まれる。思わず下げていた視線を上げる。

「だって夏凜ちゃん、しょっちゅうおれに桜子さんの話してたんだよ。いつも優しいとか、おばあちゃんのごはんが美味しくて太ってきたこと気にしてるとか、ネイルがお洒落とか、時々暇なとき遊んでほしそうにしてるとか。楽しそうにいっぱい話すんだよ。興味ない人間のこと、そんなふうに人に言うか？　そんなのさ、桜子さんのこと大好きだからに決まってんじゃん」

声を張り上げていた宗太くんは、そこまで言ってはっと手を離し、小さな声で「ごめん」と言った。わたしは軽く唇を噛み、首を横に振る。

「いいよ。知らなかった、夏凜ちゃんがそんなふうに言ってたなんて」

「うん……おれが嫉妬しちゃうくらいだったよ。まだ会って数ヶ月なのにさ、あの子、おれの知らない桜子さんの姿いっぱい知ってんだもん」

「ふふ、そうだね」

「だから、あの、夏凜ちゃんは桜子さんを嫌いになったわけじゃねえって、言いたかっただけ」

「うん、ありがと」

「桜子さんもさ、あんま気に病むことねえって。夏凜ちゃんなりに考えがあったんだろうよ。信じてやろうぜ」

「……そうだね」

　肝心なことは話してくれなかった。言いたくなかったんじゃない。あの子は自分にとって大事なことほど、誰にも言わずに抱え込んでしまう子だったじゃないか。わたしが気づかなければいけなかったのだ。あの子が何を考えていたのか、何を望んでいたのか。

　今さらもう遅いけれど。せめて夏凜ちゃんが、今、どこかで笑っていてくれればいいのにと、そう思うしかない。

お盆真っ只中の八月十五日。

世間一般は長期休暇に入っている時期だがわたしはいつもどおり出勤していた。『ＭＯＭＯ』にお盆休みはない。が、顧客に地元の主婦層が多いためか、予約の入り状況は芳しくない。みんな旅行にでも行っているか、もしくは家庭の仕事が忙しいのだろう。

店としては毎年のことなのでとくに焦ることもなく、手の空いたスタッフは各々のんびりしたり、滞っていた作業を進めたりしていた。わたしも余っている時間でサンプル用のネイルチップをいくつか仕上げた。

もうすぐ十三時になろうとしている。昼食をとり終えたわたしは、間もなく来るお客さんのために、ネイルテーブルのセッティングを始めていた。

「花守さん、何か携帯鳴ってるけど」

バックヤードにいた鹿島さんが慌てた様子で呼びにきた。わたしは用意していたネイルマシンを置いた。

「わたしのですか？」

「たぶん花守さんのバッグから音聞こえてると思うんだよね。まだお客さん来てないし、確認したら？　何かずっと鳴ってるよ」

「わかりました。ありがとうございます」

鹿島さんと入れ違いでバックヤードに向かった。ずっと鳴っているなら電話だと思うが、もしかしてお義母さんに何かあったのだろうか。しかしお義母さんはパートに出ている時間だ。お義母さんにも『まるも食堂』の人たちにも、スマートフォンに連絡して繋がらなかったら店のほうに掛けるよう言ってある。

なら、わたしのスマートフォンを鳴らし続けているのは、誰だろう。

「夏凜ちゃん？」

バッグから出したスマートフォンには、夏凜ちゃんの名前が表示されていた。わたしは慌てて通話ボタンを押した。

「もしもし、夏凜ちゃん？」

声を掛けてもすぐに返事はなかった。しばらく間を置いて、

「……桜子ちゃん？」

と、夏凜ちゃんの小さな声が聞こえた。

「夏凜ちゃん、どうしたの？　何かあった？」

答えはない。代わりにかすかな嗚咽と洟を啜る音が聞こえた。さあっと顔から血の気が引く。心臓が大きく鳴り始める。

「夏凜ちゃん、大丈夫？　ねえ、何かあったんだね？」

「桜子、ちゃん」

「何？　どうしたの？」

わたしの問いに、夏凜ちゃんは、掠れた声でこう言った。

「……帰りたい」

母親のいる家ではなく。わたしたちの、花守家に。

帰りたいと、夏凜ちゃんはそう言った。わたしは短く息を吸う。

「待ってて夏凜ちゃん。すぐにそっちに行くから。今どこにいる？　近くにお母さんとかいる？」

「い、いない。夏凜、外にいる」

「わかった。じゃあどこでもいいからまずは涼しいところに行って。お店とか、公民館とか。すぐに行くからね。大丈夫だから、待っててね。困ったことがあったらわたしに電話するんだよ」

「……うん」

わたしは震える手で通話を切った。急いでネイルルームに向かい、鹿島さんに電話の内容を伝える。

「だから、あの、すいません。早退してもいいですか」

「や、もちろんよ」

鹿島さんは険しい顔つきで頷く。

「オーナーにはわたしから言っとくから、すぐに行ってあげて」

「ありがとうございます。本当にすみません」

「いややっぱ待って！　花守さん十三時から予約入ってるじゃん。わたしも十四時に入ってるから代わってあげられないわ。どうしよう」

「わたしのお客さんなら大丈夫です」

と言ったとき、受付のほうからお客さんがひとり入ってきた。綺麗に焼けた肌に、柄の入ったシャツと細身のジーンズを合わせていた。

「このみちゃん！」

ネイルルームにやってきたこのみちゃんの肩をがしりと掴んだ。このみちゃんは毎月客として来てくれている。今月の分は後日無償で施術してあげようと思う。

「桜子ちゃん？　どうしたの」

「あのね、今夏凜ちゃんから電話があって。何かよくわかんないけど泣いてたの。わたし、すぐに迎えに行くって言って。だから、あの、ごめん。もう行かなくちゃ」

よくわからん、とこのみちゃんの顔に書いてあった。だが夏凜ちゃんに非常事態が起きているということは伝わったようだ。このみちゃんは落ち着けとでも言うかのようにわたしの腕を叩いた。

「わかった。あたしも行く。桜子ちゃんの運転遅いし、電車で行くよかあたしの運転のが速いから」

「いいの？」

「当たり前じゃん。夏凜の一大事にあたしが駆けつけんでどうするよ」

このみちゃんは来たばかりの通路を引き返していく。わたしはエプロンを脱ぎ、鹿島さんに何度も頭を下げてからこのみちゃんに続いて店を出た。

駐車場に停まる青色のジムニーにエンジンが掛かる。わたしが助手席に乗り込むと、運転席のこのみちゃんはカーナビの画面を操作し始めた。

「とりあえず目的地は尾張一宮に設定しとくね。どの道で行こうか。お盆だから高速混んでるかなあ。まあいいや、とりあえず乗ってみるか。混んでたら下りりゃいいし」

そう言って車を発進させる。

わたしはお義母さんにメールを打った。夏凜ちゃんを迎えに行ってきます。このメッセージを見たら、お義母さんはどう思うだろうか。

「夏凜は今、正確にはどこにいるって言っとったの?」

「聞けなかった。外にいるとは言ってたけど」

「え、じゃあどこ行けばいいかわかんないじゃん」

「大丈夫。夏凜ちゃんの居場所ならわかる」

夏凜ちゃんはお義母さんの渡したスマートフォンから掛けてきた。あれには安全のためにGPSアプリを入れていて、わたしのスマートフォンから位置がわかるようになっている。

アプリを開き操作すると、夏凜ちゃんの現在の位置情報が表示された。一宮市内の図書館にいるようだ。涼しいところにいてというわたしの言葉をしっかり聞いていたらしい。

図書館なら涼しいし、周りに人もたくさんいる。困ったら誰かに頼れるはずだ。とりあえずほっとしたが、胸の辺りに重くのしかかっている感情はまだ消えない。不安と、後悔と、自己嫌悪が、心の内に積もっていく。

「やっぱり、夏凜ちゃんを母親のところに行かせるべきじゃなかったんだ」

母親が娘を手放したことを少しも悔やんでいないことはわかっていた。だったら夏凜ちゃんがどう言おうと、無理やりにでもわたしとお義母さんのもとにいさせるべきだった。そうしたら、少なくとも今、夏凜ちゃんがひとりで泣くことなどなかった。

「そんなもん考えたって仕方ないいら。過去のことはもうどうにもなんないんだから。それよりも、今とこれから、夏凜に何をしてやるかが大事だって」

「そうだけど」

「あのさ、桜子ちゃん。夏凜は、五十鈴おばちゃんでもうちの両親でもあたしでもなく、桜子ちゃんに一番に助けを求めてきたんだよ。もうそれが、あの子にとっての答えじゃないの」

このみちゃんは正面を向いたまままそう言った。

わたしは唇を引き結び、うんと頷く。

「今は余計なこと考えない。夏凜ちゃんのとこに行くことだけ考える」

「そうそう。それがいいよ。じゃ飛ばすね」

このみちゃんがアクセルを踏み込んだ。わたしは「安全も考えて」と、シートベルトを握った。


よく警察に捕まらなかったなと思う速さで、わたしたちは夏凜ちゃんのいるところへ到着した。夏凜ちゃんの居場所は出発したときから変わっていない。わたしは車を降りるとすぐに図書館の中に入った。夏凜ちゃんは、図書館の入り口近くの椅子に、ひとりでぽつんと座っていた。

「夏凜ちゃん」

呼び掛けると、ぱっと顔が上がる。夏凜ちゃんは泣いていなかったが、わたしの顔を見た途端、みるみるうちに目に涙を浮かべた。声を上げずに泣く夏凜ちゃんをぎゅっと腕の中に包む。

「もう大丈夫だよ。一緒に帰ろう」

わたしの腕の中で、夏凜ちゃんがこくりと頷いた。わたしは一層強く華奢な体を抱き締めた。

あとからやって来たこのみちゃんの顔を見た途端、夏凜ちゃんのお腹がぐうっと鳴った。とりあえず近くのファミリーレストランに移動し、夏凜ちゃんに昼ごはんを食べさせることにした。何でも好きなものを食べていいよと言ったら、夏凜ちゃんは迷ったすえにデミグラスソースのオムライスを頼み、このみちゃんはチーズインハンバーグとフライドポテトを頼んだ。

「このみちゃんもお昼まだだったの？」

「まさか。食べてからサロンに行ったよ。でも運転したらお腹空いた」

「そう。まあ帰りも運転してもらわなきゃいけないから、お腹いっぱい食べてよ」

「言われんでも」

わたしは食欲がなかったからシーザーサラダだけ頼んだ。そうしたら夏凜ちゃんがオムライスを少しくれた。お義母さんの作るオムライスに匹敵する美味しさだった。

「で、夏凜、何があったの」

メインの料理を食べ終えたところで、勝手に注文したデザートを味わいながらこのみちゃんが言った。

夏凜ちゃんは「あのね」と呟き、この一週間のことを話し始めた。

「お母さんは、夏凜に帰って来てって言ったけど、前とおんなじで全然夏凜のこと見てくれなくて。話し掛けても嫌そうにするし、ごはんも作ってくれなくて、自分で買って来てってお金だけ渡されて」

「それで、食べるもの、自分で買いに行ってたの？」

「うん。コンビニとか。学校ないから、夏凜が一日中家にいるのが邪魔みたいで、どっか行ってってって毎日言われてたし。だから毎日外に行ってた」

わたしはつい両手をきつく握り締めた。やはり電話で母親が言ったことは本心ではなかったのだ。夏凜ちゃんが大事だなんて、一体どんな顔をして言っていたのだろう。

「新しいお父さんも、前と一緒」

継父は、夏凜ちゃんに直接嫌みを言うことはなかったが、なぜ夏凜ちゃんを連れ戻したのかと母親を怒鳴っていたようだ。激しい夫婦喧嘩となり、母親はその原因を夏凜ちゃんに押し付け、暴言を吐いた。夏凜ちゃんにとってこの一週間は、ほんの少しだって心の休まる時間のない日々だったのだ。

「でもね、我慢できたんだ。だってべつに今までと一緒だから。夏凜、おばあちゃんちに行くまでは、ずっとこんなのだったから、大丈夫って思ってた」

パフェを食べていた手を夏凜ちゃんは止める。丸い目は自分の両手を見つめている。夏凜ちゃんの爪には、半分以上剝げてしまっている、オレンジ色のポリッシュが塗られている。

「桜子ちゃんが塗ってくれたこれね、剝げてきちゃったんだけど、取りたくなくて、お母さんが持ってたマニキュアを借りて自分で塗ろうと思ったんだ。同じ色はなかったけど、他の色でもいいかって。でも、夏凜がこっそり借りたのがお母さんにばれて、すごく怒られた」

夏凜ちゃんが肩で息をする。パフェのクリームがゆっくり溶けて、少しずつ形を変えていく。

「余計なこと覚えてって、言われて。桜子ちゃんのことも、小学生にこんなことして信じられない、最低だってお母さん言って。夏凜、桜子ちゃんにネイルしてもらってすごく嬉しかったのに。お母さん、何も知らないくせに悪く言って、夏凜、むかついて、夏凜頑張れたのに。お母さん、何も知らないくせに悪く言って、夏凜、むかついて、桜子ちゃんたちはお母さんよりずっと優しい、お母さんのほうが最低だって言ったの。そしたら」

今まで逆らったことのなかった夏凜ちゃんに言い返され、逆上した母親は、夏凜ちゃんに手を上げた。

頰を叩かれた夏凜ちゃんは、咄嗟にスマートフォンだけを持って家を飛び出したという。そのまま堪らずわたしに電話を掛けた。帰りたいと、助けを求めたのだ。

「ごめん」

話を聞き終え、わたしは言った。わたしのバニラアイスは、ひと口も食べられないまますっかり溶けてしまっていた。

「わたしのせいだ。わたしがお守りなんて言ったから、夏凜ちゃんに辛い思いをさせちゃったんだね。頑張らなくていいことを頑張らせちゃった。本当にごめんね」

夏凜ちゃんの小さな手に触れる。わたしはいつも間違ったことばかりしてしまう。

「違うよ、桜子ちゃん」

「……え？」

「夏凜ね、このオレンジのネイル見て、桜子ちゃんに電話しようと思ったんだ。桜子ちゃんに、会いたいって思った。そしたら桜子ちゃんが来てくれた。やっぱこれ、すごいお守りだよ」

夏凜ちゃんが目を糸みたいに細くして笑った。わたしはつい泣きそうになって、必死に唇を結んだ。

「でも、夏凜は何で花守家を出て行ったの？」

このみちゃんが言う。頬杖を突きながらぶ厚いパンケーキを頬張っている。

「あの、だってね」

「うん」

夏凜ちゃんがつつっと視線を下げた。

「桜子ちゃんの邪魔になってるって思って」

わたしはこのみちゃんと顔を見合わせる。何のことかさっぱり思い当たらない。

「夏凜ちゃん、わたしの邪魔って何？　何か、仕事のこととか？」

「……桜子ちゃんが他の人と結婚するとき、夏凜がいたら邪魔だと思って。夏凜がいるせいで、桜子ちゃんは他の人と結婚しようとしないんだって、思って」

なるほど、と呟いてしまった。宗太くんを避けていたのは、宗太くんにとっても夏凜ちゃんが邪魔になっているのかもしれないと思ったからだったのか。

夏凜ちゃんが宗太くんを嫌ったのではなく、宗太くんが夏凜ちゃんにいい感情を抱いていないと思い込んだのだ。宗太くんの気持ちに気づき、そしてわたしも宗太くんが好きなのではないかと考えて、自分の存在が、わたしの幸せの足枷になっているると、夏凜ちゃんはそう感じてしまった。

ああ、なんて子だろう。本当に、あの人にそっくりなのだから。

「あのね夏凜ちゃん、前も言ったけど、わたしは誰とも再婚するつもりはないよ。それは夏凜ちゃんがいるからじゃなくて、今も、誰より一番に、あなたのお父さんを愛してるから」

触れていた手をぎゅっと握った。夏凜ちゃんが上目遣いでわたしを見る。

「……そうなの？」

「当たり前でしょう。それにね、もしも万が一、誰か他の人と結婚するような機会があったとしても、夏凜ちゃんを邪魔に思うことなんて絶対にない。ていうか、夏凜ちゃんを邪魔だと思う人となんて、わたしは絶対に結婚しないから」

約束する。そう伝えると、夏凜ちゃんは安心した顔をして「わかった」と答えた。

そして、

「夏凜、おばあちゃんの家で、おばあちゃんと、桜子ちゃんと暮らしたい」

と、自分の思いをはっきり言った。

「うん」

わたしは、わかりきっていた答えを出した。

もう二度と、この優しい子が悲しむことのないようにしよう。一緒にあの家に帰り、お義母さんと三人で暮らそう。

わたしも夏凜ちゃんも、もうあの家が自分の居場所だったのだ。他にない、温かなあの家で、家族みんなで生きていく。これから先も。いつかこの子が大人になって、もう一度自分の足で、行きたい場所に行く日まで。

「じゃあ、これからのことを話そうか」

パンケーキを食べ終えたこのみちゃんが、こちらにフォークの先を向けた。

「このまま帰ってもいいけどさ、せっかく一宮まで来たんだから、黙って帰るのもあれでしょう」

飄々と言いながらもこのみちゃんの顔つきは真剣だ。

「それって、夏凜ちゃんの母親たちに、会いに行くってこと？」

「そうだよ。ここらでちゃんと決着つけとくべきだと思うんだよね。今ここで帰ってもまた繰り返すだけだろうし」

そのとおりだ。夏凜ちゃんの立場を宙ぶらりんにし続けてしまったせいで今回のようなことが起きたのだ。

「夏凜ちゃん」

視線を遣ると、夏凜ちゃんは硬い表情で、けれどこくりと頷いた。

ファミレスを出て、夏凜ちゃんの案内で母親たちの住む家に向かった。住宅地にあるごく普通の一軒家だった。花守家に比べると随分新しい。新築で越してきたのかもしれない。

インターフォンを押すと、しばらくして「はい」と女性の声が聞こえた。先日電話越しに聞いた声と同じだった。

「花守桜子です。少しお話をしに参りました」

スピーカーに沈黙が流れ、ややあってから通話が切られた。待っていると、玄関のドアが開いた。

派手な外見の女性をイメージしていたのだが、出てきたのは思いがけず、どこにでもいそうな、どちらかと言えば地味で大人しい見た目の人だった。

「初めまして、杏子(きょうこ)と申します。中へどうぞ」

夏凜ちゃんの母親――杏子さんは、わたしたちを家の中へ招き入れた。わたしは夏凜ちゃんを背に庇いつつ、会釈をして玄関に入る。

「このみちゃんだよね。久し振り。また会うと思わなかった」

「どうも」

家の中は、どたどたと走る足音と、子どもの甲高い叫び声が響いていた。リビングに通されると、物の散乱した部屋を幼稚園児くらいの女の子が飛び回っており、四十歳前後の細身の男性が、ソファに寛いでスマートフォンに目を向けていた。

「ママ、そのひとたちだれ？」

女の子が言うと、男性の目線がこちらに向く。わたしは一応頭を下げた。男性――夏凜ちゃんの継父だろう人も、ぺこりと同じ仕草をする。

「あなた、ちょっと結愛ちゃんを見てて。桜子さん、飲み物は紅茶でよかったですか？」

「お構いなく。長居はしませんので」

継父はソファを空けたが、わたしはそこに座ることはなかった。リビングの入り口に立ったまま、キッチンへ向かおうとしていた杏子さんを見つめる。

「単刀直入に言います。夏凜ちゃんをうちで引き取らせてください」

しん、と一瞬静かになった。騒がしかった女の子までも、妙な雰囲気を感じ取ったのか、父親にしがみつき口を閉じている。

「いいですよ」

望んだ言葉は存外あっさり返ってきた。

杏子さんは白髪交じりの黒髪を掻き上げた。

「正直邪魔だったんですよ。うちには結愛ちゃんがいるのに、その子にまで手なんて回らないし。そちらが望んで引き取ってくれるって言うんならうちとしても助かります。そちらが希望してのことですから、友人たちももう何も言わないでしょう」

わたしは眉を顰める。

「何のことです？」

「先日ね、大学時代の友人たちに会ったんですよ」

溜め息交じりに杏子さんはそう話す。

「透のこともよく知っている人たちです。それで、夏凜を透の親族に渡した話をしたら、信じられないって散々怒られちゃって。透がもう死んでるってわかってるのに、父親のいない家に自分の子を送るだなんて薄情だって。わたしと絶縁するとまで言い出した人もいたくらいで」

杏子さんは、声色に熱を持たせながら語った。自分は本当は悪くないのにとでも言いたげだった。

「だから、夏凜を返してもらおうとしたんですよ。そうしたら誰にも責められないじゃないですか。ちゃんとわたしが育てればいいってことでしょうから」

「………」

「でもまあ、よかったです。こうなって」

絶句するとはこのことかと思った。呆れ過ぎて何も言葉が出なかった。

何を考えているんだこの人は。少なくとも夏凜ちゃんのことなど毛ほども考えちゃいない。産んだのは、子持ちの専業主婦というわかりやすいステータスを手に入れるため。離婚時に引き取ったのも、子ども好きな再婚相手の気を引くため。そして今も、自分のためだけの道具としかこの子のことを見ていない。

馬鹿じゃないのか。本当にこいつがお腹を痛めてこの子を産んだのか。今まで育ててきた子に親としての情は欠片もないのか。

こんな最低な人間と、この繊細で優しい子が、血の繋がった親子だなんて。

「……そうですか」

言い分は理解できない。ふつふつと怒りが込み上げるが、出かけた言葉をぐっと呑み込んだ。こちらの願いどおりになっているのだ、事を荒立てる必要はない。

「では、今後正式に養子縁組の手続きをしますから、必要なお返事は早急にお願いします」

「ええ、わかりました」

「準備を整え次第連絡します。夏凜ちゃんはこのまま連れて帰りますので」

「はい、どうぞ」

行こう、と後ろにいた夏凜ちゃんにリビングを出るよう促した。だが「ねえ桜子さん」と杏子さんに呼び止められ、振り返る。

「あなたは、透との子どもはいないんでしたっけ」

「ええ、おりませんが」

杏子さんがくすりと笑う。

「なら、透の子がほしかったんじゃないですか？　だから夏凜を引き取るんでしょう」

「は？」

「その子があなたの家に来て内心幸運だとでも思ったのでは？　だって、わざわざ辛い思いをして産まなくても透の子が手に入ったんですもんね。大変な乳児や幼児の子育ても経験せずに、夫の子との親子ごっこができるんだから、羨ましいですよ。ねえ、子育てがどれほど大変か知ってます？　知るわけないでしょうね、育てたことないんだから。夏凜はもうひととおり何でもできるから楽でしょう」

「すみません。もう帰らせていただきます」

「それにその子はわたしではなく透のほうによく似ているし。もしわたしに似ていたら引き取らなかったんじゃないですか？」

「夏凜ちゃん、このみちゃん、行こう」

「あ、わたしが産んでここまで育ててあげたんですから、手間賃くらい支払ったらどうです？　夫が透に払った慰謝料と同じくらいでいいですよ。確か二百万だったかな。子どもひとり買えるんだから、安いものでしょう」

「…………」

「そうだ。一応言っておきますけど、これからあなたに子どもができたとしても、夏凜をうちに返さないでくださいね。困りますから。いらなくなってもちゃんと責任を持って引き取ってくださいね。相手がそう言い切る前に、わたしは目の前の人間の頬を叩いていた。

小気味いい音が響き、場が一瞬しんと静まり返る。

杏子さんは赤くなった左頬を押さえ、目を丸くし、わたしを見ている。

「あんた！　杏子になんてことを」

継父がわたしに飛び掛かろうとするが、このみちゃんが前に出てあっさり継父を投げ飛ばした。女の子がぎゃああと大声で泣き始める。

「な、何するんですかぁ！」

杏子さんが金切り声を上げる。

「何って、わからなかったのならもう一度やってさしあげましょうか」

「ひっ」

手を振りかざすと、杏子さんは短く悲鳴を上げ身を竦める。

「け、警察呼びますよ！」

「どうぞ。この子を守れるのなら、わたしは暴行罪でも傷害罪でも平気で認めてあげますよ。ついでにあなたたちがこれまでこの子にしてきた虐待もすべて警察に話しますけれど」

「ぎゃ、虐待だなんて」

「あなたたちがしてきたことは子どもへの心理的な虐待です。それに杏子さんは夏凜ちゃんの頬を打ったそうじゃないですか。わたしがあなたを叩いて警察沙汰にされるのなら、あなたがこの子にしたことにも、同じだけの罪があるということです」

「あ、そうそう」

とこのみちゃんが継父を押さえたままスマートフォンを取り出す。

「さっきからずっと、おたくらの会話録音してますからね。ついでにうちの母が前に杏子さんと電話したときのも録ってあるんで、いつでも証拠として出せますよ」

継父も杏子さんも口を噤んだ。

わたしはきつく拳を握り締める。こんなにも怒りが湧くことは、もう二度とないかもしれない。

「あなたたちは犯罪者です。わたしはあなたたちをいつでも警察に突き出すことができる。それを、この子をうちに引き渡すだけで済ませてあげるって言っているんです。安いものでしょう」

「………」

「いいですか、あなたたちなんて親じゃない。もうこの先一生、何があってもこの子の人生にかかわらないでください。その代わりにわたしがこの子を幸せにすることだけ約束します。この子の親は、透と、わたしだけです」

杏子さんの目を見てはっきりと告げた。杏子さんは唇を震わせわたしを睨んでいたが、やがて逃げるように視線を逸らした。

「……勝手にしてください」

吐き捨てるように、杏子さんは呟いた。

わたしは夏凜ちゃんにすぐに荷物をまとめるよう言った。夏凜ちゃんは数分も掛けず、リュックサックとボストンバッグを持って戻ってきた。

「さようなら」

そう告げて杏子さんたちの家を出る。夏凜ちゃんは、長く過ごした家を、一度も振り返ろうとはしなかった。


門扉を抜け、一歩二歩と歩いていく。足を踏み出すたび、体から力が抜けていく。両手は酷く震えていた。真正面から啖呵を切ったつい先ほどの出来事が、まるで夢のように思えた。高揚感などなく、ただただ自分のしでかしたことに頭が追いついていない。心臓が激しく鳴っている。暑さのせいではない汗を全身にびっしょり搔いている。

「桜子ちゃん、夏凜には暴力駄目って言ったのに」

わたしの手の震えに気づいた夏凜ちゃんが、少し茶化すような口調で言った。

「そ、そうだよね。ごめんなさい」

「いいよ。だっておばあちゃんが時と場合によるって言ってたもんね」

「まあ。いや、暴力は駄目なんだけどね」

ふう、と深く息を吸って吐いた。少しずつ手の震えが治まってくる。目頭にじわりと涙が滲んだけれど、汗を拭う振りをして零れる前に誤魔化した。

「わたし、人を叩いたのなんて初めて」

呟くと、このみちゃんが「ほお」と唸った。

「初白星じゃん」

ほんとだ、と夏凜ちゃんが笑う。わたしも少し遅れて、へらっと下手くそな笑みを浮かべた。

お義母さんはわかっていたのかもしれない。

夏凜ちゃんが花守家を出た理由も、いずれまた、戻ってくることも。そう本人に訊ねてもきっとはぐらかされるだろうから、何も言う気はないけれど。

近くの駐車場に止めた青いジムニーが見えてくる。身が溶けそうな炎天下、アスファルトの上の景色がゆらゆらと揺れている。

「あ、そうだ。夏凜ちゃん」

晴れやかな顔の女の子がわたしを見上げた。

「誕生日おめでとう」

そう言うと、夏凜ちゃんは、透とそっくりな表情で笑った。

「ありがとう、桜子ちゃん」

八月十五日。夏凜ちゃんは十一歳になった。


それから、お義母さんや遠山家一同とも相談し、夏凜ちゃんを正式にこちらで引き取るための準備を始めた。

養子縁組には、実親との親子関係が法的に継続する普通養子縁組と、実親との関係が消滅する特別養子縁組とがある。今の夏凜ちゃんは、おそらく特別養子縁組を受けることができる。

わたしは、杏子さんたちと夏凜ちゃんとの縁を断ち切るために、特別養子縁組をするべきだと提案した。だが、それを成立させるにはいくつか要件があり、配偶者のいないわたしやお義母さんでは養親になることができなかった。

そこで、遠山家の美晴さん、則之さん夫婦と養子縁組することを検討した。美晴さんは血の繋がりもある身内だし、養親として認められるはずだ。

しかし夏凜ちゃんがそれを断った。「花守夏凜でいたい」と言ったのだ。

「美晴おばちゃんたちのこと大好きだし、家族と思ってるけど、美晴おばちゃんの養子になったら遠山夏凜になるでしょ。夏凜はね、お父さんと、おばあちゃんと、桜子ちゃんと同じ名字がいいんだ」

夏凜ちゃんの言葉は嬉しかった。わたしは悩みながらも、やはり遠山家に入ったほうがいいと考えた。

「縁を切るって簡単にできることじゃないんだよ。あの人たちとは今のうちにしっかり縁を切っておいたほうがいい。花守の名字でいたいなら、遠山家の養子になってからうちと普通養子縁組を結べばいい。そしたら、少し先にはなるけど、ちゃんと花守夏凜になれるから」

口ではもうかかわらないと言っても、実際にどうなるかはわからない。法的な親子関係があれば将来望まない重荷を背負わされる可能性もある。この子の心の傷を二度と増やさないためには、今のうちに親子関係を解消しておくのが最善だ。書類上で縁を切れるのは今だけなのだ。大人になれば、どれほど繋がりを絶ちたいと思っても、実の親との縁を失くす方法はない。

「わかってる。でも、何かあっても夏凜が自分でどうにかする」

夏凜ちゃんははっきりとそう言った。この子はまだ子どもだ。しかし何もわからない子ではない。自分で自分のことを考えられる子だった。

「これからたくさん勉強して、あの人たちと自分の力で戦えるようにする。暴力じゃなくってね、誰にも文句言われないやり方で。桜子ちゃんがしてくれたみたいに、相手が言い返せないくらい、夏凜もしっかり自分を守れるようになる。桜子ちゃんたちが夏凜を守ってくれるのはすごく嬉しいけど、最後の最後の決着は、夏凜が自分でつける」

だから大丈夫と、夏凜ちゃんは言った。

わたしはお義母さんを見た。お義母さんはひとつ頷く。

「夏凜の人生なんだから、夏凜が決めな」

わたしはもう何も言わなかった。夏凜ちゃんは確かな答えを決めていた。

数日経って、夏凜ちゃんはわたしと普通養子縁組を結んだ。

花守夏凜。それが夏凜ちゃんの本名となった。

庭のハナミズキがまだ紅葉し始める前の晩夏。花守家は正式に、三世代三人家族となったのだった。

追想Ⅱ

透と結婚し、わたしは花守桜子になった。

地道に進めていた引っ越しも完了し、透の育った渥美半島の家でわたしの新しい生活は始まった。

新居を決める際、透は田原市の隣にある豊橋市でマンションを探していた。豊橋からなら転勤先の浜松まで通いやすいし、田原に住むお義母さんの様子も気軽に見に行ける。わたしもはじめはその案に賛成した。けれどふと、付き合い始めたばかりの頃に透が言っていたことを思い出した。

——ぼくの育った家は海が近くて、静かでのんびりのどかなところでね。名古屋に住んで随分経つけど、ぼくにはああいう場所のほうが合ってるって今も思う。

帰りたいとまでは言わなかったが、透の言葉には、本当はあの家で暮らしたいのだという思いが滲んでいた。だから候補のひとつとして、透の実家に戻ることを提案した。あの家の広さなら十分にわたしたちが住むこともできるし、浜松への通勤だって無理ではない。

透は一瞬喜んだ顔をしたが、すぐに首を横に振った。

——いやそれ、母さんと同居するってことだよ？

透とお義母さんの仲が良好なのは知っている。透が懸念しているのは、わたしの家族というものに対する考えと、お義母さんの強烈なキャラクターをわたしが受け入れられるのか、というところだろう。

心配ないよ、とは言えなかった。実の家族と不仲であったわたしは、そもそも透と暮らすことにさえまだかすかな不安を抱いていたのだから。

けれど同時に、あのお義母さんは、わたしの血の繋がった親とは違うのだという思いもあった。そして透と一緒ならやっていけるとも思っていた。

随分話し合い、実家に戻ることを現実的に考え始めたところで、お義母さんにも相談した。お義母さんも最初は喜び、けれど束の間眉を顰めた。

——いやそれ、あたしと同居するってことだよ？

お義母さんが透とまるきり同じ反応をしたから、わたしたちは笑ってしまった。お義母さんとしては、ひとり暮らしに飽きていたから同居自体は歓迎だという。しかし自分の性格をしっかり自覚しているお義母さんは、やはりわたしのことを心配した。

わたしは大丈夫だと言った。大丈夫だという気がしていた。

そしてわたしたちはこの家に三人で暮らすことになった。庭のハナミズキが鮮やかな花を咲かせたばかりの、四月のことだった。


「桜子さ、何で最近ネイルしないの？」

透の仕事が休みの日、一緒に庭で洗濯物を干していると、透にそう言われた。

わたしは部屋着のジャージを摑んでいる自分の手を見た。短く切り揃えた自爪が並んでいる。ここに引っ越してくる直前に付けていたジェルネイルをオフし、それ以降は何も塗らずに簡単なケアをするだけにしていた。もう一ヶ月ほどになるが、ネイリストになってこれほど長い期間ネイルをしなかったのは初めてだった。

「何でって、そりゃ、家事とかするから」

「でもひとり暮らしのときも家事してたじゃん。ネイルしてたら家事できないってことはないでしょ」

「そうなんだけどさ」

ぱっとジャージを広げてハンガーに干した。透は洗濯籠からバスタオルを取り出している。

「ネイルしてる手で料理とか作るの、嫌がる人もいるじゃん」

「ぼくは嫌じゃないよ」

「うちにはお義母さんもいるでしょ」

「母さんもそんなの気にしないと思うけどなあ」

透はうぅんと首を傾げてから、「母さん」と家の中に向かい呼び掛けた。しばらくしてから「呼んだ？」とお義母さんが顔を出して、縁側までやってくる。

「母さんさ、ネイルしている人が料理とか作るの嫌？」

唐突な質問に、お義母さんはぽかんとしながらも「ううん」と首を横に振る。

「シザーハンズみたいなのならともかく、普通に可愛いネイルなら何とも思わんよ。

べつに、手ぇ洗ってんなら不潔になるわけでもなし」

「だよねえ」

「あっ、もしかして桜子ちゃんがネイルしんくなったのって、それ気にしとるから？」

お義母さんの視線がわたしに向いた。わたしはへへっと情けない笑みを返す。

「んもう、最初にうちに来たときはお洒落な爪しとって、めっちゃ可愛いって思っとったのにさあ。引っ越してきてからやらんくなっちゃったから」

「まあ桜子なりに母さんを気遣ってくれてたってことだよね。一緒に暮らすって、お互いの生活スタイルとか考え方を少しずつ摺り合わせていくってことでしょ」

「ほじゃネイルは全然オッケーよ。むしろあたしもやってほしいくらいだっての」

お義母さんが両手を腰に当てながら豪快に笑う。

「あ、じゃあわたし、やりますよ。ネイル道具は一式持ってきてますし」

「マジ？　でもさあ、パート先がネイル禁止って言っとるんだけど」

「足の爪でもできますよ、フットネイル」

「マジ？」

頷くと、お義母さんは「足洗ってくる！」と縁側から駆けていった。

「今からやるんだ」

透が呆れた様子で呟く。

「そりゃお義母さんだもん、やりたいことは後回しにしないよ」

「まあ、桜子がいいならいいけど」

「わたしは、嬉しいかも。ネイルも認めてもらえたし」

透がワイシャツを干す横で、わたしは何となく自分の手を見てしまう。ケアは毎日しているから綺麗な爪を保てている。けれどやっぱりこの指先に色を乗せていたい。それだけで心が晴れるような、お守りみたいなネイルをしていたい。

「桜子、本当はネイルやりたかったんじゃん」

透がわたしの顔を覗き込んだ。

「そりゃ好きだから。人にやるのも、自分の手にするのも」

「うふふ、そうだったね」

ふたりで協力して残りの洗濯物を急いで干した。そのあとで、お風呂場で足を綺麗にしてきたというお義母さんを部屋に招き、椅子と台を準備して、両足にネイルを施した。

お義母さんは濃い青色が好きだというから、ネイビーとシルバーを合わせて星空のようなデザインにした。とても気に入ってくれたようで、お義母さんは自分の携帯電話で何枚も写真を撮り、美晴さんに送っていた。

「さすがプロだわあ、めちゃくちゃ素敵やん」

「一ヶ月後くらいにオフしますからね。やりたいときはいつでも言ってください」

「うん、ありがとね」

お義母さんは一度わたしの部屋を出て行くと、すぐにまた戻ってきた。五千円札を持ってきており、それをわたしの手に握らせた。

「待ってください、お金なんていりませんよ」

「だぁめ。桜子ちゃんはプロなんだから、身内だからって技術を安売りしたらいかん。それとも手を抜いた？」

「まさか。今までお客さんにやっていたようにやりました」

「だら？　なら貰っときんて。あんたの技術への対価だからね。まあ五千円てちょっと安いかもしれんけど」

「わかりました。ありがとうございます」

素直に受け取ると、お義母さんは満足げな顔をして「ほじゃお昼作るねえ」と一階に下りていった。


数日経って、わたしはネイルチップの販売に向け準備を始めた。

チップの通信販売であれば在宅で働けるし、ネイリストとして培ってきた技術も活かせる。考えると楽しくなった。やりがいを持ってできそうだ。

サロン勤務時の伝手で、信頼の置ける店からクリアチップを購入し、他の道具も手持ちのものから増やした。見本となるデザインをいくつか作成したところでネットショップをオープンさせ、ＳＮＳのアカウントも作り、チップ販売店の運用を始めていく。

なかなか上手くいかないもので、最初のひとつが売れるまでには時間が掛かった。デザインはもちろん、商品の写真の撮り方や宣伝方法を工夫し、しばらくするとようやく少しずつ注文が入るようになった。

売れるとほっとした。購入してくれた人からのレビューが付くとなおのこと嬉しかった。わたしの作ったネイルチップがどこかで誰かの元気になっている。

嬉しい。嬉しいけれど、サロンにいた頃はお客さんの喜ぶ声も、顔も、直接見られたのに、今はそれができないのだ。やはりわたしは、お客さんの手に触れ、話をし、目を合わせてネイルを施していたあの空間が好きだったのだと、懐かしみながら思ってしまう。

透が離れを片づけ始めたのは、わたしのチップ販売が軌道に乗り始めた頃だった。花守家の敷地には八畳の和室とトイレのある離れが建っている。昔は義父が書斎にしていたらしいが、だんだんと物置として使われるようになり、今では何が置かれているのかもわからないほど物が押し込まれた状態となっている。

透は休みのたびにそこをせっせと整理していた。不要品は処分したり、一部は母屋に戻したり。

「ねえ、ここのトイレ和式だからリフォームしてもいい？　費用はぼくの独身時代の貯金から出すから」

整理するのはいいことだからと、わたしは何も言わずに時々手伝いさえしていたが、透がそう言い出したときはさすがに驚いた。

「いいけど、自分の部屋にでもしようとしてるの？　母屋にも部屋余ってるのに」

「そういうわけじゃないけど、まあ、活用できるようにしようと思って」

何に、と訊いても、透は適当にはぐらかすばかりで答えてくれなかった。結婚前から隠しごとのあまりない間柄だったから、わたしは少しだけ不安になり、一度お義母さんに相談した。

「悪いことしようとしとるわけじゃないから大丈夫。とりあえず見守ってやりんよ」

お義母さんにそう言われれば納得するしかなかった。まあ確かに、あの小さな離れで悪いことをできるとも思えないし、リフォームはこちらとしてもありがたい面もある。あまり気にしないでおこうと、透の好きにさせることにした。

花守家には変わった風習がある。

結婚してから二度目の夏。七月七日、七夕の今日、世間一般では笹や竹に願い事の短冊を吊るすものだが、この家では笹の代わりに庭のハナミズキに飾りや短冊を下げる。

わたしは透やお義母さんの真似をして、当日の朝からせっせと七夕飾りを作った。小学校以来だった去年よりも、今年は上手くできている。存外楽しく作った折り紙での細工を、葉を茂らすハナミズキの枝にタコ糸で結びつけていく。

「お、いい感じじゃん」

飾りをすべて付け終わった日暮れ後、定時を少し過ぎて帰宅した透が、ハナミズキを見に縁側に出てきた。温い夜風が七夕飾りをほんのりと揺らしていた。

「もうちょっと作りたかったんだけど、最初のほうは何個か失敗作が続いちゃったんだよね。折り紙は難しいよ」

「桜子がいつもやってるネイルのほうがずっと細かい作業なのに」

「勝手が違うんだって」

透は笑いながらネクタイを緩めた。昼間の蒸し暑さが残っているから、額の生え際に汗を掻いていた。

「このイベント、透が子どものときからやってるんだってね」

「うん。ぼくが図工で作った七夕飾りを母さんが適当にハナミズキに括り付けてね。そこからなんとなく始まったんだ。願い事の短冊も書き始めたのはいつからだったかな」

「お義母さん、ひとり暮らししてる間もやってたんだって」

「うふふ、桜子が来てからは、いっぱい飾りを作って盛り上げてくれるから、母さんも浮かれてるだろうね」

透がそう言ったタイミングで、ちょうどお義母さんが座敷にやって来た。手には色とりどりの短冊が握られていた。

「透、桜子ちゃん。ほら、願い事書くよ」

お義母さんが短冊とペンを配る。三人で縁側に並んで座り、色画用紙で作った短冊に思い思いのことを願っていく。

透は薄緑の短冊に『残業がもっと減りますように』と書き、お義母さんは黄色の紙に『新しい自転車をください』と書いていた。どちらも織姫と彦星が困りそうな願い事だった。

「母さん、ほしいなら買ってあげるけど」

「いやいい。まだまだ今のやつ乗れるで。書いてみただけ」

お義母さんは右手の親指を立ててから短冊をハナミズキに吊るしに行く。

「桜子は何を書いたの？」

「えっと、わたしは、内緒」

「ずるいよ。ぼくのを見たくせに」

「透のは、何か、あんまり願い事って感じじゃなかったじゃん」

しかしわたしの手元を覗き込もうとする透に、根負けして短冊を見せた。『ずっとここにいられますように』と書いていた。幼稚な気がして恥ずかしいが、今のわたしにはこれが一番の願いだった。

　短冊を見た透は眉根をぐぐっと寄せる。

「せっかく見せたのに、何その顔」

「いやだって、そんなの願わなくても叶うでしょ。もしかして桜子、まだ他人のつもりなの？　もう結婚して一年以上経つのに」

「そういうわけじゃないけど」

「桜子はぼくらの家族で、この家は桜子の家なんだから」

　この家を桜子の居場所にしてよ、と、透は何の迷いもなくそう言った。

　わたしはこくりと頷く。本当は、言われるまでもなく、もうここが自分の居場所になっていることを知っている。

　透がいて、お義母さんがいる。誰かがただいまと言って帰ってきたら、誰かがおかえりと出迎える。みんなで一緒にごはんを食べて、当たり前のように、明日も一緒にいられることを、わたしは信じている。

「ねえ、そろそろお腹空いたら。あたし夕飯用意してくるでね」

　戻ってきたお義母さんが、さっさとサンダルを脱いで縁側に上がった。

「あ、わたしもやります」

「あとはあったためるだけだで大丈夫よ。それより早よ短冊付けりん。一番目立つとこにね。しっかり織姫と彦星に見つけてもらわんとかんで」

お義母さんはぴしっと指さして座敷を出て行った。わたしは透と顔を見合わせて笑い、ハナミズキの下に向かった。

脚立にのぼった透が短冊を吊るす。星から見えるかはわからないが、わたしの位置からは願い事がよく見える。

「この木ってさ、透がこの家に来たときに植えられたんだよね」

話を聞いたことがあった。透が六歳のときに実の両親が事故で亡くなり、透は母の弟夫婦である今の両親に引き取られた。突然親を失ったショックから立ち直れずにいた透を励ますために植えられたのが、このハナミズキだった。

「うん。ただの木だけど、あのときのぼくには、心強い味方ができたような気がしたんだよね。味方っていうか、兄弟みたいなものかなあ」

「わかる気がする。心の拠り所っていろんな形があるから」

「このハナミズキを植えた日ね、夕飯に生姜焼きが出たんだ。両親が死んでから、何を食べたって美味しいと思えなかったのに、その日の生姜焼きはすごく美味しかった。それからは、母さんの作る料理の何を食べても美味しかったよ。母さんと父さんのことも、少しずつ家族だと思えるようになった」

「うん。透と、このハナミズキと、お義母さんたちで、花守家になったんだね」

「そうだね」

透が脚立から降りた。吹いた風がわたしたちの願いと飾りを揺らした。

「ぼくさ、この家に来たばっかりのときは、実の両親以外と家族になれるだなんて思いもしてなかった。でも、それでも母さんや父さんと家族になれた。実の両親と同じくらいふたりのことが特別になった。だから、きっとぼくと桜子も、家族になれると思ったんだ」

透がわたしを見る。大切だと言っているようなその視線が好きだった。彼のそばにいていいのだと、確かに思うことができたから。

家族なんて、いらないと思っていた。そんな繋がりは信用していなかった。

わたしはひとりで生きていけると思っていた。いや、間違いなくひとりでも生きていけるのだ。

ひとりで生きる選択肢もある中で、わたしはあなたと生きる人生を選んだ。

「あのさ、透」

小さな声で言う。透は「何」と返事をする。

「わたし、子どもがほしい」

透は二度瞬きをして、ぽかりと口を開けた。わたしは咄嗟に視線を下げる。

「いらないって言って結婚したのに、我儘言ってごめん。でも、あなたやお義母さんと一緒に暮らして、家族の形が紡がれていくのを、初めて素敵なことだと思えたんだ」

親たちから透へ、透からわたしへ。綿々と繋がる愛情を、わたしも誰かに繋ぎ渡せたらと思うようになった。その相手が、もしもわたしたちふたりの子どもなら、きっとそれ以上の幸せはない。

「正直に言うとね、不安はあるよ。実の親と同じようなことを自分の子どもにしちゃったらって考えたこともある。でも、透とお義母さんがそばにいてくれたら、きっと大丈夫な気がする」

「桜子」

「透はどう？　ふたりのことだからふたりで決めよう」

「ぼくの答えは決まってるよ」

ゆっくりと顔を上げれば、透は一度だけ頷いた。

「ぼくね、今、すごく嬉しいんだ」

「本当は子どもがほしいと思ってたから？」

「それも少しはある、と思う。本音を言うとね、子どもがほしいって少しは考えてた。でも、それよりも桜子と一緒に生きていくほうが優先だったから、桜子が望まないならそれを尊重するって言ったのも本音。夫婦ふたりでの人生も楽しいだろうと思ってたし。ぼくが嬉しいのは」

「うん」

「桜子が、ぼくと……ぼくらと暮らして、家族っていうものを信じてくれたことが」

嬉しいのだと、透は少しだけ声を震わせながら言った。

ふたりで、ふたりの子どもを望もう。

七夕の日にわたしたちはハナミズキの前でそう決めた。自分たちで叶えることだから、この望みは、短冊には書かなかった。

透と結婚し、二年が経とうとしていた。美しく咲いていた桜が散り、葉桜になり始めた四月の朗らかな日。

「ほいじゃ桜子ちゃん、仕事行ってくるでね」

「はい、いってらっしゃい」

お義母さんの出勤を見送ってから、わたしは二階にある作業部屋に向かった。

タブレットを開いて注文を確認してから、昨日までに仕上げたオーダー品をひとつずつ梱包していく。

ネイルチップの売り上げは好調だった。最近はリピーターも増え、数点をまとめて注文してくれる人も少なからずいた。作成が間に合わず受注をストップすることもあるほどだ。今日までに入った分を処理したら、またしばらく注文を止めるつもりだった。

最後の一点を箱にしまい、宛名シールを貼り付ける。

ふと気怠さを感じて額に手を当てた。何だろう、風邪だろうか。体調には気をつけていたつもりだが。

そういえば、と、わたしは慌ててスマートフォンを引っ摑み、スケジュールアプリを開いた。仕事の忙しさにかまけて確認するのをすっかり忘れていたが、やっぱり、生理が一週間以上遅れている。ここまでずれたことはここ数年ない。

「もしかして」

梱包した商品を袋にまとめ、急いで家を出た。郵便局で商品を発送してからドラッグストアに寄り、妊娠検査薬を買って帰宅した。

陽性反応が出た。

子どもがほしいと思ってから九ヶ月。わたしのお腹に、透との子が宿ったのだ。

「嘘、どうしよう」

落ち着かず、検査薬を持ったままひとりきりの家の中を歩き回った。深呼吸を繰り返す。それでも気持ちが昂り、顔が勝手ににやけてしまう。嬉しいと思っている自分に安堵した。大丈夫、わたしはきっと、母親になれる。

「いや、いや待って」

唐突に我に返った。まだ間違いなく妊娠したと決まったわけではない。病院で検査をしてもらわないと本当に赤ちゃんがいるかはわからない。

手に持っていた妊娠検査薬はひとまず袋に入れて作業部屋に隠した。この部屋には透もお義母さんも勝手に入らない。

とりあえず明日、産婦人科に行こう。ぬか喜びさせたくないから、透とお義母さんには病院で検査してもらったあとに伝えよう。

その日はふたりの前でなるべく平静を装った。透は、何か変だとは思っていたようだが首を傾げるばかりだった。お義母さんには、ばれていたような気もするが、とくに何も言われなかった。

「いってきます」

「いってらっしゃい」

翌日、透はいつものように仕事に出掛けて行った。しばらくしてからお義母さんもパートへ向かう。

ふたりを見送ってから近くの産婦人科に行った。わたしのお腹には、透の赤ちゃんが宿っていた。五週目と言われた。まだとても小さく、心音も聞けないが、少しずつ少しずつ、赤ちゃんは生きるための準備を始めていた。

お腹に触れても何もわからない。実感などない。けれど、わたしの中にいる確かな命に、感じたことのないぬくもりを覚えた。

満たされる。もしも幸せというものが目に見えるなら、きっと、この小さな命の形をしているのだろう。

ああ、何と言って透に伝えようか。透は喜んでくれるだろうか。泣いてしまったらどうしよう。お義母さんは、三人では食べきれないほどのご馳走を作ってしまうはずだ。そうなったら遠山家も呼んでみんなで賑やかに食卓を囲もう。この子の人生の始まりを、何よりも明るく祝福してあげよう。

　病院を出てからスマートフォンを手に取り、透への通話画面を開いた。今すぐに透に伝えたかった。発信ボタンを押そうとして、でもやめた。やっぱり伝えるなら電話ではなく、直接顔を見て言わないと。

　浮かれた気分で家に戻った。お義母さんはまだ仕事中だ。家には誰もいない。透に一番に伝えたいが、先にハナミズキには話してもいいだろうか。それから仏壇の義父にも。

　駐車場に車を止め玄関の鍵を開ける。戸を開け、家の中に入ろうとしたら、鞄の中のスマートフォンが鳴った。

　知らない番号からだった。普段なら登録していない番号からの着信には出ないのだが、そのときばかりはどうしてか、出なければいけないような気がした。

「はい」

　口にすると、すぐに聞き慣れない声が返ってくる。

「花守透さんのご家族の方でしょうか」

　事務的に紡がれた言葉がスピーカーから聞こえてくる。わたしは、呼吸をすることさえ忘れてしまっている。

透が仕事中に事故に遭った。

社用車で外に出ている最中、交差点で信号無視の車とぶつかり、現在病院に救急搬送されている。

病院からの電話でそう聞かされ、わたしは降りたばかりの車に飛び乗った。エンジンを掛け、アクセルを踏もうとしたが、その前に震える手で『まるも食堂』に電話を掛けた。

電話には店長さんが出た。すぐにお義母さんに代わってもらい、透のことを話した。

「あたしも行くから店に寄って」

電話越しなのに頷き、通話を切るとすぐに車を発進させた。落ち着けと言い聞かせなければ、わたしまで事故を起こしてしまいそうだった。落ち着け、大丈夫。そう何度も唱えながら『まるも食堂』に向かうと、すでにお義母さんが駐車場の前で待機していた。

「今ね、美晴ちゃんにも電話したとこ。あっちもあっちで病院向かうって」

助手席に乗り込んだお義母さんは言う。わたしは「はい」と掠れた声で返事をする。

「桜子ちゃん、心配ない。大丈夫だで」

酷い顔をしていたのだろう、お義母さんは優しく笑ってわたしの肩を叩いた。「はい」ともう一度言う。深く呼吸をして、ハンドルを握り直す。

病院に着いたとき、透は手術室の中にいた。しばらくの間わたしたちは何も聞かされないまま、廊下の椅子で手術が終わるのを待っていた。

窓の外が暗くなった頃、看護師さんに呼ばれた。一緒にいた美晴さんたちや透の上司にはその場で待っていてもらい、わたしとお義母さんだけが、お医者さんのもとに向かった。

「できる限りのことはしました」

大丈夫だとは、お医者さんは言ってくれなかった。

その日の日付が変わる直前に、透はわたしたちの前で息を引き取った。


今日は、人生で一番幸福な日になるはずだった。

透にわたしたちの子どもができたと伝えて、喜ぶ顔を見て、わたしも喜んで、ふたりで一緒にお義母さんに妊娠を伝える日だった。これからのことをたくさん考えるつもりだった。妊娠中のことを勉強して、子どもが生まれてからのことを話して、未来を、あなたと、思い描こうとしていた。

「透」

なのに、何で、こんなことに。

触れた頬はまだ温かい。もう息をしていないなんて思えない。

それなのに、どうして何も言ってくれないの。手を握り返してくれないの。わたしを見てくれないの。

いつもみたいに笑って、わたしの名前を、呼んで。

「透」

返事をしてよ。

「ねえ透」

何ってはにかんで。わたしに触って。これからだって、ずっと一緒にいて。ただいまって、帰ってきてよ。一緒にあの家に帰ろう。

「……っうぅ」

こんなにも泣くことはもう一生ない。声が嗄れても涙は出続けた。頭の中で透の呼ぶ声が響くたび、枯れたと思った涙が溢れた。

何も考えられなかった。透がいなくなった現実を受け止められない。全部夢だと言ってほしい。寝て、目が覚めたらいつもの朝で、隣に透が寝ていて、寝ぼけ眼でおはようと言い合って。お義母さんの作る美味しいごはんを食べて、いってらっしゃいと、あなたが出掛けるのを見送る。いってきますと言ったあなたは、言葉どおりにわたしのところに帰ってくる。

ただいま。

おかえり。
絶対、絶対に、そうに決まっているのに。
どうして起きてくれないの。何で夢は覚めないの。
ねえ透。あなたの子どもができたよ。わたしたちの子どもだよ。あなたに似たら
きっと、誰より優しい子になるんだろうね。わたしに似たら、ちょっと考えすぎて
しまうところもあるかもしれない。そんなときはわたしたちで支えてあげようね。
ねえ、わたしたち、これから家族が増えて、みんなで幸せに生きていくんだよ。
そのはずなのに。どうして死んじゃったの。
透。あなたがいなかったらわたしは、ひとりでだって生きていけたのに。もう、
あなたがいなければ、息の仕方もわからない。

翌日に通夜をして、翌々日に葬式を執り行った。手配には美晴さんと則之さんが
随分手を貸してくれた。お義母さんは透の元妻に連絡を取ろうとしたようだが、結
局元妻にも、そして透の娘にも、彼の死を伝えることはできなかった。
葬儀には多くの人が訪れた。わたしはすべての人に深く頭を下げた。透は人懐こ
い性格だったから、慕ってくれる人がたくさんいて、会場にはすすり泣く声が絶え
間なく響いていた。
わたしは葬儀の間一度も泣かなかった。そう設定された機械のように、淡々と役

目をこなし、葬儀を無事に終わらせた。つい数日前まで一緒に笑い合っていた透は、真っ白な骨になって、わたしの腕に帰ってきた。

葬儀が終わり家に戻ると、急に怠さが押し寄せた。喪服も脱がずによろよろと座敷へ座り込む。

窓を閉めたままの縁側の向こうに、間もなく花の咲くハナミズキが見えている。膨れた蕾は嘘のように鮮やかだ。自分の兄弟がもうここにいないことをまるで知らないみたいに。

「桜子ちゃんはそこで休んどりん。ささっとお腹に入れられるもん作るから」

お義母さんの声がして、わたしは頭だけをそちらに向けた。

「いえ、お義母さんも疲れてるのに」

「来客の対応は全部桜子ちゃんがしてくれたで平気だわ。いいからあんたは座っとって」

お義母さんが台所へ向かう。申し訳ないと思いつつも、どうしても立ち上がれずぼんやりと庭を見ていた。はたと、左手の甲に雫が落ちる。続いて右の手にも。もう出し切ったと思っていた涙が、今になってまた溢れる。

泣けば悲しみが減っていくなら、一生泣いていたっていいのだけれど。泣けば泣くほどに、胸を搔き毟(むし)りたくなるほどの苦しみが身の内に降り積もっていく。

もしも透がここにいたのなら、わたしの心が落ち着くまでそばに寄り添ってくれたはずだ。でも透はいない。これから先、透が隣にいてくれることは、二度とない。

「はい、桜子ちゃん」

優しい出汁の香りがした。目の前の畳に、卵とワカメの載ったうどんが置かれていた。

「食べな。お腹が減ると、嫌なことばっかり考えちゃうから」

お義母さんが隣に座り、わたしのと同じうどんを食べ始めた。お義母さんの作るうどんは出汁が美味しく、体調がどれだけ悪いときでも食べられる。大好きな味だった。けれど今は食べようと思えない。

「お義母さん」

「ん?」

「わたし、妊娠したんです」

お義母さんは驚かなかった。

「そう。おめでとう」

「ねえ、どうしたらいいですか。わたし、まさか透がいなくなるなんて思わなくて。どうしよう。ひとりでなんて育てられる自信がないし。でも、この子は、透が遺してくれたたったひとりの子で」

あの人の、生きた証だ。あの人とわたしが共に生きた証だ。

透がわたしに愛を繋いでくれたのだ。この命を諦めることなんてできない。けれどどうやって育てればいいかわからない。子どもを望んだのは、透がいてくれたから。あの人がいなければ子どもがほしいだなんて思うことはなかった。

透がいるから、ふたりの子を産み、育てていきたいと思うようになったのだ。

「桜子ちゃんの人生なんだから、桜子ちゃんが決めな」

顔を上げる。お義母さんは、いつもどおりにも思える飄々とした表情でわたしを見ている。

「決めるって、言われても。どうしたらいいか」

「育てる自信がない？」

「だってわたし、親の愛情を知らないんです。ただでさえひとり親で子育てをするのは大変なのに、こんなわたしが、ひとりで、どうやって子どもを愛して育てていけばいいか、わからない」

「じゃあ諦める？」

今なら体にそこまでの負担はないでしょうと、お義母さんは続ける。

「桜子ちゃんがその子を諦めるなら、あたしは反対しないよ。絶対にあんたを責めないし、他の誰にも責めさせない」

「諦める……この子を」

「うん。育てられないって決めたなら、そうするしかない」

わたしは開き掛けた口を閉じた。下唇を噛み、顔を伏せる。お気に入りの色に爪を塗った、自分の両手が見えた。柔らかなピーチピンクのネイルを、透は「桜子の名前に合ってて好きだよ」と言ってくれた。わたしは、嫌いな両親が付けた自分の名前が好きではなかったけれど、透に呼ばれるようになって、好きになった。

花守という、この家の名前にも、ぴったりだから。

「でも、もし産むって決めるんなら」

左肩にお義母さんの手が触れる。わたしはそっと顔を上げる。

「産むんなら、あたしが全力で手を貸すよ。桜子ちゃんにも子どもにも、辛い思いは絶対にさせないって約束する。あんたにひとりぼっちだとも思わせないから」

だから望むほうを選びなさいと、お義母さんは言った。

わたしは肩で息を吸い、震わせながら吐き出した。

掃き出し窓の隙間から柔らかな春の風が入り込む。濡れた瞼を手の甲で拭う。

「わたし、産みたいです」

それだけが答えだった。本当は、悩むまでもなく出していた答えだ。決まっている。この世でたったひとりの、透とわたしの子なのだから。この子がお腹に宿っていると知った瞬間から、わたしは、何があってもこの子を守ると決めたのだ。諦めることなんてできるはずがない。

「うん」

お義母さんは、透によく似た表情で笑っていた。わたしはまた泣いてしまった。泣きながら、お義母さんのうどんを食べた。こんな気分のときにでも、お義母さんの料理は何よりも美味しかった。

前を向けるわけじゃない。透がいない日々を受け入れられたわけでもない。それでもわたしは日々を過ごした。ネイルチップの販売は休み、透が死んだことへの様々な事務処理や、家のことをこなした。

妊娠に伴う体調不良がほとんどないのは幸いだ。無理のない範囲で体を動かし、もちろんごはんもいっぱい食べた。お義母さんが仕事の日の昼食は自分で用意するようにしていたが、最近は「桜子ちゃん脂っこいもんばっか食うで」と言って、お義母さんがお弁当を作ってくれるようになった。

ひとりでいる時間が長いとどうしても泣いてしまう。でも、それではお腹の子に悪影響だと自分を諌め、しゃんと背筋を伸ばす癖を付けた。お守り代わりのネイルは外してしまったから、自分を奮い立たせたいときはお腹を撫でることにした。この子のためなら頑張れる。何でもできる。きっと透も見守っているから。だから大丈夫と、いつだって自分に言い聞かせた。

その日は、透が亡くなってちょうど二週間が経った日だった。

お義母さんも家にいて、朝から分担しながら家事をこなしていた。ふと、下腹部の違和感に気づいたと思ったら、ずくりと重たい痛みが走った。陰部に覚えのある気持ち悪さを感じる。

すぐにトイレに行きショーツを脱いだ。どろりとした血が付いていた。

「お、お義母さん！　お義母さん！」

ドアを開けお義母さんを呼ぶ。お義母さんはすぐにわたしのところに駆けつける。

「どうしたの」

「どうしよう、お義母さん、血が出て」

「どれくらい？　いっぱい？」

「い、いえ、そんなには。少しだけです」

「だったら焦ることないから落ち着いて。でも一応すぐに病院行こう。歩ける？」

「は、はい。大丈夫です」

下着を着替え、お義母さんの運転で産婦人科に向かった。検査をしてもらったら、わたしの赤ちゃんはまだきちんとお腹の中にいてくれた。

けれど育っていなかった。

今は妊娠して七週目になる。わたしのお腹の中の子は、五週目から、育つことをやめていた。心音は聞こえず、これから育つ望みもない。自然に流れていくだろうからと、手術はせずにそれを待つことになった。

「お母さんが悪いわけではありません。早期の流産はどうしようもないものでもあるんです。だから決してご自分を責めないでください。あなたのせいではありません」

お医者さんにも看護師さんにもそう言われた。わたしは、はいと言ったと思う。正直なところよく覚えていない。

お腹を撫でた。わたしの子は、間違いなく今ここにいる。なのに産むことができない。

絶対に守ると決めたくせに、たったの七週間で、わたしはこの子を失ってしまった。

もしも透が生きていたら、最初の子を失った悲しみはあっても、もう一度頑張ろうとどうにか心を保てたと思う。でも透はもういない。わたしたちに次はない。わたしには、この子だけだったのだ。

お義母さんは何も言わずにわたしを抱き締めた。透が死んだときと違って、わたしは泣かなかった。悲しみよりも喪失感のほうが大きかった。自分の中から、立ち上がって歩くために必要なものが、すべて剝がれ落ちてしまったような気持ちだった。

数日経って、わたしと透の子は、どろりとした血の塊になりわたしのお腹から出て行った。小さな命は、生まれることすらなく消えた。

今までどうやって生きてきたのかわからない。

わたしは一日中部屋に籠るようになった。食事をまともにとっていないから力が入らない。頭も回らないおかげで、考えたくないことを考えずに済む。

透と過ごした部屋で……透と一緒に眠ったベッドで、できる限り体を小さくした。透の体温と匂いを探した。

何日そうしていただろうか。時々お義母さんが持ってくる飲み物やおかゆを口にしていたが、だんだんとそれすらも食べる気力をなくした。

触れた頬に肉はなく、肌はざらついている。髪はべたついて少し臭いがした。全部どうでもよかった。もう何もかもに興味がない。生きていたくもない。生きている理由がない。

そうか、このまま死んでしまえたら、透とあの子のところに行けるのか。

途端に胸が軽くなった。そうだ、もう死んでしまおう。何も食べず、何も飲まず、何もしないで死のう。どうせわたしなんて生まれたときからこの世にいなくていい存在だったのだ。消えたところで悲しむ人はいない。

あの人のそばに、もう一度行きたい。

「桜子ちゃん」

声がした。ゆっくりと瞼を開けると、どんぶりを手に持ったお義母さんが仁王立ちしていた。

「桜子ちゃん。うどん作ってきたから食べなさい」

お義母さんはサイドテーブルにどんぶりを置くと、椅子を持ってきてベッドの横に座った。

「食べなさい。わたしは無視して目を閉じる。

「食べんのならあたしが口に突っ込んで食べさせるよ」

「……いりません」

「いらんでも食うの」

「食べたくありません」

嗄れた喉でそう言った。椅子が倒れる音がして胸元を強く摑まれた。無理やり引っ張り起こされる。めまいがして思わずテーブルに手を突いた。そのすぐ横に、汁と麺だけのうどんがあった。

「食べろ！」

お義母さんが叫ぶ。わたしは精一杯お義母さんを睨みつける。

「いらないって、言ってるじゃないですか。余計なお世話なんですよ」

「余計なお世話でも何でもいいわ。あんたは今お腹が空いとって正常な考えができとらんの。まずはごはんを食べてお腹を満たしなさい。これからのことはそれから一緒に考えたらいい」

「これからのことなんてどうでもいいです。もう嫌なんです」

「何言っとんの」

「どうせわたしなんて、最初から愛されない子だったんですよ。それなのに調子に乗って、人に愛されて、愛したいと思ったから、こんなことになって。誰かと幸せになれるなんて思ったからいけないいんだ。馬鹿みたい」

「桜子ちゃん、あんたそろそろ怒るよ」

「何も望まなきゃよかったんだ。透となんて出会わなきゃよかった。わたしなんて、ずっと、ひとりで生きていけばよかった」

いや違う。そうじゃない。わたしに愛情をくれたあの人の存在を、わたしの人生から消したくない。否定されるべきはあの人ではない。

だからそう、透ではなく、わたしが――

「わたしが死ねばよかった」

呟いた瞬間――パンッ、と音が響いた。

衝撃が先に来て、あとから痛みが広がった。左の頬を押さえながらお義母さんを見る。

「次そんなこと言ったら今度はグーで殴る」

お義母さんは真っ赤な顔でわたしのことを睨んでいる。

わたしは肩で息をした。左の目にじわりと涙が滲む。

「だって、本当のことじゃないですか。お義母さんだって、透じゃなくてわたしがいなくなればって、一度でも思わなかったですか」

「思うわけないでしょうが！　本当にいい加減にしなよ！　あんた、そんな馬鹿なこと」

「考えたくもなりますよ！　だって、こんな、わたしが今、どんな気持ちでいるのか……あなたに、わたしの気持ちなんてわかるわけないのに！」

「当たり前だろ！」

襟首を摑まれた。

咄嗟に閉じた目を開けると、否応なしにお義母さんと視線が合う。

「わかるかそんなもん！　わかるわけないやん違う人間なんだから！　あんたこそあたしの気持ちわからんだろうが！　大事な息子が死んで、孫も生まれられんくてなあ、そんで、息子が何より大切にしてた、あたしにとっても大切な娘が、目の前で弱ってんの、あたしがどんな気持ちで見とったかわかるのか！」

「……っ」

「それなのに、自分が死ねばいいなんて言うあんたにな、あたしの気持ちなんて！」

ほんの一瞬、言葉を止めて、

「わかるわけないのよ」

震えた声で、お義母さんは呟いた。

わたしは息を止めて目の前の光景を見ている。

お義母さんの両目から涙が零れ落ちていた。透が死んだときでさえ、わたしの前で一度も涙を流さなかった人が、泣いている。

お義母さんが泣いている。

「そんなもん、わからんでもいいわ。あたしはな、桜子ちゃんが元気になってくれたら、それだけでいいんだわ」

「お義母、さん」

「あんたがいるからあたし、ちゃんと自分の足で立ってられるんだから」

お義母さんはわたしから手を離すと、細い手首で自分の瞼を拭った。それでも溢れてくる涙を見て、わたしの視界も滲み始める。

「…………」

わたしは本当に駄目な人間だ。情けない。馬鹿野郎だ。

なぜ不幸なのはわたしだけだと思っていたんだろう。いつだって自分のことしか考えていない。わたしのために涙を流しているこの人が、わたしと同じ悲しみを抱えていることに、気づけるのはわたしだけだったのに。

ひとりで沈んで、何も見ようとしなかった。

「お義母さん」

ひとりじゃない。まだ、隣にいてくれる人がいるのだから。一緒に肩を抱き合って、泣けばよかった。どうせ悲しみなんて消えないんだから、ふたりで分かち合えばよかったんだ。

「ごめんなさい」

　ぽつりと零す。お義母さんの真っ赤な目がこちらに向く。

「桜子ちゃん」

「ごめんなさい」

「謝らんでもいいって」

「ご、ごめん、なさい。お義母さん、ごめんなさい。ごめんなさいぃ……！」

「だからもう、まったくこの子は。ほら、おうどん食べりん。美味しいよ」

　どんぶりを渡される。わたしは涙と鼻水で顔を濡らしたまま、一本ずつうどんを口に入れる。優しいかつお出汁の味が、じんわりと体に染みていく。温かい。

「美味しい？」

「……美味しいです」

「だら？　だから食えって言ったのに」

「美味しい。この世で、一番、お義母さんのごはんが美味しいです」

「知っとるって」

　わたしは泣きながらうどんを食べた。きっとこの日のうどんの味は、いつか遠い未来に命を終えるときになっても忘れてはいないだろうと思えた。これほど優しい味を、わたしは他に知らない。

「ねえ桜子ちゃん」

名前を呼ばれる。

「人間ってのは、生きてけないって思っても、生きてけるようにできてんの」

だからきっと大丈夫。お義母さんはそう言って、涙を流しながら笑った。


四十九日の法要で、透の骨は、実の両親と義父も眠る花守家の墓に納められた。鮮やかな仏花に飾られた、線香の煙の立つ墓石に向かい、わたしは両手を合わせた。よく晴れた初夏の日だった。

お坊さんを見送ったあと、参列していた遠山家は、ついでだからと自分の家の墓の掃除をしに行ってしまった。わたしは適当に花守家の墓石の草むしりをしながら、近くの高級そうな墓石の見物をしていたお義母さんに問い掛けた。

「お義母さん、わたしってあの家出て行ったほうがいいですか?」

振り向いたお義母さんは、ぽかんとした顔をした。

「え、何で?」

「いや、一応透はもういないわけですし、その、もともとわたしは花守の人間ではありませんから」

わたしとお義母さんの関係は、透がいたことで結ばれていた。彼がいなければ、わたしたちは望んで出会ったわけでもない、赤の他人だ。

「まあ、桜子ちゃんが出て行きたいなら止めはしんけど、そうじゃないなら、べつに出てく必要もないら。うち部屋めっちゃ余っとるし」

　あっけらかんとお義母さんは言う。

「でもわたし、お義母さんと血ぃ繫がっていませんよ」

「それ関係ある？　あたしと透も繫がっとらんよ」

「まあ、そうですけど」

「透と桜子ちゃんだって元は他人やん。血なんて繫がっとらんでも、家族にはなれるのよ」

　わたしは少し考えて、ですね、と返事をした。からからと、青空の下の霊園に笑い声が響いた。

「透、わたし、まだあの家で暮らすね」

　あなたがわたしの居場所にしてくれたあの家で、どうにかもう少し生きてみる。だから、どうか呆れながら見ていてほしいと、花守家之墓と彫られた石に、わたしは語り掛けてみる。

ハナミズキの祝福

庭のハナミズキに赤い実がたくさん生った、十月の半ば。

仕事の昼休憩を取りながら、わたしはスマートフォンで先日の土曜日に撮影した動画を見ていた。小学校の運動会の映像だ。夏凜ちゃんは最終競技の学年混合リレーで、六年生を差し置いてアンカーを任され、見事優勝を果たした。最後の最後にひとり抜き、一着でゴールテープを切った姿は、何度見ても誇らしい。

「花守さん、また娘さんの動画見てる」

バックヤードに入ってきた鹿島さんに笑われた。昨日も見ていたのを彼女には知られてしまっている。

「すいません、何か浮かれているみたいで」

「いいのいいの、それは好きに見りゃいいけど、それよりさ、今西田(にしだ)さんが来てて」

「西田さんって」

面識はないが名前は知っている。去年の秋から産休に入っていた『MOMO』のネイリストだ。

「産休に入って一年になりますけど、もしかしてそろそろ復帰されるご予定なんですかね?」

「いや、来年の春から働き始めるって」

「そうですか。春から」

スマートフォンを置きバックヤードを出た。受付カウンターで、赤ちゃんを抱っこした女性がオーナーと話をしていた。

「あ、花守さん」

気づいたオーナーが手招きする。西田さんがこちらに会釈をして、わたしもぺこりと頭を下げた。

「西田さん、この人が話してた花守さん。で、こちらが西田さんね」

「初めまして、花守と申します」

「西田です。花守さん、技術がすごいって聞いています。今度わたしにも施術してもらえませんか」

「あ、え、はい、喜んで」

居酒屋のような返事をしてしまい、オーナーと西田さんが笑い声を上げた。寝ていた赤ちゃんがふにゃあと泣き始め、西田さんが慌てて腕を揺らす。

「可愛いですね。産休に入られたのが去年の秋だから、十ヶ月くらいですか？」

「はい、もうすぐ十一ヶ月です。平均より大きくて抱っこも大変で」

「へえ」

わたしが覗き込むと、赤ちゃんは涙に濡れた目でじっとわたしを見た。それからぷいと顔を逸らされる。西田さんには謝られたが、お母さんに必死にしがみついている姿が何とも微笑ましく思える。

「春に復帰されるご予定だそうですね」

訊ねると、西田さんは頷いた。本当は一年の産休で戻るつもりだったが、保育園が決まらないため、キリよく来春まで待って仕事復帰することにしたという。

「そのことなんだけどさ」

と、オーナーがわたしに向き直る。

「花守さん、顧客も付いてるし、もしよければなんだけど、西田さんが戻ってきたあとも引き続きうちで働かない？」

「契約期間を延長してほしいなって思って」

「延長っていうか、正社員として勤めてほしいなって思って」

わたしは元々西田さんの代理として働き始めた。彼女が戻ってくるまでの契約だったから、西田さんが復帰したらわたしは辞めることになっている。わたし自身もそのつもりで働き始めたから当然異論はない。一年か、長くても二年の勤務になるだろうと思っていた。

だがオーナーは、わたしの実力を認め、店に必要な人材だと判断してくれたのだ。ずっとこの店でネイリストとして働けるかもしれない。嬉しい提案だった。

それなのに、すぐには答えを出せなかった。

「少し、考えさせてもらってもいいですか」

「うん。返事はいつでもいいから」

「すみません」

この店は働きやすくて好きだ。他のスタッフとの距離感は心地いいし、わたしのネイルを楽しみにしてくれているお客さんもいる。

それでも、今の自分にとって一番いい形を考えたとき、わたしの頭の中には、この店で働き続けることとは別の望みが浮かんでいる。


「ただいまあ」

家に着いたのは、十八時半を少し回った頃だった。玄関に入り声を掛けると「おかえりぃ」とふたり分の声がする。足音が聞こえると思ったら、廊下の角から夏凜ちゃんがひょこりと顔を出した。

「桜子ちゃん、今日の夕飯なんだと思う？」

「そうだなあ、この匂いは……カレー！」

「ピンポン！　今日はさすがにわかりやす過ぎたね」

夏凜ちゃんがにぃっと笑って台所へ戻っていく。

わたしが荷物を置いて手を洗ってくる頃には、座敷の卓に、美味しそうな匂いを漂わせる牛肉と玉ねぎのカレーライスが並んでいた。三人揃って手を合わせ、お義母さんの手料理をめいっぱいに頬張る。

食事をしながら、今日オーナーから言われた話をした。「すごい」と褒めてくれたふたりに申し訳なさを感じつつ、わたしは「断ろうと思ってる」と、一日考えて出した答えも伝えた。

「オーナーの提案はありがたいけど、わたしは西田さんが戻ってきたらあの店を辞めるよ」

「何で？　桜子ちゃん『ＭＯＭＯ』で働くの嫌なの？」

夏凜ちゃんに問われ、わたしは首を横に振った。

「そうじゃないよ。でもさ、今の店は土日も入らなきゃいけないことが多いし、予約の状況によっては帰りが遅くなることもあるでしょ。わたしはそれより、もうちょっと時間に都合を付けられる働き方をしたいなって思って」

「それって夏凜のため？」

「まあ、そうだね。夏凜ちゃんと遊びに行ったり、夏凜ちゃんが学校から帰ってきたら、ちゃんとおかえりって言えるようにしたいんだ」

てっきり喜んでくれると思ったのだが、夏凜ちゃんはなぜか眉間に皺を寄せた。

「ねえ、夏凜のために、桜子ちゃんのやりたいことを我慢しちゃ駄目だよ。それは、夏凜のためになってないから」

むくれた顔の夏凜ちゃんを見て、わたしは瞬きしたあと、ふっと噴き出して笑った。

「違うよ。我慢してるとかじゃなくてさ、わたし自身、ちゃんとやりたいことがあるの。それが夏凜ちゃんのためにもなってるってだけ」

「そうなの？」

「うん。だから大丈夫。ありがとね」

「夏凜も、本当は、桜子ちゃんといられる時間増えたら嬉しい」

目を伏せながら夏凜ちゃんがぽつりと言った。わたしはつい表情を緩め、自分のカレーに入っていた一番大きな牛肉を夏凜ちゃんのお皿に移した。

「そういうわけなので、たぶん今のところで働くのは来年の三月頃までかと」

お義母さんのほうを向く。お義母さんはマイペースにカレーを食べている。

「桜子ちゃんのしたいようにしたらいいよ」

突き放しているようにも聞こえるが、お義母さんのこの言葉は、わたしが何をしても応援し支えてくれるという意味だと知っている。

「それで、桜子ちゃんのやりたいことって何？」

大きな牛肉を頬張りながら夏凜ちゃんが言った。

わたしは夏凜ちゃんに頷き、お義母さんへと向き直る。

「そのことについて、お義母さんには話をして、許可を貰わなきゃいけないと思っていたところなんですが」

「うん、何？」

「実は、離れでネイルサロンを開きたいと考えているんです。使わせてもらえないでしょうか」

え、と声を上げたのは夏凜ちゃんのほうだ。

「離れってうちの離れ？　あんなとこでできるの？」

「個人でやる分には十分なスペースがあるよ。経営面でやっていけるかどうかはやってみなきゃわからないけど」

「すごい！　夏凜、応援するね！　手伝えることあったらやる！」

「ふふ、ありがと」

自分の店を持つ。これからのことを考えて、わたしが出した答えだ。

独立することは結婚前から視野に入れていたし、ここに越してきたときにも自宅でサロンを開くことを考えた。夫の実家で身勝手はできないと当時はすぐに諦めたが、今はもう、ここはわたしの家でもある。そしてあのときよりも本気でやってみたいと思っている。

ネイリストとして仕事をしながら、この家で家族の帰りを待つ。わたしが望むことが叶う方法がこれだから。

「わたしひとりでやりますし、基本はお客さんと一対一、騒がしくなることはありません。離れだけの使用に留めますから、他人がわたしたちの生活スペースに入ってくることもないです」

お願いしますと、お義母さんに頭を下げた。もしもお義母さんが否と言えば、わたしはそれに逆らうことはできない。

答えはすぐに返ってくる。

「言ったでしょ、桜子ちゃんのしたいようにしたらいいって。離れも物置としてしか使ってないのもったいないないし、有効活用してもらえるのはむしろありがたいわ」

「あ、ありがとうございます」

「ただし条件がある」

「はい」

恐る恐る顔を上げたわたしに、お義母さんはにぃっと笑った。

「またあたしにもネイルして。可愛いやつね」

当然わたしは「はい」と返事をした。夏凛ちゃんが喜びの声を上げた。

とろとろに煮込まれたカレーを食べる。お義母さんの手料理は、今日も世界で一番美味しい。

「あたしと夏凛が美人姉妹なのはわかるけどさあ、宗太が入るとなあ」
「はあ？　おれらの真面目で可愛いコンビにこのみが入ってくるほうがおかしいだろうが」
「誰が真面目で可愛いだよ」

「おれだよ」

目の前でこのみちゃんと宗太くんの不毛な言い争いが始まってしまった。きっかけはわたしの発言である。

仕事が休みの日曜日。朝から夏凜ちゃんがサーフィンに出掛けたから、わたしも家事を終わらせて浜まで見に行ったのだが。わたしを見つけた三人が手を振りながら並んで歩いてくる姿を見て「兄妹みたい」と呟いたら、どうもそれが聞こえてしまったらしい。

夏凜ちゃんはふたりと兄妹に見られたことを喜んでいたが、大人たちは違った。自分を取り合って争っているふたりを尻目に、夏凜ちゃんはオレンジ色のサーフボードを抱え、わたしのもとへ走り寄ってくる。

「桜子ちゃん、今の波、今日の中で一番上手に乗れたんだ」

「うん、見てたよ。こっそり言うけど、近くでやってたおじさんより夏凜ちゃんのがずっと上手かった」

「夏凜もそう思ってた」

いひひと、夏凜ちゃんは歯を見せて笑う。

「てか、おれの歳で夏凜ちゃんと兄妹に見えるってのも何だかなあって話だよな。ギリ親子でもいけるくらいなのに」

宗太くんが濡れた髪をがしがし掻きながらやって来る。

「宗太先生って何歳？」と夏凜ちゃんが純粋無垢な瞳で宗太くんを見上げる。

「言ったことなかったっけ。もうすぐ三十になるけど」

「え！　宗太先生おじさんじゃん！」

「お、おじ、おじさんじゃねえわ！」

「でも三十歳って……」

夏凜ちゃんが絶句している。わたしとしても三十でおじさんと言われるのは辛いが、小学生の目線になれば、まあ、確かにそのとおりだろう。

「あのな、このみだっておれの一個下だから、変わんねえからな。おれがおじさんならこのみもおばさんってことだから」

「このみちゃんも……」

「夏凜、あたしのことおばさんって言ったら岬の灯台から海に投げ込むよ」

このみちゃんがにこりと貼り付けたような笑みを浮かべた。夏凜ちゃんは自分のサーフボードにひしとしがみつき、無言でぶんぶんと頷いた。わたしは堪らず笑ってしまう。

秋晴れの空は透き通っていて、濃く青い海では多くのサーファーが波を楽しんでいる。

「まだサーフィンする？」

訊くと、夏凜ちゃんは迷いながらも首を横に振った。

「遊びたいけど、お腹空いちゃった」

「あたしもお腹空いたぁ」

「じゃあみんなで今からまるも食堂でも行く？」

「行く！」

「え、おれもおれも」

三人共急いで着替えに行き、十分ほどで戻ってきた。宗太くんは自分のワンボックスカーで、わたしと夏凜ちゃんはこのみちゃんのジムニーに乗り込み『まるも食堂』へと向かう。

お昼時のため『まるも食堂』は賑わっていた。常連さんに囲まれたお義母さんが忙しそうに働いている。

「お、いらっしゃい。お揃いで」

「おばあちゃんやっほー。サーフィンしてきてお腹空いちゃった」

「うんうん、夏凜、何でも好きなもん食いな。お、宗太もおるじゃん。奢ってくれるってさ」

「やったあ！」

「マジでおれ何も言ってねえけど」

ちょうど空いたテーブルに座った。わたしと夏凜ちゃんは海鮮天丼を、このみちゃんはあさりフライ定食、宗太くんは刺身定食を頼んだ。

「夏凜ちゃん、もう秋だってのに真っ黒に日焼けしてんなあ」

隣のテーブルにいる顔見知りのおじさんに声を掛けられる。

「学校が休みの日はサーフィンしてるから。今日もしてきたところだよ」

「お、サーフィンしとんのか。いい趣味じゃん」

おじさんは、おれもこうなる前はしとったんだけど、とビール腹を叩いた。

「んで腕前は？　ちゃんとかっこよくやれとる？」

「当たり前。夏凜、サーフィン得意だよ」

「ほう、そりゃすげえ。誰に似たんだろうなあ。透ちゃんってサーフィンからきしじゃなかったっけ？」

おじさんは腕を組んで視線を斜め上に向けた。と同時にわたしたちのテーブルに海鮮天丼がふたつ、勢いよく置かれた。

「んなもん桜子ちゃんに決まっとるら。この子案外才能あるだよ」

お義母さんがじろりと背後にいるおじさんを睨む。おじさんはしょんぼりと首をすぼめ、ちびりとコップの水を飲んだ。

「でも確かに」と行儀悪くテーブルに頬杖を突いたこのみちゃんが言う。

「桜子ちゃん、初めてでもボードに上手く立ててたし、テイクオフもしっかり決めとったもんね」

「あのときはこのみちゃんが上手に教えてくれたからだよ」

「教えたってできんやつはできんって。桜子ちゃんのセンスだよ」

「桜子ちゃん、本当はサーフィン上手なんだよね？」

夏凜ちゃんが言う。

「そうだよ。あたしはサーフィン続けようって何回も誘っただけどねえ。透ちゃんがヘッタクソで桜子ちゃんに嫉妬したせいで、桜子ちゃんも続けてくれんくて」

「ねえ、桜子ちゃんもサーフィンまたやろうよ」

苦笑しつつ天丼にたれを掛けていると、夏凜ちゃんがテーブルに身を乗り出した。

「わたしが？　サーフィンを？」

「夏凜が教えてあげるからさ、一緒にやったら楽しいよ」

「おお、夏凜、それいいじゃん」

「でしょ。お父さんにもさ、どんどん上手になる桜子ちゃんを見せびらかしちゃえばいいし」

丸い両目が期待して見ている。

結婚したばかりの頃、一度だけサーフィンをした。初めてのサーフィンは楽しかったけれど、透と一緒にできないのなら他の趣味を探そうと思った。だってどうせなら、家族と過ごせる休日がほしかったから。

「そうだなあ、久し振りにやってみようかな」

ひとりでやるのは寂しい。でも、夏凜ちゃんの言うとおり、一緒なら楽しいかもしれない。

「あたしもスパルタ指導したげるね」

このみちゃんが言う。

「お、おれも、優しく丁寧に教えるよ」

「なんか宗太キモいんだが」

「うるせえな！」

宗太くんがこのみちゃんを睨みつけたところでふたりの定食も届いた。お義母さんに「仲良く食え！」と叱られて、ふたりは休戦し「いただきます」と声を揃えた。


家に帰ってから、空いた時間に離れの整理と補修をした。

外観は透が綺麗にしていたが、内側はリフォームされたトイレ以外ほとんど手つかずのままだった。わたしはお義母さんと夏凜ちゃんの手も借りながら、内装の手入れを少しずつ進めていた。

夜、座敷の縁側で風に当たりながら、リフォーム業者を調べていた。ふと足音がして振り返ると、お義母さんがティーカップをふたつ持ってやってきた。お茶が好きなお義母さんには珍しく、カップの中にはコーヒーが入っていた。

「コーヒー淹れたんだけど、桜子ちゃんも飲む？」

「はい、いただきます」

「そう言うと思って桜子ちゃんの分も持ってきた」

「ふふ、カップふたつ持ってるのでそうじゃないかと思ってました」

カップを受け取り、湯気の立つ液面にふうっと息を吹き掛けた。入っているのはミルクだけ。口を付けると、甘くはないが、ほんのり柔らかい味がする。

「お義母さん、離れの壁、業者に頼んで綺麗にしてもらってもいいですか？　やっぱり自力じゃ限界があって。そんなに費用は掛からないと思いますから」

「うん、いいよ。結構ぼろぼろになっちゃっとるもんねえ、素人が直せる状態じゃないわ」

「あと、畳も取り替えたくて」

「何ならフローリングにしちゃってもいいけど」

「そうなんですよね。それはちょっとまだどうしようか悩み中です」

スマートフォンに視線を戻す。目的自体ははっきりしているが、あまりお金を掛けることもできないし、選択肢は慎重に選ばなければいけない。大変だが、ゴールがわかっていれば頑張れる。

「あのさ、桜子ちゃん」

と、卓に座るお義母さんが言った。返事をして顔を上げる。お義母さんは、妙に真剣な表情でわたしを見ている。

「一応言うだけ言っとこうと思うんだけど」

「何です?」

「あのね……桜子ちゃんの父親のこと」

「父親がどうかしましたか」

「末期がんらしくて、もう一ヶ月持たんかもしれんて。だから、桜子ちゃんに会いに来てほしいんだって」

お義母さんが小さく息を吐く音が聞こえた。

わたしは、しばらく言葉が出なかった。

驚いたのは、父親が余命幾ばくもないことではない。なぜお義母さんがそれを知っているのかということに対してだ。

十八歳で実家を出てから、一度もあの家には行っていないし、連絡もしていない。実の家族の誰にも、わたしはもう十五年も会っていない。お義母さんにも、透にさえも、会わせたことはなかった。

「連絡を取っとったわけじゃないだよ。ただね、桜子ちゃんと透が結婚したばっかのときに、一回だけ、あんたらに内緒で会いに行ったことがあって」

わたしの疑問を察したのか、お義母さんが話し始める。

結婚したとき、念のためにと実家の住所だけはお義母さんに教えたのを覚えている。両親に会いたくないという我儘を聞いてくれた代わりの、わたしなりの誠意のつもりだった。そこに親たちがまだ住んでいるのかどうかはわからなかったが、わたしの知る親の連絡先はそれだけだった。

「桜子ちゃんは、あの人たちと縁を切ったつもりだっただろうから、あたしがあの人たちと会うことをよく思わないと思う。でもさ、これは、あたしのけじめだったわけ。他人んちの子をうちの家族にするんだから、産んだ人間の顔くらい拝んで、貰いますって言っておこうってさ。まあさらっと挨拶だけしてすぐ帰ったんだけど」

怒った？　とお義母さんは訊いた。わたしは首を横に振る。

「驚きはしましたけど。それ、透は知ってたんですか？」

「いや、あの子にも言っとらんよ」

「透が知ってたら、たぶんわたし気づきましたもんね」

隠し事の苦手な人だから、秘密にしていてもどこかでぼろを出したと思う。お義母さんはそれをわかっていて透にも言わなかったのだろうか。いや、お義母さん自身のけじめだから、ひとりだけでやろうとしたのかもしれないが。

「そんでね、そのときに念のため、あたしの携帯番号だけ伝えといたの。今まで一回も掛かってくることなんてなかっただけど、ついこの間、母親から連絡があって」

「父が病気だと伝えてきたんですか」

「桜子ちゃんに言おうか迷ったよ。でもやっぱ言っとくべきかと思ってさ。これを聞いてどうするかは、桜子ちゃんに任せるよ」

わたしは黙って俯いた。相手がどんな意図で連絡を寄越したかはわからないが、正直なところ、興味はない。家を出た時点で、わたしはこの人たちの死に目には立ち会えないと覚悟もしていた。

向こうだって、わたしを娘とは……家族とはとっくに思っていなかったはずだ。それなのに今さら連絡をしてくるなんて一体どういうつもりなのだろうか。遺産相続の話でもあるのか。もしくは借金でも抱えているのか。

会いたいという思いは湧かない。父親が死んだところで何の感情も揺れ動かない。でも。

「桜子ちゃん、おばあちゃん」

声が聞こえ、わたしとお義母さんは揃ってそちらを向いた。座敷の入り口に夏凜ちゃんが立っていた。

「夏凜ちゃん」

「桜子ちゃん、本当のお父さんたちに会いに行くの？」

わたしは答えられない。夏凜ちゃんが座敷に入ってくる。

「夏凜、あんた部屋で勉強しとったじゃないの？」

「桜子ちゃんに話があって下りてきた」

「ばあちゃんの話聞いとった？」

「うん、聞こえちゃった。ねえ桜子ちゃん、行っても行かなくてもどっちでもいいけど、会いに行くなら、夏凜も一緒に行くよ」

夏凜ちゃんは真っ直ぐわたしの目を覗き込んだ。

お義母さんが頷く。

「あたしも行くよ。あんたらふたりだけじゃ相手と喧嘩沙汰になるかもしれんし」

「おばあちゃんがいたらもっとそうなるじゃん」

「よくわかっとるな夏凜」

わたしは、夏凜ちゃんとお義母さんとを交互に見遣った。ふたりが似たような表情で悪戯っぽく笑うから、わたしもつられて少し笑った。

「行きます。一緒に来てください」

二度と会う気はなかった。会いたくもない。けれど、お義母さんのように、わたしもわたしなりのけじめを付けなければいけない。

親のもとから逃げるように去った十八歳のときとは違う。自分の力で立ち、自分の居場所を見つけた、花守桜子として、わたしを産み育てた家族に、わたしは会わなければいけない。

「……それで、夏凜ちゃんの話は何？」

「あ、えっとね」

夏凜ちゃんはなぜか少しだけ視線を下げた。躊躇う仕草をしてから、おずおずとわたしに視線を向ける。

「あのさ、桜子ちゃんって、離れのネイルサロンの話、お父さんにしたことあった？」

「透に？　いや、ないけど。どうして？」

「夏凜ね、今宿題してて、シャーペンの芯がなくなっちゃったから、お父さんの部屋に置いてないかなって探しに行ったの。そしたらね、これ見つけて」

夏凜ちゃんは、後ろ手に持っていた一冊のノートをわたしに差し出した。ごく普通の大学ノートだった。

「これは」

「お父さんの机の引き出しに入ってたんだ」

「机の？」

うん、と夏凜ちゃんは頷いた。

透の書斎には、彼が子どもの頃から使っていた勉強机が今もまだ置いてある。透は、通帳やら様々な書類やら、貴重なものをその机の引き出しにしまっていた。とくに触るなと言われたことはなかったが、透にとって大事なものを置いている場所のようだったから、わたしはその引き出しを無闇に開けないようにしていた。彼がいなくなってからも。

「夏凜、ノートの中ちょっと見ちゃったんだけど」

「うん」

「桜子ちゃんも、見てみてほしい」

「え、でも、いいのかな」

透はわたしがあの机に触らないことを知っていた。そこに入れていたのであれば、わたしに見られたくなかったものということだ。

「いいんじゃないの。見ちゃいなって」

お義母さんが言う。夏凜ちゃんも頷くから、わたしは意を決してノートの表紙を開いた。

『離れの改造計画』

上部にそう記してあるように、一ページ目には離れを綺麗にするためにやるべきことが箇条書きされていた。外装、内部、離れの周囲の環境。二ページ目以降には具体的な計画と、実際に取り組んだことを簡素な日記のように連ねている。

『あとから手を加えやすいようにシンプルなほうがいいかも』

罫線に沿って書かれた文から外れ、ひとりごとみたいな適当なメモも透の癖字で残されていた。

時折ひとりごとを呟いていた透の姿を思い出す。本当に、この場で透が口にしているかのように、走り書きの文字が透の声で聞こえてくる。

『畳はどうしよう。フローリングに替えちゃってもいいけど』

『上からシートも敷けるし、とりあえず新しい畳に交換しようかな』

『いっそ和の雰囲気を生かしたネイルサロンっていうのもお洒落かも』

そのメモを見て一瞬手を止めた。ひと呼吸置いてからページを捲る。

『内装は桜子の好きにやってもらおう。ここは桜子の場所になるんだから』

『お客さんが入るならトイレは絶対綺麗にしておかないと』

『ここでネイルサロンをやらない？　って言ったら、桜子はびっくりするかな』

顔を上げ、夏凜ちゃんを見た。それから、お義母さんと目を合わせた。

透と結婚するとき、迷わず名古屋のサロンを辞めた。勤めていた店を辞めることに後悔はなかった。ネイリストの仕事はどこでだってできるから。

そう、わたしはこの家に来て、他の大事なことを優先してしまったけれど、本当はネイリストを続けたいと思っていたのだ。ネイリストという職業は、わたしが自分自身で選び摑んだ、数少ないもののひとつだったから。

お客さんの手に触れ、人が喜ぶネイルを施す仕事をしたかった。同時に、この家で、家族の帰りを待ちたいとも思っていた。

透はわたしの望みを知っていたのだ。それを叶える方法を探して、わたしが選び取ることのできるよう、選択肢を作ってくれていた。

わたしが今、自分のためにやろうとしていることを、透がもう始めていた。

「お義母さん、もしかして知っていたんですか？」

透のしていること、と問えば、お義母さんはやんわりと首を横に振る。

「いんや。桜子ちゃんに言わんことをあの子があたしに言うわけないじゃん。でもさ、何か一生懸命やっとったから、それは桜子ちゃんのためなんだろなとは思ってたわけよ」

「そう、でしたか」

「べつに、絶対に店を開こうって決めとったわけじゃないだろうけどね。それは桜子ちゃんが決めることだで。あの子はさ、桜子ちゃんに、いろんな可能性を与えてやりたかったんだと思う」

「はい。わかっています」

ページを一枚、一枚と捲る。予算の数字や日曜大工の成果が羅列された下に、透のひとりごとは書かれている。

『桜子が、子どもがほしいって言ってくれた。すごく嬉しい。でも子どもができたらお店をやるのは難しいかな。そろそろ桜子にも話そうと思っていたけどどうしようか』

『調べてみたら、個人でネイルサロンをやっている人には子どもがいる人も多いみたい。けどやるかどうかは桜子の自由だし、押し付ける形になると嫌だから話すのはもう少し待つことにする』

『桜子がやりたいことを、やりたいときにやれるように』

指先で文字をなぞれば、透の声が頭に響く。会いたいと、強く思う。思うほどに胸が苦しくなる。同じくらいに、心底から、温かく優しい感情が湧いてくる。

「お父さんってさ、桜子ちゃんのこと大好きだったんだね」

夏凜ちゃんが呟いた。わたしはまた一枚紙を捲り、目を通してから、小さな頭を撫でた。

「うん。夏凜ちゃんのこともね」

開いたページを夏凜ちゃんに見せる。ノートを受け取った夏凜ちゃんは、まだ見ていなかったのだろうページに、透によく似た丸い目を向ける。

『夏凜はお洒落が好きだったけど、ネイルにも興味あるかな』

『桜子が、ネイルは自分の好きな色を塗ればいいって言ってた。夏凜の好きな色はオレンジ色』

『たとえばいつか、本当に桜子がこの家でネイルサロンを開いたとして、そこに大人になった夏凜がお客さんとして来てくれたら』

その続きは書かれていなかったけれど。もしもそんな日が来たら、透はどうしたのだろうか。優しく微笑むか、誰よりはしゃいで喜ぶか、それともこっちが笑えるほどに泣いてしまうのか。

どの姿も想像できる。透も幾度と想像しただろう。大人になった夏凜ちゃんの姿を。大事な娘が元気に育ち、成長するのを、見ていたかったはずだろう。

あの人は、本当は、この子とまた家族になりたかったはずだ。

「お父さん」

夏凜ちゃんの目に涙が浮かんだ。顔を伏せた夏凜ちゃんの背に、お義母さんがそっと手を寄せた。

声を掛けようとしたが、それより先にばっと顔が上がる。

「大人になったらって書いてあるけど、夏凜、もう桜子ちゃんにネイルしてもらったことあるもんね」

そう言って、夏凜ちゃんは涙を隠さずに笑った。

「……だね」

わたしは笑い返して、もう一度夏凜ちゃんの頭を撫でた。お義母さんも、頬杖を突いて目尻を下げていた。

家族三人の弾んだ声が庭先に響く。可愛い実を付けたハナミズキが家を見守っている。

透。もしもどこかで見ているのなら、どうか心配はしないでほしい。

あなたが紡いでくれたものを、わたしが、これからも繋げていく。

十五年振りに訪れた岐阜市の景色は、随分変わったところもあれば、見覚えのあるところも多かった。わたしがアルバイトをしていた焼肉店は、店の名前はそのままに外観が綺麗になっていた。用事を済ませたらここで食事をしていこうか。店長

はさすがに変わっているだろうが、もしもまた会えたら、お世話になったお礼をして、わたしの家族を紹介したい。

教えられていた病院は、実家から一番近い総合病院だった。

わたしは夏凜ちゃんとお義母さんと共に、南病棟の三階に向かった。三〇二号室。病室のドアの前には『中村昭正（あきまさ）』と名前が掲げられていた。父の名だ。

閉まっていたドアをノックすると、中から声が聞こえた。聞き覚えのあるような、ないような声だった。

ドアを開ける。小さな個室で、ベッドがひとつあった。窓際の椅子に年配の女性が腰掛け、すぐ隣に中年男性が立っている。

わたしははじめ、その人たちが誰かわからなかった。姿に覚えがなかったのだ。しかし女性のほうはわたしをひと目見るや「桜子」と名前を呼んだ。わたしはそこで、彼女が母であり、隣にいる男性が弟なのだと気づいた。

母は、記憶の中の姿よりずっと老け込んでいた。髪は手入れされていない白髪が目立ち、頬はこけて弛（たる）んでいる。年齢はお義母さんと変わらないくらいのはずだが、お義母さんより十は上に見える。

かつては綺麗な身なりをしていた弟も、三十になったばかりとは思えないみすぼらしい外見の中年になっていた。いい高校に入り、おそらくはいい大学にも入れてもらったのだろうが。親からの愛情を一身に受けていたこの人は、わたしが家を出てからどんな人生を歩んだのだろうか。訊くつもりなどもちろんない。

「桜子、来てくれたの」

母が立ち上がる。わたしの背後にいたお義母さんに気づき、慌てて会釈をしていた。

「その子は？」

母の目が夏凜ちゃんに向く。

「わたしの娘」

「娘って、結婚したの三、四年前じゃなかった？」

「ねえ、何でうちに連絡してきたの？」

母の質問には答えず、こちらの疑問を問い掛けた。

母は眉を寄せながらも口を開く。

「お父さんがこんな状態だから。お父さん、もう来月まで生きられるかわからないって。だから最後に、桜子に会わせてあげようと思って。ねえほら、家族みんなで集まるのなんて何年振りかしら」

「それだけ？」

「それだけって……お父さんに会えて嬉しくないの？　わたしが連絡しなかったら、あなた二度とお父さんに会えなかったかもしれないのよ」

何も答えずにいると、母は目を泳がせながら逸らし、椅子に座り直した。わたしは溜め息を吐く。

金の無心かとも思っていたが、単に心が弱り、忘れていた娘の存在を思い出しただけということか。会えて嬉しいだなんて笑えもしない冗談だ。

「………」

ベッドに寝ている父の顔を覗き込んだ。父にも、まったく面影はなかった。肌は病的に黒ずみ、瞼の閉じられた両目は窪んでいる。顔も、管がいくつも繋がれた腕も、骨に皮が張り付いているだけの状態だった。医者でなくてもこの人の命が間もなく尽きることがわかる。父はもうすぐ死ぬ。

「お父さん、桜子が来たよ」

母が声を掛けると、父の瞼が薄っすらと開いた。濁った両目はしばらく宙をさまよったあとで、わたしのほうを向いた。

「さくら、こ」

本当は少し不安があった。もしも、弱りきった親を直接目にして、動揺してしまったらどうしようかと。

けれど父にも、母にも弟にも、実際に会っても気持ちは変わらなかった。死にかけた姿を見たところで何も思わない。この人たちに対する情はない。この人たちは、わたしにとって、とっくに価値のない人間になっていたのだ。

愛情は増えていくものだとお義母さんは言っていた。そのとおりだ。だとしてもこの人たちには毛ほども与える気はない。わたしの愛情はすべて、わたしを愛してくれる人たちのためのものだから。

この人たちは、血の繋がりはあっても、わたしの家族ではない。

「桜子……悪かった」

掠れた声で父が言った。何に対する謝罪かはわからなかった。わたしは答えない。許しもしないし、謝罪を受け入れることすらしたくない。

秒針がひとつ動くごとに、体に汚いものが積もっていくような気がする。息がしづらい。心臓だけは、いつもどおりにゆっくり鳴っている。

ふと。

左の手を、小さな手が握った。見ると、夏凜ちゃんがわたしを見ていた。わたしよりも少し熱い手のひらを握り返す。ゆっくりと息を吸い、少しずつ吐き出す。

「お父さん、お母さん」

二度とそう呼ぶことはないと思っていた。これが最後だ。

「あなたたちが、何を考えてわたしを呼んだのか知らないけど、わたしは死にかけた父親に会いたかったわけでも、謝られたかったわけでもない。わたしが今日ここに来たのは、あなたたちにはっきりと別れを告げるため」

父に目を遣り、母を見る。子どもの頃は彼らに見てほしくて必死になっていた。大きくなってからは、冷たい視線を向けられるのが怖かった。今はどうだろう。少なくとも、彼らの視線のほうが乞うているように見える。

　十五年前、彼らはわたしを捨てたと思っただろうか。でも違う。あなたたちを自分の人生から切り捨てたのはわたしだ。

「お父さんもお母さんも、桃慈も、あなたたちはわたしの家族じゃない。わたしの家族はここにいるお義母さんと夏凜ちゃん、それから花守の親戚たちだけ。わたしは、赤の他人であるあなたたちとは金輪際かかわらない。あなたたちがどうなろうと興味がない。だからあなたたちもわたしを他人だと思って。もう誰が死んでも、何が起きても、知らせてくれなくていいから」

　はっきりと告げた。父は見開いた目を天井に向け、弟は意思がないみたいに黙ったままで、母は、唇を薄く開いたまま言葉を失くしていた。

「帰ろう」

　三人に背を向け、夏凜ちゃんとお義母さんと一緒に病室を出る。

「待って桜子！」

　母が叫んだ。無視しようとしたが、ドアを閉めようとした手をお義母さんに止められた。

「……お義母さん」

「これが本当に最後になるんだし、武士の情けと思って聞いてやったら？」

　向こうで待ってるわと言って、お義母さんは夏凜ちゃんとデイルームに向かってしまった。わたしは溜め息を吐き、もう一度病室に入る。

「何」

「あ、あの、さっきの方、桜子の旦那さんのお母様でしょう。旦那さんは今日は来ていないの？」

「用がないなら帰るよ」

「待って。あのね、お母様、以前わたしたちに会いに来られたの」

母は早口でそう言った。わたしは相槌を打たず母のことを見ている。

「あの人ね、わたしたちに、桜子がうちの息子と結婚しましたって言ってきて。うちとしては正直なところ、桜子からの連絡もなかったからそれが本当かすらわからないし、桜子の今の居場所を訊いても教えてくれなかったから、胡散臭いとも思ってたけど」

「………」

「あの人は、信じても信じなくてもどっちでもいいって。ただ、桜子はもうあの人の息子と結婚して、あの人の娘になったんだって。それが、桜子が自分で決めた人生だって、言ってたの」

——そこにあなたたちは必要ないんです。お願いだから、桜子ちゃんの人生を邪魔しないでください。

お義母さんはそう言って、両親に頭を下げたという。

もちろんわたしは知らなかった。お義母さんがわたしのために、そうしてくれていたことなんて。

「だから、わたしたち、その、あなたを大切にしきれなかったことを、後悔したの」

「そう」

「それで、だから、今日桜子に会えてよかった」

母は歪な表情で笑った。わたしはベッドの上に目を遣り、最後にもう一度母を見る。

「さようなら。もう会うことはありません。わたしを産んでくれたことにだけ感謝します」

そして今度こそ病室を出た。母はもう止めなかった。

デイルームに向かう。お義母さんがジュースの自販機に小銭を入れていた。

「あら、もう来た。早いじゃん。何の話だった？」

「あ、いや、えっと、姑にいじめられてないかって」

「はあ？」

お義母さんは声を上げながらボタンを押した。落ちてきたオレンジジュースを夏凜ちゃんが取り出した。

「あたしがいじめるわけないやん！　よし、ちょっくら文句言ってくるわ」

「ま、まあまあ、わたしが怒っときましたから。さあ、もう帰りましょう」

お義母さんは鼻息を荒くしつつも、何とかエレベーターのほうへ足を向ける。

わたしたちは病院をあとにして、少し肌寒くなってきた秋の空の下を、ペースを合わせて歩いていく。

下ろせなかった荷を、ようやく置くことができた。もうとっくに縁を切ったつもりだったのに、細い細い糸が絡みついてしまっていたのだ。それがやっと綺麗に消え去った。

あの人たちに会う気はなかったけれど、来てよかったと思う。たぶんひとりじゃ来られなかった。家族がいたからやれたことだ。

「おすすめの焼肉屋さんが近くにあるんです。そこでごはんにしましょう」

「やったあ！　焼肉！」

「桜子ちゃんの奢りだよね？」

「もちろんです。好きなだけ食べてください」

「やったあ！」

夏凜ちゃんの真似をしてお義母さんが飛び跳ねた。わたしは恥ずかしくて真似できないけれど、ほんのちょっとだけスキップをした。

庭のハナミズキは冬に向けての準備をし始めている。青々しかった葉は、綺麗な紅に色づいている。

「あのね、夏凜も、将来同じようになったとき、どうするかなって考えたんだ」

縁側に足を投げ出した夏凜ちゃんが言った。風呂上がりの髪はまだ少しだけ濡れていた。

卓でお茶を飲んでいたわたしは、湯飲みを持って夏凜ちゃんの隣に座った。灯りに照らされたハナミズキが、のんびりと夜風を浴びていた。

「夏凜ちゃんはどうすると思うの?」

「まだよくわかんない。でもたぶん、桜子ちゃんと同じことすると思う。夏凜の家族は、おばあちゃんと桜子ちゃんと、お父さんと、このみちゃんたちだけだもん」

夏凜ちゃんが言う。頭を撫でてやると、丸い目を気持ちよさそうに細くした。

「そのとおり、夏凜。家族ってのは、血の繋がりだけじゃないんだでね」

卓でおせんべいを齧りながらお義母さんが言った。「そうですね」とわたしは相槌を打つ。

家族とは、血の繋がりを意味していると思っていた。だから昔のわたしは家族というものの絆を疑っていた。今はもちろん、心から、この繋がりの深さを信じている。

「あ、でもあたしさ、桜子ちゃんがあんなにはっきり物言うの驚いたわ」

お義母さんが齧りかけのおせんべいをこちらに向ける。

「そう?　桜子ちゃん結構言うよ」

「マジで？」

「マジで。ね、桜子ちゃん」

「んん、いや、どうだろう」

しかし言われてみれば、夏凜ちゃんのいる前では、色んな人に色々言ってきたような気もする。

「誰に似たのかねえ」

わざとらしくお義母さんが言った。

「おばあちゃんに決まってるじゃん」

「だよね」

透明な夜空に三人の笑い声が揃う。ハナミズキが鈴の音のような葉音を鳴らす。

「似るもんだねえ、家族ってのは」

「そうですね。わたしもいつかはお義母さんみたいになるのかなあ」

「何それ、嫌なの？」

「そうは言ってませんよ」

「夏凜もなるかな。お母さんみたいに」

ぽつりと零された言葉にすっと胸の内が冷えた。目を遣ると、夏凜ちゃんはなぜか頬を赤くしてぱっと顔を逸らした。

ほんの少し悩んで、ああそうかと気づく。今この子が呼んだのは、自分を産んだ人のことではなくて。

「そうだね。わたしに似ちゃうかも」

小さな体をぎゅうっと抱き締めると、腕の中から嬉しそうな声がする。わたしは一層強く包み込んだ。この温もりを、感触を、人は愛と名づけるのだろう。

「もう結構似とるよ、あんたら」

お義母さんが呆れたように呟いた。

――ほら、家族になれたでしょう。

なんて、誰かの声が、聞こえたような気がした。

✽

季節は巡っていく。


庭のハナミズキが間もなく花を咲かせようとしている四月十二日。天気予報どおりの春のうららかな陽気の中、花守透の三回忌の法要が営まれた。

ちょうど一年前にも集まった親族たちが花守家に集まり、お坊さんのお経を聞いたあと、我が家の座敷で会食という名の宴会を始める。

事前にビールの買い出しを手伝ってくれていたこのみちゃんは、ひとりでさっさと数本の瓶を開けていた。男衆はお義母さんに叱られる前に率先してお皿を運んだり子守りをしたりしている。女性陣は台所に立ってお義母さんのサポートをしていた。わたしは、切り終わった錦糸玉子を寿司桶の酢飯の上に丁寧に載せた。

「お義母さん、ちらし寿司できたので持って行きますね」

「はいよ、頼んだ」

寿司桶を持って座敷に向かう。人数分の箸や取り皿がすでに並んでいる卓に、鮮やかに盛られたちらし寿司を置く。

「おお、美味しそう」

則之さんが目を輝かせる。

「みんなが揃うまで食べちゃ駄目ですよ」

「わかっとるってえ。ってこのやりとり何か去年もした気がする」

縁側では、大きくなった赤ちゃんを抱っこした若いパパが、自分の子にハナミズキを見せていた。やんちゃな小学生の兄弟がお義母さんの家庭菜園に近づこうとして、彼らのお母さんに叱られた。

遠山家の愛犬ポン太が、縁側に舞い込んできたルリタテハにわふんと声を掛ける。ルリタテハは座敷の様子を眺めるように右へ左へはたはたとひらめき、やがてハナミズキのほうへ飛んでいった。

ふと、ハナミズキが一輪だけ咲いているのに気づいた。他の蕾は咲くまでにまだ数日掛かりそうなのに、小さな薄紅色がひとつだけ、こちらに向かって花を開いている。

わたしは宙に伸ばした指先で、遠くのその花をそっと撫でた。

「そういえば、離れ、随分綺麗になってなかった？」

遠方から来てくれた親戚のひとりが言う。

「あ、はい、そうなんですよ」

「五十鈴さんを離れに押し込むことにしたの？」

近くにいた人たちが一斉に笑った。わたしは苦笑しつつ両手を振る。

「実はわたし、ネイルサロンを開くことにしまして」

「ネイルサロン？」

「ええ。あの離れで店をやるんです」

和の雰囲気のある落ち着く空間で、マンツーマンでの施術を受けられるネイルサロン『ハナミズキ』。わたしが準備していた店が、間もなく離れにオープンする。ネイリストとしてお客さんと直接かかわり合いながらも、自宅を離れず、自分で時間を調整する働き方ができる。透がわたしのために考え、計画してくれていたことを、わたしがようやく実現させた。

軌道に乗せるのは簡単なことではないだろう。はじめは苦労するかもしれない。でもきっと大丈夫だと、根拠もないのにそんな気がしている。

わたしはこの場所で自分の望んだ日々を送る。家族と一緒に、大切な、この家で。

「ただいまぁ！」

玄関から大きな声がした。買い出しを頼んでいた夏凜ちゃんが帰ってきた。わたしは座敷を出て玄関に向かう。お義母さんも台所から出てくる。

「おかえり」

声が重なった。夏凜ちゃんが、丸い目を細めて笑った。

花守家に、ただいま。
星合わせの庭先で

沖田円

2024年7月5日　第1刷発行

発行者　加藤裕樹
発行所　株式会社ポプラ社
〒141-8210　東京都品川区西五反田3-5-8
JR目黒MARCビル12階
ホームページ　www.poplar.co.jp
フォーマットデザイン　bookwall
組版・校正　株式会社鷗来堂
印刷・製本　中央精版印刷株式会社

N.D.C.913/334p/15cm　ISBN978-4-591-18231-4

P8101496